中华传世藏书

【图文珍藏版】

纳兰性德全集

纳兰词

[清]纳兰性德⊙原著

王书利⊙主编

第三册

线装书局

采桑子

【原文】

谢家庭院残更立，燕宿雕梁①。月度银墙②，不辨花丛那辨香。

此情已自成追忆，零落鸳鸯。雨歇微凉，十一年前梦一场。

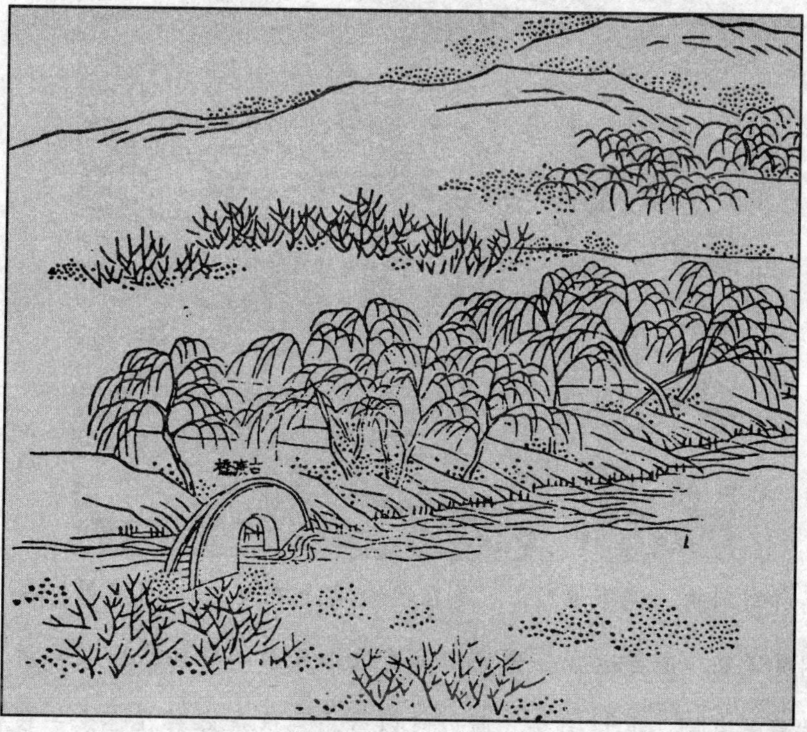

【注释】

①雕梁：刻绘文采的屋梁。

②银墙：月光下泛着银白颜色的墙壁。

【赏析】

关于这首词，有人说是容若在凭吊一个知己，也有人说是容若追忆往昔所写，议论种种，难下定论。虽然词的背景扑朔迷离，却不妨碍我们今天在读到它时，沉浸在美好的情境之中。

开篇所写到的“谢家庭院”，是在隐喻这是在写当下的实景，谢家庭院指南朝宋谢灵运家。谢灵运在会稽始宁县有依山傍水的庄园，后来常用“谢家庭院”代称贵族家园，也指闺房。所以可以看出，这是容若在怀念一段情缘。下片开始的那句“此情已自成追忆”更是证明上片是属于追忆往昔的情感了，而最后一句更是点名了这段情感的时间，是发生在十一年前。如梦一场的时光令这段情感逐渐模糊，但并没有被遗忘。

容若的这首《采桑子》虽然没有指明他所怀念的女子为何人，但从词面的字句来看，不是妻子就是表妹。不管是谁，“谢家庭院残更立，燕宿雕梁”，开篇这句的意象，是容若常用的，尤其是“谢家”，所以，后人推断容若爱恋的这名女子一定是姓谢。不过真相是否如此，也只能任由猜测了。

这首词写得十分华美动人，有种浓郁之美，在华丽的雕梁上，燕子熟睡着。夜深人静之时，万物进入梦乡，唯有月光悄悄安抚着大地。而此时，却还有一个人无法入眠，任凭月光洒落一身，他只是独立中庭，孑然影孤。短短十数字，就将思念者孤独寂寥的心态描写出来，叫人分辨不出，这个独自伫立在月光下的人，到底是被相思所苦的容若，还是偶尔神伤的自己。

接下来，“月度银墙，不辨花丛那辨香”，朦胧的月色中，花丛的位置难以辨认，只好根据花香来判断方向，好比词人要根据恋人身上的香气来辨认她在花丛的位置一样。可是，容若自己明白，这份感情只可追忆，却无法挽回。而后一句“零落鸳鸯”，则是引出了最后的结局“雨歇微凉，十一年前梦一场”。往事如烟散去，回忆空空，容若沉吟至此，才忽然觉出了雨夜后的微凉，同时也觉察出，这十一年前的梦，早就该醒了吧。

采桑子

【原文】

那能寂寞芳菲节，欲话生平。夜已三更。一阕悲歌泪暗零。

须知秋叶春花促，点鬓星星。遇酒须倾，莫问千秋万岁名。

【赏析】

这是一首写于春天的词。

春季本应是万物复苏的时节，词里却叹出“那能寂寞芳菲节，欲话生平。夜已三更。一阕悲歌泪暗零”。花草香美，却倍感无聊，因而与友人话起了生平。夜至三更，谈到有感而发，禁不住弹唱一阕。悲歌低吟浅唱，竟引得清泪暗零。

泪为什么而流呢？原来是“须知秋叶春花促，点鬓星星”。春花秋叶，季节更替，年复一年地催促时光流转，人亦由少到老。恍惚间，见那鬓角，已增了白发。这“星星”二字，代指白发星星点点。这便是无常的人生，物换星移，转瞬即逝。

最后，词人感慨，“遇酒须倾，莫问千秋万岁名”。有酒须饮才是，何必要问那“千秋万岁”之名。功名再有为，不过仍旧是春梦一场，如今夜已三更，春梦也该散尽。难怪，这一阕悲歌，引得如此愁情满腹，不胜凄凉。

岁月匆匆，一阕悲歌恰巧击中这才子心内的柔软地，禁不住泪流，喟叹人世苦短，世事虚妄。

采桑子

九日

【原文】

深秋绝塞①谁相忆，木叶萧萧。乡路②迢迢。六曲屏山和梦遥。

佳时倍惜风光别，不为登高。只觉魂销。南雁归时更寂寥。

【注释】

①绝塞：极远的边塞。

②乡路：指还乡之路。

【赏析】

所谓“九日”，即农历九月九日重阳佳节。每逢佳节倍思亲，这一年的重阳节，纳兰出塞离家，形单影只，顿觉内心孤苦寂寞，为表达自己的思乡之情，他写下了这阕词。

上片由景入，“深秋绝塞谁相忆，木叶萧萧。乡路迢迢。六曲屏山和梦遥”。深秋，边塞偏远之地，落叶萧萧，一片萧索肃杀之气，清冷寥然。还乡之路迢迢，似是只能在梦里才能见到。“六曲屏山”释义为曲折之屏风六曲，因屏风曲折若重山叠嶂，故称为“屏山”，这里指代为家园。

下片道“佳时倍惜风光别”，意思是说逢此佳节，故园风光正好，却觉得与平时有别。异乡之景，再美不如家乡的田舍。亲友团聚之佳节，独自在外，今日心情，自是与平日有异。所以，纳兰只能无奈地叹道：“不为登高。只觉魂销。”重阳节有登高的习俗，此时，词人身处异地不能与家人一同登高望远，难免暗自神伤。寥寥数语，写尽内心彷徨凄苦。

结句承之以景，借以雁南归来反衬出此刻的寂寥伤情的苦况，即“南雁归时更寂寥”。古人常以大雁表达思乡怀人，这里是说，望着天上的一群归雁，纳兰想到了自己，大雁们都回家了，唯独“我”还在他乡一个人过节，这让他觉

得更加寂寞。

这天涯羁客，飘零于此，只叹，何时才可再见到故土的熟悉欢愉啊。

采桑子

【原文】

海天谁放冰轮[1]满，惆怅离情。莫说离情，但值良宵[2]总泪零。

只应碧落[3]重相见，那是今生。可奈今生，刚作愁时又忆卿。

【注释】

①冰轮：月亮，圆月。

②良宵：景色美好的夜晚。

③碧落：道教语。指青天、天空。

【赏析】

卢氏离世后，任何良宵美景对纳兰而言都是赘余的。从此，他生活的重心便迷失在无边的惆怅里。

词人挥笔头句就是无奈的质问："海天谁放冰轮满，惆怅离情。"是谁在夜空里缀了那么个皎洁的圆月？匆匆一瞥就不禁要令人惆怅起来。美景如水，荡漾的是如烟的轻柔，倒映的是清晰的内心模样。这惆怅离情，倏然浮起了。

"莫说离情，但值良宵总泪零"。而对纳兰来说，这"莫说"又着实是真心么？思念愁苦，离别沉痛，只是倘若不说，他难道就能逃离了触景伤情，丝毫不会念及？这“莫说”二字，更像是词人的自言自语，想忘却难忘，想那愁绪停止又无力控制，所以也只能对自己暗许，不再说了，不再说了。良宵而落泪，可是，这又有什么办法？

既然无力逃脱记忆的深渊，纳兰也只能寻求一些希冀：“只应碧落重相见，那是今生。”只应碧落，才有重见的可能，可今生，又如何去到那里啊！今生最想实现的事情，不过是再见一面，再走一遭，却已是天上人间。“可奈今生，刚作愁时又忆卿”，可奈可奈！因触景而伤了情，因伤了情，又再回忆了已亡人。

这个多情的男子，该如何逃离那无边的寂苦，该如何逃离那悲楚的回忆。离别的时候，一个人烧纸成灰，离别以后，还要一个人吞咽苦水，对着美景，也是泪水不止。人生这件事，说长不长，说短不短，只怜惜这些多情重情的人，对于逝去的人事，无能为力，又百般苦痛。

采桑子

【原文】

白衣裳凭朱阑①立，凉月趖②西。点鬓霜微，岁晏③知君归不归？

残更目断传书雁，尺素还稀。一味相思，准拟④相看似旧时。

【注释】

①朱阑：即朱栏，朱红色的围栏。

②趓：即“走”之意。

③岁晏：一年将尽的时候。

④准拟：料想、希望。

【赏析】

秋日天已微凉，风愈渐萧瑟，人也变得踌躇怀旧。

印象中，故人还身着那白色的衣衫倚靠着朱红栏杆，秋月带着凉气将冷艳的光向西落去，思绪同那皓月也一并沉下来。思念渐深，纳兰眼看鬓角浮起点点的霜白，顿时乱了心绪。年已至末，不知道故人归不归。一声声自问，湿了衣襟。更漏都已滴尽，他亦望穿天际，日日企盼传书的鸿雁，然而，等的书信却迟迟未至。无奈，他只能一味地思念，料想着，相见的时候故人依旧是迷人的旧时模样。

显然，这是阕岁末怀人之作，怀的是谁，却多猜测。是久思未见的初恋，还是亡故的妻子，抑或红颜知己沈宛，又或者是挚友贞观？读来是五味杂陈的思念，像着了过量的盐，尝来有了涩味。

细品这词，颇有意味，善于用典的纳兰，仍旧在短词之中，巧妙化用了前人的词句。词中上片首句就是取自明代王彦泓的《寒词》十六之一，文曰：从来国色玉光寒，昼视常疑月下看。况复此宵兼雪月，白衣裳凭赤栏干。

下片借以“大雁”这一意象来抒发苦等书信的一味相思。“大雁”有典，取自《汉书·苏武传》。相传当年苏武出使匈奴，被扣留匈奴十九年，后汉使者对匈奴单于说，汉天子上林苑打猎时，打获大雁一只，其脚系有帛书，上写着“苏武在匈奴何处”，因而匈奴单于放苏武回到汉朝。后来，“大雁”这个意象在诗词中，便是用以表达思乡怀人的情思。

最后，末句引用宋时晏几道《采桑子》："秋来更觉销魂苦，小字还稀。坐想行思，怎得相看似旧时。"秋来萧瑟之景叫人乱了心绪，坐想行思，怎也无法躲避开这纷乱的回忆，以及对故人的相思。相看似旧时，怀念过去之人深切苦楚，可如何能回到旧时的时光，不再为这时光渐远而伤怀叹息？恐怕时光的脚步还是听不见词人心底恰似痴狂的呐喊，无法让他如愿他穿梭回到过去吧。

纳兰这词，清清婉婉，秋景静美处，读之仿佛能见到他身着秋衫伫立窗前的神情：看月色西沉，盼雁回信至。读来痛心，也觉孤楚。

采桑子

居庸关①

【原文】

嶲周声里严关②峙，匹马登登③，乱踏黄尘。听报邮签④第几程。

行人莫话前朝事，风雨诸陵。寂寞鱼灯⑤，天寿山⑥头冷月横。

【注释】

①居庸关：关名。旧称军都关、蓟门关，长城重要关口，控军都山隘道（军都陉）中枢。据传秦修长城时，将一批庸徒（佣工）徙居于此，故得名"居庸"。

②嶲周：意为车轮转一周，嶲通"规"。严关：险要的关门，险要的关隘。

③登登：象声词，指马蹄声。

④邮签：驿馆驿船等夜间报时的更筹。

⑤鱼灯：鱼形的灯。

⑥天寿山：天寿山位于北京昌平东北部。山麓一带黄土深厚，原名黄土山，明建十三陵后改名天寿山。地势险要，上陡下缓，南临十三陵盆地；东西扼山口，古为军事要地。

【赏析】

康熙二十一年（公元1682年），纳兰被康熙派遣率兵赴西域，为解决西北问题做准备。以往外出，纳兰都是作为随侍巡幸，然而这次，他却是作为一军之帅统领全军。

居庸关在北京昌平西北，得名始自秦。当年，纳兰就是从此经过，于戎马倥偬间赋得这曲《采桑子》。词上阕主要写景，“嶲周声里严关峙，匹马登登，乱踏黄尘。听报邮签第几程”。“嶲”音“希”，嶲周是燕子的别名，用来称子规鸟。险要的关门相对耸峙，马蹄声、杜鹃声，以及军行报时的更筹声相互混杂，于纷乱弥漫的黄尘中若隐若现。短短几个字，词人便描摹出一幅落满尘埃的居庸历史画卷。

帝王荒冢被历史笑谈自来是最平常不过之事，然而词人一句“行人莫话前朝事，风雨诸陵”，则透露出无限的苍凉。来往的行人不要再议论那过往的人、事了，历史风雨飘摇，终究要归于静默。

接下来“寂寞鱼灯，天寿山头冷月横”一句，纳兰将这清冷的意味写到了底，“鱼灯”是帝王陵寝之灯，意指凄惨阴森的意象。这一句全是写景，却透露出纳兰凄冷的心境。或许，这其中的况味除了纳兰也只有那“鱼灯”或“冷月”才能知晓了罢。

或许，那黄沙遍野的战场让纳兰也从中看到了自己的影子，看到了自己的生前身后——也是风雨。所以，他才会用一颗敏感寂寞的心体悟到了历史的凄冷苍凉。

采桑子

【原文】

凉生露气湘弦润[1]，暗滴花梢。帘影谁摇，燕蹴风丝上柳条。

舞鹍镜匣开频掩[2]，檀粉慵调[3]。朝泪如潮，昨夜香衾觉梦遥。

【注释】

①湘弦：即湘瑟，湘妃所弹之瑟。亦指代瑟。瑟，弦乐器。

②鹍：形似鹤，黄白色。《异苑》谓：“犷山鸡爱其羽毛，映水则舞，魏武时南方献之。公子苍舒令置大镜前，鸡鉴形而舞，不知止，遂乏死。”

③檀粉：化妆用的香粉。

【赏析】

长夜微凉。而我只觉寂寞。柳树又绿了，我以为它们不会的。

不是你说的吗，等你回来的时候，柳树才会绿如烟海的。究竟是他们在骗我，还是你。你看到了吗，燕子都回来了。回不来的你，在哪儿呢？

手指碰到了琴弦。凝了露水，铮的一声低响，余音宛转。可是我却不想再弹了。

镜匣里面都是你送给我的胭脂，眉黛，发钗。我能做的却只是茫然地看着镜子。

眼前渐渐的就模糊起来，时光在耳边飞快退回，细碎的断裂声。怎么就又哭了呢？我都以为自己已经没有眼泪了。

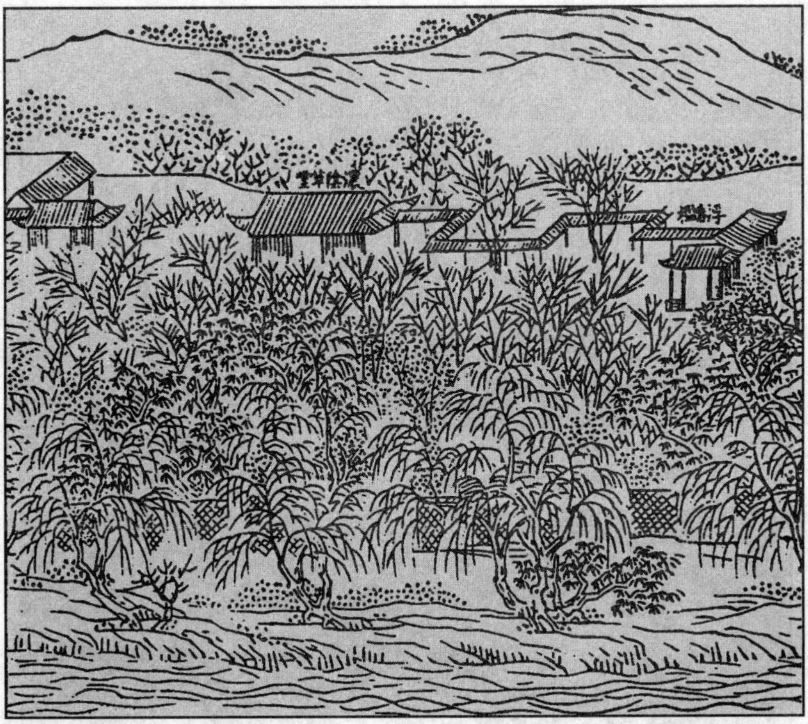

这首词是从闺中女子的角度写的，描写她清晨醒来的所见所思，空灵别致。

首句“凉生露气湘弦润，暗滴花梢”，此描绘的是静物。晨起凉生，寒冷的露气浸润了琴瑟，露珠滴在了花梢上。湘弦，即湘瑟，屈原《远游》：“使湘灵鼓瑟兮，令海若舞冯夷。”因此称琴瑟的弦为湘弦，即湘灵所鼓之瑟弦。此处“湘弦润”颇多玩味。时值清晨，而湘弦被露气润湿，说明了这弦昨晚被人弹过，并且弹完之后，不知为何没有放回匣中。那她昨晚为何要弹琴？阮籍《咏怀》诗："夜中不能寐，起坐弹鸣琴。"她是女子，自然没有阮籍政治理想不能实现的痛苦，但是弹琴遣怀解忧的心思多少是相通的。这样，容若以貌似平淡的景语在开篇就为全词留下悬念。

"帘影谁摇，燕蹴风丝上柳条"，此是描绘动景，眼光锐利细腻，捕捉瞬间景物情状似在无意间，却使词句于此灿然生色。将此句改作现代诗也许更显其轻灵：

是谁把帘子的影儿摇动，风来如丝。

一只燕子斜飞。

抓住其中一根。

轻轻一荡。

翻身跃上了柳条。

回到词中，“蹴”意为踩或踏，以风为秋千之绳，荡上柳条，其实这只是一种视角的错觉，当时的情形实际是，风吹来丝丝凉意，忽见一只燕子飞上了柳枝，但词人换了一种角度来捕捉了瞬间的错觉，可说是一个美丽的错觉，这样不但表现了燕来之迅捷与轻盈，还产生了无限的诗意。下阕，“舞鹍镜匣开频掩，檀粉慵调”，这句杂糅数典说她开镜梳妆的情态。根据南朝宋范泰《鸾鸟诗》序：古时有一人，偶获一只鸾鸟，非常喜欢，但是却不能让它鸣叫。于是就用金色的笼子装饰它，用珍贵的食物饲喂它，但是鸾鸟却越来越悲伤，三年不鸣。其夫人说：“曾听闻鸟见其类而后鸣，你为何不悬一面镜子映照它呢?”此人从其言。鸾鸟看见自己孤单的身影后，慨然悲鸣，哀响云天，振动一下翅膀后就死了。《异苑》里也有这样的故事，有一山鸡，爱其羽毛，映水则舞，魏武时南方献之。公子苍舒命人置一面大镜，鸡鉴形而舞，不知道停止，以至于最后累死了。后人就以鸾或山鸡图案镌刻为镜子背面的装饰。容若用上面的典故，是说她对镜理妆时，看到别离后自己孤单憔悴的形貌，自怜自伤，镜匣频开频掩，香粉也懒得匀调。那她为何摆出一副慵懒疏倦的样子呢?就是刚刚她不是还看到了“帘影谁摇，燕蹴风丝上柳条”这样令人喜悦的情景吗?究竟为何呢?

且看结尾：“朝泪如潮，昨夜香衾觉梦遥。”清晨醒来，她泪如泉涌，昨夜的香衾依旧，但是美好的梦再也没有了。到此，首句“凉生露气湘弦润”的悬念算是解开了。昨夜她有萧郎相伴，一起弹琴吟唱，可谓琴瑟相合。但是恋人夜里就离去了，于是她再无心弹琴，独卧不成眠。清晨起来，想起此事，顿觉分外悲伤，虽有燕子柳枝暖融之景相慰，但仍是忧愁万分，不想理妆，只想流泪，然而无论如何，幽期已成佳梦，遥不可寻。

【词人逸事】

词中的“东阳瘦”用的是南朝沈约的典故，纳兰性德以沈约自况，形容自己像沈约一样病容憔悴、抑郁多疾。

沈约，字休文，吴兴武康人，南朝齐、梁时期著名的诗人，他对近体诗谐韵的发展做出了巨大贡献，他和当时著名诗人谢朓开创了在诗歌发展历史上值得一书的著名诗体——“永明体”，是近体诗派的先声。

公元503年，萧衍逼迫齐和帝禅位，改国号为梁，这就是历史上著名的僧侣皇帝梁武帝，沈约在灭齐的过程中立功，被任命为尚书仆射，受到武帝的宠信。公元513年，这位诗坛的一代宗师忧惧辞世。死后，被武帝谥为“隐”，世称沈隐侯。

沈约在一次书信中谈到自己日渐清减，腰围瘦损，此事便成了一个典故，习见的用法是“沈腰”或“沈郎腰”。唐朝初期，著名的史学家姚思廉和他的父亲姚察在所著史籍《梁书·沈约传》中，高度赞誉了他的人品和文品，评价他“高才博洽、一代英伟。”姚思廉在《梁书·沈约传》中记载：“沈约，永明末出守东阳……百日数旬革带常应移孔，以手握臂率计月小半分。”沈约操劳过度，日渐消瘦后，被世人以“东阳销瘦”“东阳瘦体”称之，形容其体瘦。

采桑子

【原文】

土花①曾染湘娥黛，铅泪②难消。清韵③谁敲，不是犀椎④是凤翘⑤。

只应长伴端溪紫⑥，割取秋潮⑦。鹦鹉偷教，方响⑧前头见玉箫。

【注释】

①土花：苔藓。

②铅泪：晶莹凝聚的眼泪。语本唐李贺《金铜仙人辞汉歌》：“空将汉月出宫门，忆君清泪如铅水。”

③清韵：清雅和谐的声音或韵味，指竹林风动之声。

④犀椎：犀槌，古代打击乐器方响中的犀角制小槌。

⑤凤翘：古代妇女凤形首饰。

⑥端溪：溪名，在广东高要东南，产砚石，制成者称端溪砚或端砚，为砚

中上品，即以“端溪”称砚台。端溪紫，指紫色的端溪砚。

⑦秋潮：秋季的潮水、情怀等。

⑧方响：古磬类打击乐器，由十六枚大小相同、厚薄不一的长方铁片组成，分两排悬于架上。用小铁槌击奏，声音清浊不等，创始于南朝梁，为隋唐宴乐中常用乐器。

【赏析】

这首词写的是一段深隐的恋情，用苔藓遍布的竹子和晶莹难以消除的泪水来打开全词，意欲告诉读者，这段恋情的苦楚，真的是如泪如疤。

斑痕累累的湘妃竹，青青如黛，竹身长满了苔藓，晶莹的泪水难以消除。真的就如同词中所写的那样：“土花曾染湘娥黛，铅泪难消。”这词中所写的，也实在就是他的心性，容若一生睁心境悲苦凄凉，无人能懂。

正如那斑痕累累的湘妃竹一样，虽然青青如黛，竹身上却是长满苔藓，就如同容若虽然是人人羡慕的相爷公子，是皇帝身边的大红人，是满腹文采的大才子，但他的内心深处结满的疤痕，有几个人能看到呢？只有容若自己能够感受到。他出身富贵，地位显赫，仕途顺利，相貌俊秀，就连妻子也是门当户对，这一切是任何男人都可望而不可即的，却被纳兰一人所占有。然而，他却依然不满。

“清韵谁敲，不是犀椎是凤翘。”所谓“犀椎”是指犀槌，古代打击乐器方响中的犀角制成的小锤子。而“凤翘”则是古代妇女凤形的首饰。这句话的意思是清韵声声，那不是谁在用犀槌敲击乐器，而是她头上的凤翘触碰到了青竹，从而发出清雅和谐的响声。

是何人的发簪碰到了青竹，这个人是容若的情人还是红颜知己，在词中并未提及，但可以得知的是，这个女子最终是未能和容若厮守一起的。

这样，也就可以理解容若开篇的悲情词句了，或者可以说是事出有因，却也应了那句情何以堪。而在下片里，容若将写景转为抒情，尽情抒发了一番相思之苦。“只应长伴端溪紫，割取秋潮。鹦鹉偷教，方响前头见玉箫。”意思是：秋色多么撩人、秋意无限，应该将这些用端砚写成诗篇。将相思之语偷偷教给鹦鹉，当与她相逢又难以相亲时，鹦鹉或可传递心声。

总体来说，这首词的写作风格清新淡雅，虽然不能算是容若作品中的上乘之作，但将相思之苦刻画得淋漓尽致，也算是一首别致的小词。

采桑子

【原文】

而今才道当时错，心绪凄迷。红泪偷垂，满眼春风百事非。
情知此后来无计[①]，强说欢期[②]。一别如斯，落尽梨花月又西。

【注释】

①无计：无法。
②欢期：佳期，欢聚的日子。

【赏析】

也许，我哒哒的马蹄是美丽的错误。也许，我不该在你的门前踟蹰流连，

不该去敲爱情那扇肝肠寸断的门。

再度春风，已是物是人非事事休，欲语泪先流。那段苦涩的故事，不过是些山，将没入云海。不过是弹指的瞬间，却留下永恒的疼痛。

我们终于知道，相聚后，那再一次高高举起的，却不再是花，而是天涯。一别如斯。年年如别。

这是阕怀人之作，至于所怀何人，不甚明晰，或是沈宛，或是入宫的表妹谢氏。但不论所怀何人，“心绪凄迷”总为其旨。

首句“而今才道当时错，心绪凄迷”，用的是歧义之语。“当时错”，现在才明白、才后悔，可是当时“错”的究竟是什么呢？是当初不该与你相识？是当初与你相识后而没有相知？还是当时就该牢牢抱住你、不放你离去？“错”，可以是此，可以是彼，词中并未交代清楚，这反倒给读者留下了广阔的想象空间。“红泪偷垂，满眼春风百事非”。红泪，形容女子的眼泪。当初，魏文帝曹丕迎娶美女薛灵芸，薛姑娘不忍远离父母，伤心欲绝，等到登车启程以后，薛灵芸仍然止不住哭泣，眼泪流在玉唾壶里，染得那晶莹剔透的玉唾壶渐渐变成了红色。待车队到了京城，壶中已经泪凝如血。容若用这个典故，不知道有没有更切合一些的含义呢？

——有情人无奈离别，女子踏入禁宫，从此红墙即银汉，天上人间远相隔。这，是否又是表妹的故事？容若没有明言，只说那个女子，她在偷偷垂泪，至于为谁伤心，不得而知。

“满眼春风百事非”，这似乎是个错位的修辞。要说“百事非”，顺理成章的搭配应是“满眼秋风”而非“满眼春风”，但春风满眼、春愁宛转，由生之美丽感受死之凄凉，在繁花似锦的喜景里独会百事皆非的悲怀，尤为痛楚。此刻的春风和多年前的春风没什么两样，但此刻的心绪却早已经步入了秋天。

“情知此后来无计，强说欢期”，回想当时的分别，明明知道再也不会有见面的机会了，但还是强自编织着谎言，约定将来的会面。那一别真成永诀，此时此刻，欲哭无泪，欲诉无言，唯有“落尽梨花月又西”——情语写到尽处，以景语来作结；以景语的“客观风月”来昭示情语的“主观风月”。这既是词人的修辞，也是情人的无奈。正是：无限愁怀说不得，却道天凉好个秋。

采桑子

【原文】

明月多情应笑我，笑我如今。辜负春心[1]，独自闲行独自吟。

近来怕说当时事，结遍兰襟[2]。月浅灯深，梦里云归何处寻。

【注释】

①春心：春景所引发的意兴或情怀。

②兰襟：芬芳的衣襟。比喻知己之友。《易·系辞上》："二人同心，其利断金；同心之言，其臭如兰。"襟，连襟，彼此心连心。

【赏析】

是谁说过，思念是一种痛，一种无可名状，又难以痊愈的痛。

我想，回忆也是。你曾说过，我像风，放浪不羁，快意人生，时常吹得你的心，无所适从。你也说过，你像水，微风乍起时，荡起的涟漪中止了你宁静的生活；而当风平浪静后，你也只能端坐如云，重新静守那一湖的寂寞……

我笑了，对你说我要做伴你一生的夏夜晚风；你也笑了，水晶般的眸子里潜藏着淡淡的忧伤。现在我有点懂了，时光变幻，四季交替，哪里又有永远的夏夜和不息的晚风呢？因此我们的故事，注定是一场失速的流离，一场彷徨的关注，一场风花的悲哀，一场美丽的悲剧……谢却荼蘼，起身轻叹，一曲《长相思》勾起来伤心，时光苍茫的洪涛中，一曲一调地演绎着那古老的歌谣——"生死挈阔，与子相悦；执子之手，与子偕老"……

容若这阕词，清新隽秀，自然超逸，明白如话，非常自然。但是所写为何，尚有争议。有人说是怀友之作，由"结遍兰襟"佐证。——当然，说容若"结遍兰襟"，也并非夸饰之语。他的确广交游，善交游，有很多志同道合的朋友。

而容若本人也是极重友情，他的座师徐乾学之弟徐元文就曾在《挽诗》中赞美道："子之亲师，服善不倦。子之求友，照古有烂。寒暑则移，金石无变。非俗是循，繄义是恋。"

但是"兰襟"一词，还有别义，晏几道《采桑子》"别来长记西楼事，结遍兰襟”中的兰襟，指的就是美女之衣衫。元好问《泛舟大明湖》“兰襟郁郁散芳泽，罗袜盈盈见微步”中的兰襟，也是此义。除此之外，容若此词里还有“春心”“当时事”“梦里云归”等婉曲之词。但最让人感觉其不似怀友之作的地方还在于，容若此篇多次化用晏几道词句。凡此种种，都说明此篇合该是写情之作，是追怀过去的一段情事。

首句，“明月多情应笑我”，实为倒装，应理解成：“明月应笑我多情”，显然是化用了苏轼的“故国神游，多情应笑我、早生华发。”东坡啸出此句，那是因为他由凭吊周郎而联想到自己徒抱壮志，想为国分忧而不可得，而生命短促，人生无常，自己白发已然。故东坡的笑，苦笑也。那容若的笑，又是什么

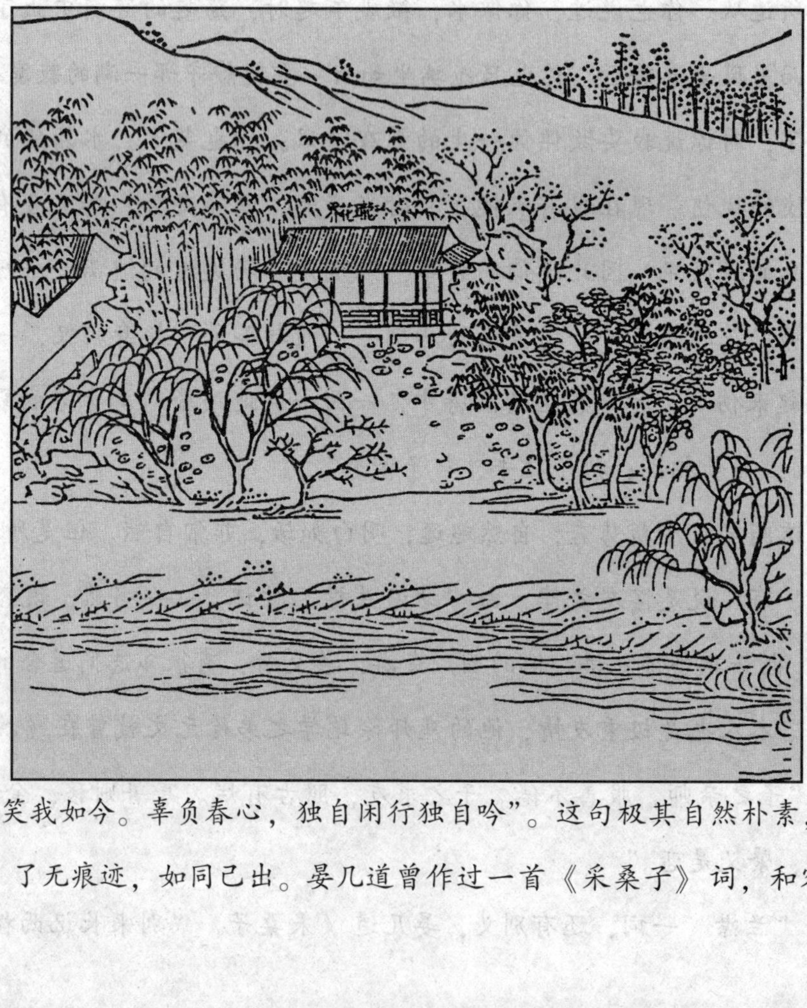

笑呢？“笑我如今。辜负春心，独自闲行独自吟”。这句极其自然朴素，化用前人词句，了无痕迹，如同已出。晏几道曾作过一首《采桑子》词，和容若此篇

无论在用韵还是在词句上都大大相像：

前欢几处笙歌地，长负登临。月幌风襟，犹忆西楼着意深。

莺花见尽当时事，应笑如今。一寸愁心，日日寒蝉夜夜砧。

容若词“笑我如今”与晏词“应笑如今”相对，“辜负春心”与“一寸愁心”相对，“独自闲行独自吟”与“日日寒蝉夜夜砧”相对。可以说，容若上阕词简直就是晏几道下阕词的翻版。晏词下阕的意思是，那啼叫的黄莺和盛开的花朵曾见尽了当时月光柳影下两情依依、情话绵绵的情景，如今，它们恐怕会笑话我的寸寸愁心、丝丝寂寞。知道了晏词言何，容若此言何义，也就十分明朗了。容若曾经和她（谢娘或沈宛）有过一段“双鸳池沼水溶溶”的美好恋情，那时他与佳人同调宝瑟，同拨金猊，同唱鹧鸪词。可是如今，只有“独自闲行独自吟”的失落和惆怅了，而那些燕舞莺歌的明媚的春光，也只有辜负殆尽了。

所以下阕，词人会说，“近来怕说当时事，结遍兰襟”。所谓“当时事”即是往昔的情事，也就是“结遍兰襟”，情分极深。那他为何怕说当时情事呢？末句，“月浅灯深，梦里云归何处寻”，因为夜静更阑，残月渐落，孤灯将灭，面对此情此景，他知道已然是事随云去，己身难到，“梦逐烟消水自流”了。爱人已经失去，空提往事，只会令人心生无限怅惘，遂只好“怕说”，不说了。

谒金门

【原文】

风丝袅，水浸碧天清晓。一镜[①]湿云青未了[②]，雨晴春草草[③]。

梦里轻螺[④]谁扫[⑤]，帘外落花红小。独睡起来情悄悄，寄愁何处好。

【注释】

①一镜：指像一面明镜的平水。

②青未了：青色一望无际。

③草草：忧虑劳神的样子。

④轻螺：指黛眉。螺，螺黛，古人用以画眉的青黑色颜料。

⑤扫：描画。

【赏析】

这首词以乐景写哀情，凸显了伤春意绪：柔风细细，水面上映出一望无际的云朵。雨过天晴后这春色反而令人增添愁怨。梦中曾与伊人相守，轻轻地为你描画眉毛。梦醒则唯见帘外落花，这一怀愁绪该向何处排解呢？

纳兰出生于名门望族，从小就有过人的天赋，读书识字都很厉害，常常过目不忘。不但如此，他年幼时就能够习骑射，十七岁便入太学读书，十八岁中举。一路上都顺风顺水的容若，按说应该是意气风发，可是，他的词意间却总是有一种淡淡的愁怨，化不开、解不散。

“风丝袅，水浸碧天清晓。”寥寥数字便写出了春日的美好景色。容若写景，一向是如同淡淡的山水画一样，柔风阵阵，水面上倒映出天空的云朵，水清云淡，风和日丽，这是多么美好的春日，容若也是沉浸在这春日中，格外享受。

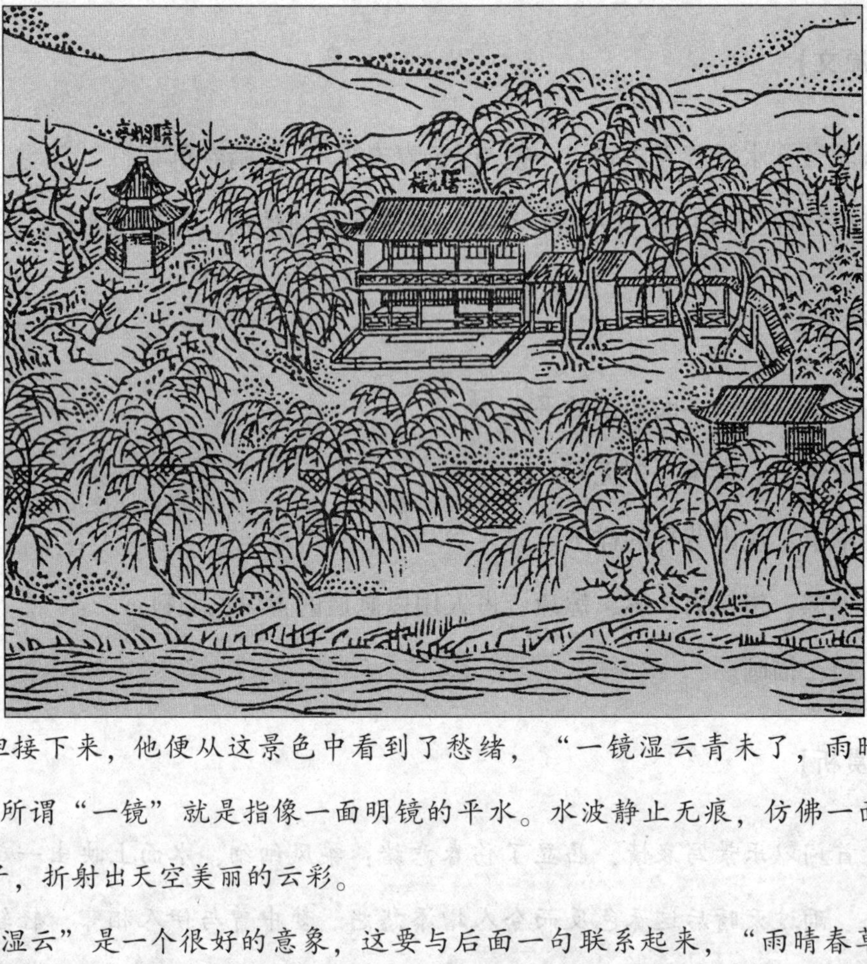

但接下来，他便从这景色中看到了愁绪，“一镜湿云青未了，雨晴春草草”。所谓“一镜”就是指像一面明镜的平水。水波静止无痕，仿佛一面透亮的镜子，折射出天空美丽的云彩。

“湿云”是一个很好的意象，这要与后面一句联系起来，“雨晴春草草”。刚下过雨的晴天显得湿润怡人，容若将仿佛还没干透的天气写入词中，令人读后别有韵味。而这里的“草草”二字，则是忧虑劳神的样子。

虽然这美好的雨后春日令人神清气爽，但是容若依然感到疲惫怠倦，这是因为春思扰人，容若在思念中，自然无法做到一心去欣赏春日的美景。上片独独写景，写出春日的景物，与别的写景不同，容若写景，只是简单的几笔，便能刻画得深入人心。

而在下片，容若则是开始写心，既然春光无心欣赏，那便是心中藏着事情，“梦里轻螺谁扫”，一句疑问打开下片的开端，也写出容若为何事而烦忧。他在担忧一个人，惦念着一位佳人。

词中所写的“轻螺”指黛眉。梦里谁为佳人描眉，当外面落红开始，梦境醒来便飘逝而去，现实依然是孤独一人，这真是让人忧伤的事情，一腔的闲情该如何寄托，只能是付与诗词之中，聊以慰藉。

“帘外落花红小。独睡起来情悄悄，寄愁何处好？”容若以反问结束整首词，他自己也不知道，这一腔的幽思该如何化解，提笔像是自问，又好像是寻求答案。这种矛盾的心情让人看后不由得心疼，爱一个人，真的就如此纠结吗？

这百年前的情感，已经由不得后人去妄自揣测了，只能从词的字里行间，去寻觅词人当时的心境，共同体会。

好事近

【原文】

帘外五更风，消受晓寒时节。刚剩秋衾一半[①]，拥透帘残月。

争教清泪不成冰[②]？好处便轻别。拟把伤离情绪[③]，待晓寒重说。

【注释】

①剩：与“盛”音意相通。此“盛”犹“剩”字，多频之义。

②争教：怎教。

③伤离：为离别而感伤。

【词评】

全是凭吊语，绝非新朝新贵的语气。

——严迪昌《清词史》

【赏析】

本篇是容若的一首简短小词，上片写相思，似乎是在回忆中找寻往昔的欢乐，又像是在怀念妻子，在她离去后产生了伤感之情。这首词意扑朔迷离，耐

人寻味，有着重情重义之感，也有迷惘哀伤的纠结。

词的开头便直言了生命的不可承受之重，“帘外五更风，消受晓寒时节”，竹帘之外传来五更的寒风，在这清秋寒冷的早晨实在让人难以消受。这首词写与妻子乍离之后的伤感，写得如此直白动人，只怕是容若的内心真的是无法再忍耐下去了。而后接下去便说道：“刚剩秋衾一半，拥透帘残月。”孤夜难眠，秋夜冷冰冰的被子因多出了一半而晓寒难耐，于是，便拥被对着帘外的残月，望着它回忆往昔，只可惜，月亮似乎也知道他的心事，窗外所对的只是一轮残月而已。

欢乐和幸福都是短暂的，世上没有什么事情是长长久久，永不变更的。容若而今只剩下独自一人，孤独无依，此刻，窗外的残月更是加重了他的这种孤独感，这让词人情难自禁，一时间泪流满面。

故而下片有“争教清泪不成冰”，没有过渡也没有任何引申，简单的白描却将糟糕的心情写得入木三分。而今一人独自赏月，想起往日的种种，怎教清泪不长流，空自凝噎呢？这句中的“成冰”更是写出清冷孤寂的意味。泪流至结成冰，这该是怎样的一种哀愁，容若的孤独和寂寞，在卢氏离去后便更加明显，但凡卢氏之前用过的衣物、住过的楼阁，对容若来说，都是一种折磨。

所以，容若才会说“好处便轻别。拟把伤离情绪，待晓寒重说”。容若自己也知道，面对这样铺天盖地的哀伤，最好的方法，就是不把离别之事放在心上，让这离愁别绪待到天亮以后再去想吧。

如此的哀伤，似真非真，似幻非幻，极富浪漫色彩。在词的最后，容若从回忆中抽身，回归现实，他知道现而今已经是人去楼空，物是人非了，与其在回忆中痛苦挣扎，不如转身睡去，让梦境和睡眠赶走孤独和寂寞。

好事近

【原文】

马首望青山，零落繁华如此。再向断烟衰草，认藓碑题字。

休寻折戟话当年，只洒悲秋泪。斜日十三陵下，过新丰猎骑①。

【注释】

①新丰：县名，汉高祖七年置，唐废，治所在今陕西临潼西北。猎骑：骑

马行猎者。

【赏析】

总有隐隐青山，总有嶙峋瘦马，也总有匆匆的赶路人。他们今生一遇，就凋零了天涯芳草，几个朝代的繁华。

寒蝉凄切。秋风中冰冷的碑文，像一把多年失修的锤子，凿在历史那泛黄的墙壁上，声声寂寞，声声悲。

孤星映月，你听见猎猎的风衣，卷走尘土，一袭袭罩在，古老的十三陵上，像一阵急促的咳嗽声，碎裂在新王朝的上空。

这是一首描写秋猎的词，词中所描绘的是在北京十三陵地区的行猎。十三陵是明朝国君的墓地，理应有一番繁华雄伟的景象的，然而容若到此，看见的是什么呢？

首句“马首望青山，零落繁华如此”，通过马头向前望去，眼前是一脉青山，都市的繁华早已不见，只有一片萧索冷落的景象。诗人似乎有些不甘心，那昔日的辉煌盛景果真就难以再寻了吗？

“再向断烟衰草，认藓碑题字”。看来，确实如此，如今只有“断烟衰草”中的长满苔藓的石碑，尚且存留着一些“繁华”的记忆。

“认藓碑题字”一句，大约是出自唐可止《哭贾岛》诗：“暮雨滴碑字，年年添藓痕”。

面对眼前这份萧索冷清的景象，看着被枯草掩埋的石碑，纳兰心中感慨万千。“衰草”就是干枯的草，而所谓的“藓碑”则是指长满了苔藓的石碑。此句是说，被苔藓覆盖了的石碑上，还可以模糊地辨认出之前所刻下的碑文，时光就是这样无情，人们还以为将真实留在石碑上就可以万古长存，其实在时光面前，任何东西都是脆弱、不堪一击的。

想到此，纳兰便心生悲凉。自己的生命也不过是白驹过隙，匆匆几十年犹如流星划过，很快就没了。自己没有去做自己想做的事情，而是整日陪在皇帝身边，做些并不情愿的工作，这样的日子什么时候才能够到头啊？所以，在下片的时候，纳兰便将遐想止住，他知道无益的多想毫无意义，所以他才会无奈地写道：“休寻折戟话当年，只洒悲秋泪。”所谓“折戟”就是断戟被沉没在沙里，指惨败。

“休寻折戟话当年”，此句出自杜牧《赤壁》诗：“折戟沉沙铁未消，自将磨洗认前朝”。杜牧于会昌二年（842）出任黄州刺史期间，曾游览黄州赤壁矶，在江边淤沙之中发现一支折断了的铁戟。

这支铁戟，经过了六百多年还没有被时光销蚀掉，经过一番磨洗之后，杜牧鉴定它曾是赤壁之战的遗物，于是抚今追昔，发出了“东风不与周郎便，铜雀春深锁二乔”的兴亡之感。容若此处是“休寻折戟话当年”，显然反用杜诗，

意谓不要寻思那古往今来兴亡之事，单是眼前的秋色便已令人生悲添慨了。

结尾二句，“斜日十三陵下，过新丰猎骑”，斜日照耀下的明十三陵已非当年的十三陵，大清王朝的宫廷侍卫们组成的打猎队伍正昂然从这里走过。这两句所绘情景形成了一种强烈的对比，颇含兴亡之感和轮回之叹，令人深思。在《赤壁》诗里，杜牧把赤壁大战成败的关键归结为偶然的“东风”，固然有些牵强，那么大明王朝的灭亡又是有什么原因造成的呢？明代也曾有过兴盛的时期，如今却只剩夕照十三陵；现在清王朝的“新丰猎骑”虽赫赫扬扬，将来会不会也零落殆尽呢？词作就此打住，余悠悠不尽之意，启人联想。

好事近

【原文】

何路向家园，历历[1]残山剩水[2]。都把一春冷淡[3]，到麦秋天气[4]。

料应重发隔年花[5]，莫问花前事。纵使东风依旧，怕红颜不似。

【注释】

①历历：（物体或景象）一个一个清晰分明，意思是零落。

②残山剩水：残存的山岳河流，零散的山水，明灭隐现的山水。

③冷淡：不热情、不热闹。

④麦秋天气：谓农历四五月，麦子成熟后的收割季节。

④隔年花：去年之花。

【赏析】

歌云：不要问我从哪里来，我的故乡在远方……

生命如风筝，漂泊得再远、再久，那线的一端，系住的始终是故乡。如今，关山的路，阡陌万千。却没有一条可以回乡。

春风，从你的胸膛打马经过，折掉了你一季的快乐之枝。你只有举起千斤的目光，把重重的山峦，眺望成一马平川，让思归的心，恣意驰骋……

家中那株盛开的海棠花，凋谢后尚可重发。可是即逝的红颜，她能再度与自己演绎烂漫的花前事吗？衾风冷，枕鸳孤，最销魂。

在容若心中，爱情的位置非同一般，他往往把与妻子的别离、相思看得比什么都重要，故他在长年的护从、入值的生涯中，总是为离愁别恨所困扰。本篇所写，则又是一回的分别，并且从“料应重发来年花”“怕红颜不似”之语来春，还是写在妻子死后的，因是一篇伤悼之作。

“何路向家园，历历残山剩水”。由于是随扈在外，关山迢递，无路通向家园，所以心头眼底的山山水水都成“残山剩水”了。

“残山剩水”本义是指国土分裂，山河不全，如范成大《万景楼》诗：“残山剩水不知数，一一当楼供胜绝。”那容若此句，是说大清朝山河破碎了吗？显然不是，容若做此语，其实是移情作用使之。

按照现代的“移情说”，在创作过程中，物我双方是可以互相影响、互相渗透的比如，把“我”的情感移注到“物”中，就会出现像杜甫《春望》“感时花溅泪，恨别鸟惊心”之类的诗句；而“物”的形相、精神也同样会影响到诗人的心态、心绪，如人见松而生高风亮节之感，见梅而生超尘脱俗之思，见菊而生傲霜斗寒之情。

容若公干在外，远离家园，因思家而心生忧伤，这种主观感情投射到路途

中的山水之上，遂有“残山剩水”。这与秦观由于心烦意乱，移情于物，将群山说成“乱山”（《南歌子》“乱山何处觅行云?”）的做法是一样的。

“都把一春冷淡，到麦秋天气。”这二句是说，已经一春未归，转眼之间，已是春尽夏初之时。结合前句，麦秋天气的山水当然是青山秀水，旖旎风光，但是词人却说“残山剩水”，可见离愁真能淡褪了一切色彩，别情果然令人触目神伤！

“料应重发来年花，莫问花前事”，下阕承接上阕离愁情绪，道出无限心伤的深层原因。此处，“来年花”之典来自后主李煜事。

根据《南唐书·昭惠周后传》记载，后主曾与周后移植梅花于瑶光殿之西，等到花开之时，周后已经死了，后主睹花忆怀，因之成诗：“失却烟花主，东风不自知。清香更何用，犹发去年枝。”意谓当初一起栽花，相约花开共赏，如今，梅花已开，然而蛾眉已残，空留这一树梅香，又有何用？容若用此典，当是自指：今年芳菲消歇的花枝上，来年还会芬芳重发，可是自己的妻子将何在焉？于是他就告诫自己，不要回忆花前月下的往事，因为即使东风还是昔日的东风，可是红颜已非昔目的红颜，玉人已经永远地逝去了……

人生就是这样错过一场又一场美景，有些人对这些错过不以为然，但对于纳兰来说，每一次错过都是一道伤痕。他用伤痕累累的心，吟咏出这些千年，甚至万年之后都不会被忘记的词。他与他那些隐约的心事，统统被记载了下来。

一络索

长城

【原文】

野火拂云微绿[1]，西风夜哭。苍茫雁翅列秋空[2]，忆写向，屏山曲[3]。

山海几经翻覆[4]。女墙斜矗。看来费尽祖龙心[5]，毕竟为、谁家筑？

【注释】

①野火：指磷火，鬼火。

②苍茫：空旷辽远。

③屏山曲：如屏风一样曲折的山形。此处指绵延起伏的长城。

④山海：山与海。翻覆：巨大而彻底的变化。

⑤祖龙：指秦始皇。《史记集解》载苏林注："祖，始也；龙，人君象。谓始皇也。"

【赏析】

四面的沙粒都安静下来，将方圆万里的夜晚，交给大漠的野火。秋风夜哭，你仿佛长了两千岁，立在秦汉时的边关上，手边的雁翅，无限苍茫。时间如高僧入定，落日在凝固，山河在翻覆。你从秦朝返回，一脸怅惘，一脸感慨。古老的长城上，朔风正在猎猎地吹。不知为谁。

纳兰主词要抒写“性灵”，又当有风人之旨，骚雅之意。本篇即可视为一例。其于篇中对秦始皇修筑万里长城不无褒贬，同时也寓含鉴今之深意。

“野火拂云微绿，西风夜哭”。首二句写塞上所见所听。词人看见的是大漠荒野之夜，磷火绿光闪闪，好像与天上的云朵连到了一起；听见的是阵阵西风呼啸，俨然如战场冤魂的哀哀夜哭。词作一开头就给读者展现了一幅野火连天、秋风悲咽的凄厉悲壮之图。

接下一句，“苍茫雁翅列秋空”，把前两句勾勒的壮阔的景致拉得开阔无际：空旷辽阔的秋日，大雁翅列长空，词人仰望，顿觉一片苍茫。至此，词人已经把秋日边地的寥廓之景写到了极致，若再作类似于“大漠孤烟直，长河落日圆”的闳阔之语，就会显得境界单一，缺乏灵动。那该如何应对？

且看容若下句：“忆写向、屏山曲”。好一句“忆写向、屏山曲”！忽地将大开大合之景凝入小小的屏山，真不愧才子笔法也！所谓“屏山曲”，就是屏风曲折如山，容若这里是说雁阵列空的景象就如同屏风所绘，从而将时空从空旷的大漠挪移到了温馨的家中，伸缩驰骋可谓极其灵动，呈现一种迷离之美。此之笔法，堪与姜夔的“已入小窗横幅”相比。

姜白石有一首非常著名的咏梅词《疏影》，其最后三句是“等恁时，重觅幽香，已入小窗横幅”，意思是等到那时再重寻梅花的幽香，已经为时已晚，因为那时花已落，香已残，只剩下空秃的疏影，而美丽的梅花则已经变成了小窗

上的图画了。一个是雁列长空，倏然飞入曲折屏山；一个是梅花飘落，翩然嵌入小窗横幅，其时空变幻，均是妥帖浑成，不着痕迹。

下阕，词人由写景转为抒情。“山海几经翻覆，女墙斜矗。”想当初，秦始皇费心劲力，终于统一六国，而后又修筑了举世闻名的万里长城，然而几经山河变换，几经兴亡更替，赳赳不可一世的始皇安在？的确，六国破灭，好似一场梦幻；祖龙雄威，已非昔日，曾经的万里长城，也残余为“女墙斜矗”了，那么，曾费尽移山心力的始皇，究竟是为谁修建这绵延万里的巍巍长城呢？“看来费尽祖龙心，毕竟为、谁家筑？”这可以说是即景抒情，但词人的忧患意识和苍凉之悲感亦充溢满纸，深具感发的魅力，启人深长思乡。

一洛索

【原文】

过尽遥山如画，短衣匹马①。萧萧木落不胜秋②，莫回首、斜阳下。

别是柔肠萦挂③，待归才罢。却愁拥髻向灯前④，说不尽、离人话。

【注释】

①短衣匹马：短衣，短装。古代为平民、士兵等服装。穿着短衣，骑一匹骏马。形容士兵英姿矫健的样子。出自唐代杜甫《曲江》："短衣匹马随李广，看射猛虎终残年。"

②萧萧：冷落凄清的样子。木落：落叶。

③萦挂：牵挂。

④拥髻：谓捧持发髻，话旧生哀。

【赏析】

莫问马蹄声。吟鞭一指，过尽青山，便是天涯。无边落木萧萧下，不尽长江滚滚来。征途中的秋，沉郁如杜甫的七律。

所以，那寂寥的秋景，回首顿成悲。一场寂寞凭谁诉。独在家中守候的那人，思念成锁。你打马归来，是唯一的钥匙。

此是一首别有情趣的抒发离愁别恨的小词。

“过尽遥山如画，短衣匹马”。词人身着短衣，乘着骏马，奔驰在征途上，那历历如画的青山，已被自己远远地甩在了身后。一“尽”字说明了行程之远，一“匹”字，彰显了征途之寂寞。

“萧萧落木不胜秋”，承“遥山如画”而来，显得大气磅礴。“萧萧落木”显然出自杜甫《登高》中的名句“无边落木萧萧下，不尽长江滚滚来”。杜甫诗里，落木而说“萧萧”，并以“无边”修饰，如闻秋风萧瑟，如见败叶纷扬，无论是描摹形态，还是形容气势，都极为生动传神。

容若虽去其“无边”，只袭用“萧萧落木”四字，但景物之萧瑟和意境之深远，还是历历如绘的。而“不胜秋”三字，也说明了容若为何要弃老杜“无边”二字之缘由：仅是无边落叶，就已经让人不能经受秋天的萧寥了，倘再加之以“无边”，此情此景，则何人可堪？所以就有了下一句的“莫回首、斜阳下”，只顾策马而行吧，千万不要回头，那夕阳西下，落木萧萧的景象会让^断肠的。

“别是柔肠萦挂，待归才罢”。此句字面的意思是：我是特别地牵挂你啊，这种柔肠百转的思念之心只有等你回来以后才能停止。

在下阕的开端，纳兰便用如此直白的语气写出了思念之情，这种感情如此浓烈，所以在分离之后，更显得孤寂和落寞。在这首词的最后，纳兰自己也写道：“却愁拥髻向灯前，说不尽、离人话。”闲愁越想越多，只有当两人重新见面之后，才能化解，离人话说不尽，说得尽的只有彼此之间对对方的牵挂。

这就出现了一个问题：这个“我”指的是谁？是容若还是别人？若是容若自己，怎还会有“待归才罢”之语呢？显然，这句话说得并不是词人自己，而是与自己遥隔千里的妻子。

这就是此阕小词的别致之处：词的上阕写的是征途之景，其见闻感受皆从自己一方落墨，下阕则是从闺中人一方写来的，是作者假想中的情景。

因此，其高明之处不在于按题中应有之义诉说了柔肠千转的思念之情以及对归家团聚之目的渴望，而在于最后做了一笔反面文章，强调自己怕发付不了他日两人相聚，灯前絮话时她的那种‘说不尽、离人话’的无限深情，因而又添新愁。这较之唐代诗人李商隐的名句“何当共剪西窗烛，却话巴山夜雨时”，意思更深了一层。所以此篇极有浪漫特色，极见情味。

一络索

雪

【原文】

密洒征鞍[1]无数，冥迷[2]远树。乱山重叠杳难分，似五里、蒙蒙[3]雾。

惆怅琐窗[4]深处，湿花轻絮。当时悠扬得人怜，也都是、浓香助。

【注释】

①征鞍：犹征马。指旅行者所乘的马。

②冥迷：迷蒙，迷茫。

③蒙蒙：迷茫的样子。

④琐窗：镂刻有花纹图案的窗棂。

【赏析】

这首词为咏雪之作：马背上落满密洒的白雪，远处树木冥迷，乱山杳渺，不甚分明，仿佛—切都置于蒙蒙雾中。雪花飘入了窗棂，好像是湿花柳絮，又勾起了无限感怀。那纷飘的雪花之所以惹人冷爱，除了它那轻盈的体态之外，还由于它得到了浓郁芳香的暗助。

乍一看，这首《一络索》读起来并不是很顺畅，似乎还有些拗口，这并非是容若的功力不够，而是要涉及音律的问题了。除去韵律问题不讲，从词意来说，这首咏雪词还是十分好的，算得上是上乘作品。

“密洒征鞍无数，冥迷远树。”虽然这是咏雪词，但词中并未出现“雪”字，甚至和雪相关的词汇也没有提及。但即便如此，依然可以看出，容若这是在写雪景。落下的雪片密密麻麻地散落在马背上，模糊了远处的树木。在这场大雪中，远处的山都看不清楚，到处都是迷蒙的一片，真可谓“乱山重叠杳难分，似五里、蒙蒙雾”。

写完雪景，下片便是以景写情。先是道出“惆怅”在窗棂深处，接着便写道雪花如同柳絮一般飘入窗户。在这里，容若一个意境用得很好，将雪花形容为“湿花”，雪花落地即化，就好像打湿的柳絮一样，十分贴切。

也正是因为如此，这样的雪才让人怜惜，不过容若最后也提到，雪花之所以得到世人的喜爱，除了它们自身的圣洁之外，还得益于浓郁的芳香。“当时悠扬得人怜，也都是、浓香助。”雪花怎么会有芳香，想来这是词人的一种想象。

在窗户后面，看到外面白茫茫的一片银色世界，偶尔会有几片雪花飘落进来，在窗台上融化成水。就仿佛花朵一样，让人冷惜，自然，也就联想到了花朵的芳香。雪花在容若的笔下，灵活而有了生气。这首词虽然不算尽人皆知的好作品，但其中的情趣也是别有味道，读罢令人忍不住遐想一番。

清平乐

【原文】

烟轻雨小，望里青难了。一缕断虹①垂树杪②，又是乱山残照③。

凭高目断征途，暮云千里平芜④。日夜河流东下，锦书⑤应托双鱼⑥。

【注释】

①断虹：一段彩虹，残虹。

②树杪：树梢。

③残照：落日的光辉，夕照。

④平芜：草木丛生的平旷原野。

⑤锦书：锦字书，指前秦苏蕙寄给丈夫的织锦回文诗，后多用以指妻子寄给丈夫以表达思念之情的书信。

⑥双鱼：亦称“双鲤”，一底一盖，把书信夹在里面的鱼形木板，常指代书信。

【赏析】

“天青色等烟雨，而我在等你。”这里是塞上。烟雨蒙蒙的时候，总能想起故乡。想起雨后屋檐下，守望如虹的你。踏上征程，我已难回鞍辔。

所谓登高，无关望远。不过是看晚云，一遍遍地错过家园。不过是看乱山中，夕阳如血，梦魂如烟。

大江流日夜，客心悲未央。你的信，鸿雁何时传到？

容若的边塞诗词中，总是不时地流露出一己之愁思。这首征程思乡之作，写塞上离情，全凭景物化出。

“烟轻雨小，望里青难了”。烟轻轻的，雨微微的，塞上是一望无际的青色。此二句是写细雨轻烟之中的远山之景。

“青”字是写青翠的山色，“难了”即是杜甫《望岳》“岱宗夫如何？齐鲁青未了”中的“未了”，是写青翠之色的莽莽苍苍。

“一缕断虹垂树杪，又是乱山残照”，二句言雨后的景象，同样苍茫寂寥，但是多了些凄惨冷落：一缕断虹垂在树梢，山峦错杂堆叠，又是残阳斜照时候。用“乱”形容山，是移情于物，足见心烦意乱；用“又是”修饰“乱山”，可知此广阔荒寒之景已经屡见不鲜。

下阕仍然是实景，苍茫凄凉。“凭高目断征途，暮云千里平芜。”容若此时扈从康熙，正走到一座高岭上，他凭高远望，将要踏上的征途被茫茫的暮云隔断，只有草木丛生的旷野迤逦千里。

自古诗人词客，善感多思，每当登高望远，远目临风，更易引动无穷的思绪：家国之悲，身世之感，古今之情，人天之思，错综交织，纷然而至，例如陈子昂登上幽州古台，便发出了“念天地之悠悠”的感叹。可是，词人“凭高目断”，却不是为了去寻求感慨，而是计算征程，希望能早日结束扈从生活，好回到故园，与日思夜想的妻子团聚。

结尾二句，“日夜河流东下，锦书应托双鱼”就是承此意而来。山下有河，日日夜夜，向东流去，见此情景的容若遂在心底呼唤：妻子啊，快点把书信装在双鱼腹中，托人给我捎来吧！此篇全作景语，但无处不寓征人怀思之苦情。

清平乐

【原文】

青陵蝶梦[①]，倒挂怜么凤[②]。退粉收香情一种，栖傍玉钗偷共[③]。

愔愔镜阁飞蛾[④]，谁传锦字秋河[⑤]？莲子依然隐雾[⑥]，菱花暗惜横波[⑦]。

【注释】

①青陵蝶梦：晋干宝《搜神记》：“大夫韩凭取妻美，宋康王夺之，凭怨

王，自杀，妻阴腐其衣，与王登台，自投台下，左右揽之，着手化为蝶。”指离别的妻室。

②么凤：鹦鹉的一种。体形较燕子小，羽毛五色，每至暮春来集桐花，故又称桐花凤。

③玉钗：玉制的钗。由两股合成，燕形。亦指美丽的女子。

④愔愔：幽深貌，悄寂貌。镜阁：指女子住室。

⑤锦字：书信。秋河：银河。

⑥莲子：即怜子。隐雾：谓隐遁待时，犹“隐约”。

⑦菱花：指菱花镜，古代铜镜名，镜多为六角形或背面刻有菱花者名菱花镜，亦泛指镜。横波：眼神闪烁，有神采。

【赏析】

有人说这首词是纳兰在怀念与妻子往的种种深情。

词的上半片纳兰沉醉在过往的深情当中，迷醉。词的下片，纳兰徘徊在现实的凄寂当中，自怜。

青陵台下，韩凭夫妻化蝶，用生命演绎了情爱传奇。他们在人世间求不得的圆满，在另一个世界却可以延续。而我俩呢？却天人永隔。你成了阴间最孤独的魂，我成了人间最无主的人。斯人已去，我却留在原地，痛苦地守着一份回忆。

空寂的闺房再也没有了你的踪影，么凤倒挂，依然是那样楚楚可怜。睹物思人，怎能不让人惘然若失，情难自已。一种灼烧心口的感觉，空气中弥漫的是你的气息，对你的思念触手可及。你可记得，鸳鸯枕上，红罗帐内，退粉收香，一种深情？散落在枕旁的那一枝钗，偷偷共着这份欢悦。

这是词的上半片，写得婉转、隐约，尤其是后两句充满迷离香艳的气息。这是纳兰写得最香艳的一首词，只是这香，这艳，不在其表，而是在骨子里。

下半片，从回忆转入到了现实。

你曾梳过妆的镜阁，在时光中幽深沉寂。室内飞舞着的飞蛾，只懂得扑火，又怎能将我的锦书传递？传递到遥远的秋河？这又是纳兰的痴情了。明明与妻子阴阳睽隔，还想着将书信传递。

莲子依然隐雾，菱花暗惜横波。当初你怜惜我待时而起的深意，我依然记得。我多想做那菱花镜，还能日日偷惜你的横波。菱花偷惜横波，情深之人，做人还不够。要做你的镜子，日日看你的眼眉。做你的小羊，愿你那温柔的皮鞭，轻轻抽在我的身上。做你的腰带，日日缠绕在你的腰间。做你的手镯，日日贴在你的心上。

真是一种深情，十分缠绵。

我更觉得这首词不是纳兰写给妻子的，而是在追忆过往的一段暧昧、隐约、不分明、欲说还休的痴缠。一段曾经燃烧过的激情。谁的青春不孟浪，谁在年轻时不渴望着大把风光？经历过了，而不迷失自己。因为懂得，所以才能慈悲，才会加倍珍惜。这不也是人之常情？

说它是在写一段无法言说的情。关键是以下两句：

退粉收香情一种，栖傍玉钗偷共。

莲子依然隐雾，菱花暗惜横波。

前者有着偷欢的刺激，紧张，写得隐隐约约，只可意会，不可言传。纳兰写给妻子的情书那么多，都是坦荡直白，自然流出。一个“偷”字，若说是用在与妻的缠绵上，有些不当。

后者有着欲说还休、旧情难忘的意味。对你的爱怜，就像是隐在雾中，见不得阳光，不能分明。身不由己的我，还不如那一枚镜子，镜子还可以偷偷欣赏你的妩媚。一个“暗”字，道出了他婉曲的心思。

缠绵相顾，情脉脉兮，说于朝暮。

缠绵相顾，颠倒思兮，难于倾诉。

唉，一种缠绵，十分心苦。

清平乐

【原文】

将愁[①]不去，秋色行难住。六曲屏山[②]深院宇，日日风风雨雨。

雨晴篱菊[③]初香，人言此日重阳。回首凉云[④]暮叶，黄昏无限思量。

【注释】

①将愁：长久之愁。将，长久。

②六曲屏山：如山峦般曲折往复的屏风。

③篱菊：谓篱下的菊花。语出晋陶潜《饮酒》诗之五：“采菊东篱下，悠然见南山。”后用以为典实。

④凉云：阴凉的云。南朝齐谢朓《七夕赋》：“朱光既夕，凉云始浮。”

【赏析】

愁绪绵长，驱之不去。隐身于秋色中的时光，任你挽留，总也脚步难住。

庭院深深，更兼六曲屏风相隔，益显深幽。秋风秋雨连绵，伏雨晚寒亦是愁不胜。

终是风停雨住，篱边菊花初绽，在夕阳中吐露幽芳。隐然间听人说起，今日又是重阳节了。茫然四顾，却见暮色苍茫，夕阳已经落去，凉云轻笼，晚风中的树叶萧萧。这样的黄昏，让人思绪千回百转。

这是一首重阳佳节的感怀之作。但这里的感怀绝非一般的“秋感”，而是在深宅秋雨，在苍茫独立中勃发的隐怨长愁。容若此词，没有上景下情，而是劈首言愁，结句意蕴深长，留下无限思量，甚至连一个轻轻的叹息都没有，只任万千愁绪勃发于胸却止于唇间。沉吟之间，容若，有没有回身进屋，给我们一个苍凉的背影。一片黄叶无声落下。此情此景，让人想起泰戈尔的那句，“秋天的黄叶，它们没有什么可唱，只叹息一声，飞落在那里。”

“将愁”，是谓愁怨绵长。“将”，长久之意。《诗经·商颂·烈祖》中有

“以假以享，我受命溥将。”清代马瑞辰，在《毛诗传通释》中释此句，“盖言我受天之命溥且长，犹《公刘篇》‘既溥既长’，以溥长对举也。”《楚辞·九辩》中也有“岁忽忽而遒尽兮，恐余寿之弗将。”东汉时的王逸，著有《楚辞章句》，是《楚辞》最早的完整注本，其注说，“惧我性命之不长也。”将，亦为长之意。容若词句，常领风骚之旨，由此亦可见一斑。屏山，即屏风，六曲，为十二扇。李商隐《行至金牛驿寄兴元渤海尚书》中有“六曲屏风江雨急，九枝灯檠夜珠圆”句。此处的屏山与深院，容若是否别有所指，我们不得而知。然而，华贵的相府，于容若来说，却是精美的雕笼。词中的隐怨长愁源自何处，容若没有说。感叹时序变化之外，他的心，在哪里缥缈，又在哪里能有所依附呢？

“雨晴篱菊初香，人言此日重阳。”伏雨稍歇，篱菊初香，似有一丝小小的欣喜。然而，这只是牵扯出无言愁绪的一个小小铺垫。人言今日是重阳，生生让人动弹不得。古时，重阳是一个大的节令，烟火中的人们，该是为它的到来准备了很久。而容若，竟恍若人言方知今日是重阳。容若的心里，该是怎样的生亦何欢，死亦何哀呢。“凉云”，在诗词中非常常见，即阴凉的云。南朝谢朓《七夕赋》：“朱光既夕，凉云始浮。”姜夔《蓦山溪》词：“荷苒苒，展凉云，横卧虹千尺。”南宋词人高观《喜迁莺》：“凉云归去。再约著，晚来西楼风雨。”若单单是一个凉云，倒也能奈，其后缀以暮叶，则苍茫苍凉之意顿生。“黄昏无限思量”，庭院深深几许，不及愁怨。

容若的这阙《清平乐》，亦似一幅小立轴。画中，斯人独立，庭院深深深几许，锁住他的身心和冷冷清秋。篱边那几盏初菊，开得极是落寞，装点画面，倒是映照出他内心的凄清。此词，亦合在黄昏或是秋雨夜，反复低吟，让心融入他那旷世惆怅之中，入“人言愁，我始欲愁”之境。

清平乐

秋思

【原文】

凉云万叶，断送清秋节。寂寂绣屏香篆灭，暗里朱颜消歇。

谁怜影吹笙，天涯芳草关情。懊恼隔帘幽梦，半床花月纵横。

【赏析】

这首秋思词，纳兰再次隐去了自己，以男子作闺音。体贴入微，几可乱真。

整个词写得清纯婉丽，不事雕琢，纯任性灵。所以，尽管这首词并没有太大的新意，却也别样幽芬，风姿摇曳。像一朵小花，安静从容，那一份优雅与清芬，流转在天地间。

这首秋思和马致远的《秋思》“古道西风瘦马，小桥流水人家。斜阳西下，断肠人在天涯”一样，以意象结构全篇，意在象外。

上片写了在一个清秋时节，在一个幽寂的空闺内，佳人自怜着红颜消歇。

凉云万叶，断送清秋节。凉云、万叶，拉开了清秋的序幕，而秋也是在他们的陪伴中走过的。这里的“断送”，用来极妙。断送不是今天我们所说的葬送，个人觉得，这里兼引逗和度过两层含义。一语关合两义，真是妙笔。

作“引逗”之义，比如：宋代吴潜《满江红》词：“向黄昏断送客魂销，城头角。”元代阿鲁威《蟾宫曲》：“故国山河，水落江空，断送离愁，江南烟雨，杳杳孤鸿。”若理解为度过时光，词中也有依据。如唐代韩愈《遣兴》诗：“断送一生惟有酒，寻思百计不如闲。”元代段成己《江城子》词：“断送余生消底物？兰可佩，菊堪餐。”

寂寂绣屏香篆灭，暗里朱颜消歇。词人的视野在拉近，镜头定格在了闺房里面。这闺房是寂寂的，绣屏寂寂地掩着，篆香寂寂地熄灭。静与寂，没有一点生机，没有一点意趣，正像这闺中女子一般，了无情绪。对镜自看，但见红颜一点点老去，韶华一点点消歇。徒留叹息。

下片同样用意象写了两件事。怜影吹笙，懊恼幽梦。

谁怜影吹笙，天涯芳草关情。是谁，在顾影自怜，吹着寒笙？笙声吹送，如慕如诉，连天涯芳草也知道关情，为之动容。抑或是，是笙声中关合着天涯

芳草，芳草边的那个离人？聚散都是缘，离合总关情。情在吹笙怜影间，也在天涯芳草间。

懊恼隔帘幽梦，半床花月纵横。也许是笙声惊醒了伊的好梦。她懊恼着隔帘的幽梦，想伸手抓住这梦境，想留住这梦境，却是空空。床上，只有花月纵横斑驳的影子。花在月下缠绵，人却凄清难耐。这花与月联手在嘲笑着女子的寂寞，怎么不让人心生懊恼？

懊恼隔帘幽梦，半床花月纵横。意象美得让人不敢逼视，艳得那么顽固，也冷得让人揪心。花月兀自纵横半床，哪管得了人的隔帘幽梦。疏离，隔膜。

夜月一帘幽梦，春风十里柔情。一帘幽梦，寂寞叫人心动。

就算是丢失在风中，就算是芬芳尽，就算是音尘绝，你也依然是我流年里最好的风景。

择一城终老，遇一人自首。

携一帘幽梦，许一世倾城。

一个女子的心思，简单而又深刻。单一而又丰富。

清平乐

【原文】

凄凄切切[①]，惨淡黄花节[②]。梦里砧声浑未歇[③]，那更乱蛩悲咽[④]。

尘生燕子空楼，抛残弦索床头[⑤]。一样晓风残月，而今触绪添愁[⑥]。

【注释】

①切切：哀怨、忧伤貌。

②黄花节：指重阳节。黄花，菊花。

③砧声：捣衣声。

④蛩：指蟋蟀。悲咽：悲伤呜咽。

⑤弦索：弦乐器上的弦，指弦乐器。

⑥触绪：触动心绪。

【赏析】

思亲重阳佳节，却是惨淡黄花节。

黄昏的余晖里，你坐在孤独的风里，影子犹如深秋的落叶。想起伊人玉兰

花瓣般的面容，你总是意犹未尽。有时候嘴角略带甜蜜，有时候哀愁泻于双目间。而她已经走了那么远，那么远。

梦中，你见过最深情的面孔，最柔软的笑意。在炎凉的世态之中，灯火一样给予你温暖的方向。虽然现在，你已经无法再拥抱，路途念念不忘的失去。

回忆，是一种味道。无法释去，更无法追寻。

这首词是作者在重阳佳节为感爱妻之逝而作，为悼亡词。

“凄凄切切”，首句即极尽伤情之词。这四个字，孤立来看，看不出其凄凉几何。它实际上是脱自欧阳修《秋声赋》中的“凄凄切切，呼号愤发”，在欧阳修啸出此伤心句之前，其实是很有一番铺垫的："噫嘻悲哉！此秋声也，胡为而来哉？盖夫秋之为状也：其色惨淡，烟霏云敛；其容清明，天高日晶；其气慄冽，砭人肌骨；其意萧条，山川寂寥。故其为声也，凄凄切切，呼号愤发。"所以，知此，就会知道当词人写下这四个字时，其悲心若何。

"惨淡黄花节"，这句点明时令是重阳。而重阳佳节，正是登高，遍插茱萸，赏菊饮酒之佳时，词人何以会觉得"惨淡"？作者并未马上说出缘由，而是继续描摹惨愁之景。"梦里砧声浑未歇"，古人有秋夜捣衣、远寄边人的习俗，因而寒砧上的捣衣之声便成了离愁别恨的象征。此处词人不仅听到砧声，而且这催人发愁的砧声还更鼓未歇。这幅情景本来已经使人不胜其苦了，偏偏这时候又传来悲咽的蛩声。

“那更乱蛩悲咽”，墙边蟋蟀鸣叫，亦是触发人们秋思的。李贺《秋来》诗云：“桐风惊心壮士苦，衰灯络纬啼寒素。”至此，上阕以实写制造了不胜悲伤凄楚的氛围，词人内心的秋潮已经开始暗自汹涌了。

下阕，“尘生燕子空楼，抛残弦索床头”，本于宋周邦彦《解连环》词：“燕子楼空，尘锁一床弦索”，点出悼亡之情，让内心潮水汩汩流出。燕子楼，在江苏徐州，唐时张建封的爱妓关盼盼曾居于此，张死后，盼盼仍居此楼十余年不嫁。这里借指亡妻的居室。因为妻子已经亡故，所以言“燕子空楼”。因为亡故已久，所以曰“尘生”，而床头的琴弦也早已束之高阁，任其蒙尘抛残。

末二句，“一样晓风残月，而今触绪添愁”。“一样晓风残月”，此句显然是化用柳永《雨霖铃》里的词句：“今宵酒醒何处？杨柳岸，晓风残月。”柳永的“晓风残月”，似工笔小帧，无比清丽，且客情之冷落，风景之清幽，离愁之绵邈，皆凝于其中。然而词人在“晓风残月”前添了“一样”二字，就变“古语为吾语”了，送别之意尽去，而悼亡之音弥浓，颇有崔护“人面不知何处去，桃花依旧笑春风”的物是人非之情。

最后一句，“而今触绪添愁”，点明玉人已殒，睹物思人，触绪添愁的主旨，而词人本就相思无绪的心怀，此时也就愈益伤情彻骨，无法排遣了。

清平乐

忆梁汾

【原文】

才听夜雨，便觉秋如许。绕砌蛩螿人不语[①]，有梦转愁无据[②]。

乱山千叠横江[③]，忆君游倦何方[④]．知否小窗红烛。照人此夜凄凉。

【注释】

①蛩酱：蟋蟀和寒蝉。蛩，蟋蟀。螿，蝉。

②无据：不足凭、不可靠。

③横江：横陈江上，横越江上。

④游倦：犹倦游，指仕宦飘泊潦倒。

【赏析】

劝君更尽一杯酒，西出阳关无故人。这世间让人感动的，原本也有友情。也许，昔日伴君今夜须沉醉的友人，早已一马远去，只剩西风古道上的黄尘。也许，曾经少年风流的哒哒马蹄，如今只有一行形影孤寂的不舍嘶鸣。

但只要彼此的心灵是贴近的，就算千山万水也可以交换心意。正如诗云：忆君无所赠，赠子一片竹。竹间生清风，风来君相忆。也许，总有一天，我们也会化为一片竹林，在风中升华彼此的情谊。

这是一首秋夜念友之作，抒发了作者对顾梁汾深切的怀念和深挚的友情。全篇亦情亦景，交织浑融。

“才听夜雨，便觉秋如许”。容若似乎有一种“雨情结”，而“雨”在容若的词里，又似乎总有一种凄清哀婉的情调，并且常常和“秋”联系起来，比如“萧然半壁兼营秋雨”“一朵芙蓉著秋雨”“夜雨做成秋”“秋雨，秋雨，一半西风吹去”等等，简直不胜枚举。此处亦然，一开篇就以“才听夜雨”为全词奠定了秋夜感怀的基调，似乎预示着词人对友人的怀顾也将似这秋雨一般，绵绵不断，细若愁思。

“绕砌蛩螀人不语”，写完了秋雨，词人转写蟋蟀和寒蝉。在古诗词里，蛩吟多是催愁之声，比如程垓《卜算子》“楼下蛩声怨”，用如泣如怨来形容“蛩

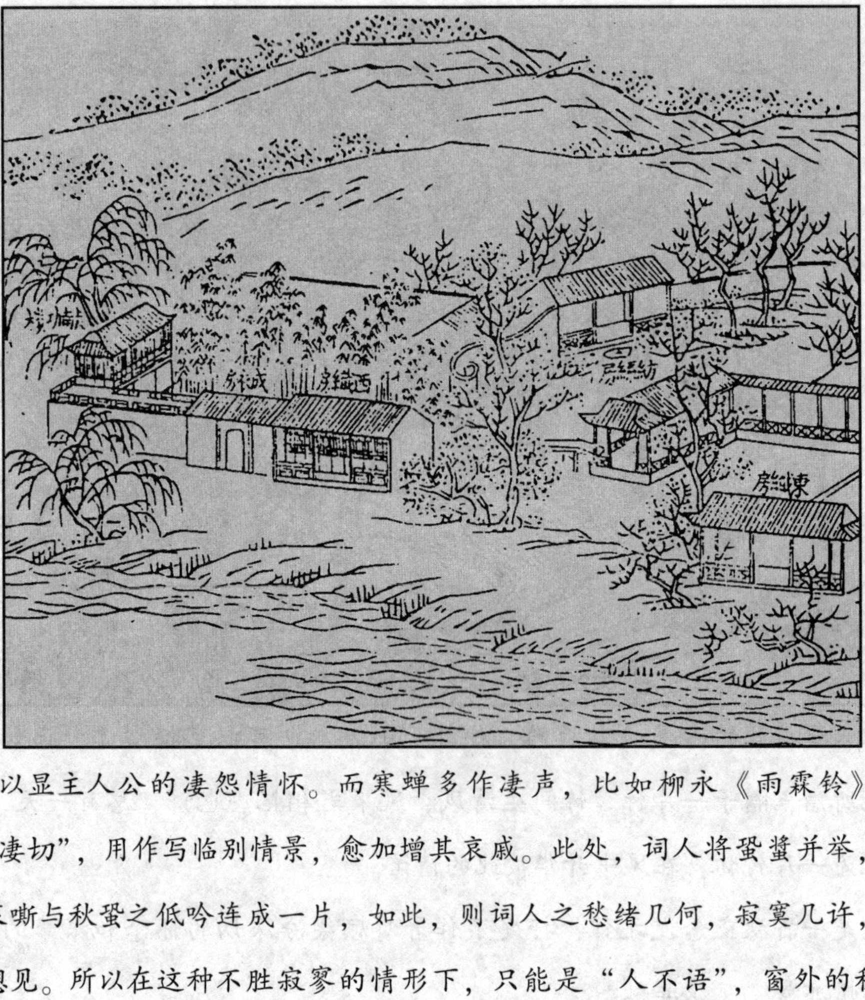

声”，以显主人公的凄怨情怀。而寒蝉多作凄声，比如柳永《雨霖铃》中的“寒蝉凄切”，用作写临别情景，愈加增其哀戚。此处，词人将蛩螿并举，谓寒蝉之哀嘶与秋蛩之低吟连成一片，如此，则词人之愁绪几何，寂寞几许，读者自可想见。所以在这种不胜寂寥的情形下，只能是“人不语”，窗外的秋声已让他不忍听闻了。于是词人只好寄希望于梦了。但结果如何呢?“有梦转愁无据”，终于因忆念故人而成梦了，但是梦醒成愁，故梦也不可靠，不能慰人相思了。观之上阕，词作从窗外写起，以实笔出之，由“夜雨”和“蛩螿”有声而“人不语”的秋声秋意中，引来了对故人的怀念。

过片转而虚写。词人于梦中想象，极目远望，只见水天空阔、乱山无数；那么，对方此去之远，其觌面之难早已不言自明了。“乱山千叠横江”，由于江山阻隔而与梁汾不得相见，遂点到“忆君”之题旨。“忆君游倦何方”，“游倦”，即倦游，指仕宦不得意而思归隐，张孝祥《水调歌头·过岳阳楼作》曾有“湖海倦游客，江汉有归舟”，辛弃疾《水调歌头》也有“倦游欲去江上，手种橘千头”。此处，词人遥问友人倦游于何方，包含着其对湖海漂泊、怀才不遇的友人的深切关怀。

“知否小窗红烛。照人此夜凄凉。”在古典诗词中，“灯”或“烛”似乎常与孤独寂寞相连，灯下的情景也是相聚的少，离散的多，因此“灯”就成为表现相思离别之情的最好意象。这在纳兰词中也有所述：“夜寒惊被薄，泪与灯花落。”“秋梦不归家，残灯落碎花。”“月浅灯深，梦里云归何处。”“因听紫塞三更雨，却忆红楼半夜灯。”当然还有此处的“知否小窗红烛，照人此夜凄凉”。对友人无形的思念，通过有形的灯烛倾诉着或伤别、或念远、或期盼的感情。这夜不能寐的缈缈思绪，通过夜色中飘摇跳荡的烛火，连接着朋友的天涯路和词人的小轩窗，表现了一种无以名状的凄清冷落之情。

在发出了“忆君游倦何方”的内心思语之后，词人终以“小窗红烛”之眼前景收束，更加突出了“此夜凄凉”的氛围和心境。

【词人逸事】

顾贞观是江苏无锡人，其曾祖顾宪成是晚明东林党人的领袖，可谓真正的书香门第。顾贞观的个人才情和文化素养也自然与众不同，是当时很有名气的江南文士。康熙十五年的春夏间，康熙十五年与权相明珠之子纳兰性德相识，成为交契笃深的挚友。或许是气质的相互吸引，或许是才情的彼此契合，两人第一次相见，便有“一见即恨识余之晚”之感，相见甚欢，相谈甚多，彼此引为知己。而在词坛的成就两人同样齐名，举凡清史、文学史、词史无不将二人相提并论，被视为风格近似、主张相同的词坛双璧。

清平乐

【原文】

塞鸿[1]去矣，锦字[2]何时寄。记得灯前佯忍泪，却问明朝行未。

别来几度如珪[3]，飘零落叶成堆。一种晓寒残梦，凄凉毕竟因谁。

【注释】

①塞鸿：塞外的鸿雁。塞鸿秋季南来春季北去，故古人常以之作比，表示对远离家乡的亲人的怀念。

②锦字：书信。

③珪：同“圭”。古代帝王或诸侯在举行典礼时拿的一种玉器，上圆下方，此处借喻月圆而缺。

【赏析】

醉笑陪君三万场，不诉离伤。这豪迈的承诺，你再一次无法做到。

漂泊太久，你的离伤已经累累。家书不来，你累累的伤痕不愈。都说，时间是水，回忆是水波中的容颜。那夜离别，她憔悴的容颜，如莲花的开落。她挽留的唇，如月光的叮咛。可是你，挥一挥衣袖，还是走了。

如今，月亮圆了又缺。你已走到了异地的落叶里。她忧伤，你就飘零成堆。

又是一首塞外怀妻的小令，凄婉哀怨中透露出一丝寂寥难眠的心境。

“塞鸿去矣，锦字何时寄。”塞鸿，即塞雁，秋季南飞，春季北返。古诗文中常以之比喻远离家乡，漂泊在外的人。“锦字”用典，《晋书·列女传》载前秦时，窦滔被流放到边疆地区，其妻苏蕙思念不已，遂织锦为回文旋图诗相寄赠。诗图共八百四十字，文辞凄婉，宛转循环皆可以读。“塞鸿去矣”，望着塞上的鸿雁向南飞去，容若不禁长思：妻子啊，你的书信何时才能寄到？

“记得灯前佯忍泪，却问明朝行未”，由盼望家书到来，转为追忆与她分别时的情景。此二句，化用唐韦庄《女冠子》词：“别君时，忍泪佯低面，含羞半敛眉”，融合无间，犹如灭去针线痕迹，有妙手偶得之感，把一幅既温馨又感伤的画面呈现在我们面前：妻子忍着眼泪为丈夫打点行装，依依话别，却总是小心翼翼地问：明天真的就要走了吗？她多么希望能从丈夫嘴里得到不走的消息，哪怕只是推迟一天，再多一天团聚的日子啊。这种情深一往的夫妻感情，从只言片语中便浓重地渲染了出来，让读者感动不已。

“别来几度如珪，飘零落叶成堆”，下阕描绘此时的愁思与寂寞。“如珪”，指月圆而缺，南朝江淹《别赋》：“乃至秋露如珠，秋月如珪……与子之别，思心徘徊。”“几度如硅”，是说分离时间的长久。“落叶成堆”，点出秋色已深，渲染了离情的凄苦：算算又过了好些日子了，月亮圆了又缺，随风飘落的叶子叠了一层又一层。我每天都在寒冷中醒来，连一个完整的梦都不曾有了，这些还不是因为没有了你在我身边陪伴，嘘寒问暖吗？末二句，“一种晓寒残梦，凄凉毕竟因谁”，以残梦凄凉缩结，突出了孤独难耐，相思怨别的深情。

清平乐

【原文】

孤花片叶，断送清秋节①。寂寂绣屏香篆灭②，暗里朱颜消歇③。

谁怜散髻吹笙④，天涯芳草关情⑤。懊恼隔帘幽梦，半床花月纵横。

【注释】

①清秋节：清爽的秋天时节。

②香篆：即篆香，形似篆文。

③朱颜：红润美好的容颜，指美人。消歇：消失，止歇。

④吹笙：喻饮酒。宋张元幹《浣溪沙》："谚以窃尝为吹笙。"

⑤关情：动心，牵动情怀。

【赏析】

又是冷落清秋节。月亮，是柔软又冰凉的花朵，重阳夜，它没有开。守望天涯的女子，寂寂的房间，寂寂的心坎，寂寂的人生。只是无人怜惜。两个人的爱，原来隔有一帘幽梦。所以，平生不会相思的人，才会相思，便害相思。

此词抒写少妇清秋懊恼、思念丈夫之情怀。但其情婉而隐，词中只用清秋孤花片叶、天涯芳草，以及寂寂绣屏、香篆熄灭，半床花月之景，将深隐的愁情具象化，极迷离惝恍，极空灵含婉。

上阕写愁。“孤花片叶，断送清秋节”，二句点出室外景和时节。“孤花”谓菊花是孤零零的，“片叶”谓叶子似只有一片，此二句显然是移情入景：由于女主人公的内心是寂寞的，所以当其以孤独之眼观物时，万物皆带孤独之情。既如此，这采菊饮酒的重阳节，怎会不被断送呢？

“寂寂绣屏香篆灭，暗里朱颜消歇”，此二句承上句“断送”，自然转入室内景和景中人。在寂寂的闺房，她黯然独处，绣屏也显得孤单冷落，而篆香又熄灭了；终日寞孤如此，她秀美的容颜已经憔悴得不成样了。“暗里朱颜消歇”，脱自李白《寄远》诗：“坐思行叹成楚越，春风玉颜畏消歇”，但比白诗愁情更甚：白诗里是“畏消歇”，即还没有消歇，背景是暖煦的春风；而容若词里是“消歇”，已然成果，背景是寂寂的绣屏和已经熄灭的香篆。

下阕写思。“谁怜散髻吹笙”，承接上阕末句而来，“朱颜消歇”应予惋惜，可是无人怜之。“谁怜”一词，叩心击骨，自身消歇无人怜，却还要去怜别人，这就产生了下句的“天涯芳草关情”。关情者何？当然是那位让她魂牵梦绕、行役在外的玉郎了。于是在自己照影吹笙，饱尝落寞后，又希冀晚上与他梦中相会，谁知好梦却被惊醒。“懊恼隔帘幽梦”一句，写出了“好梦难留人谁”的恼情恨意。既然梦不成，那就只有醒来。“半床花月纵横”，醒来之后，只有半床的月下花影，纵横交错，惹人相思不止。

容若的这首词，轻幽柔婉，缠绵悱恻，致力于追求结构链和情感链的完美统一。全词在结构链的连接上，上阕先点出时令，景物由外而内，由高而低，由大而小，由景而人；下阕承己而写，由己及人，由笙及梦，由梦及醒，由醒及恼，层层写来，针线细密。在情感链的连接上，上阕由花之“孤”而自然点出“断送”之念，以“断送”一词总揽全篇。再接以“寂寞”“灭”“暗”“消歇”等词一路回应“断送”；下阕由“消歇”而生，由“冷”而“照”而“吹”，而“梦”而“懊恼”，环环递接，链条甚紧。其缜密的结构链与柔密的情感链相应相绾，有机地结合在一起，颇具匠心。

清平乐

弹琴峡题壁

【原文】

泠泠[1]彻夜[2]，谁是知音者。如梦前朝何处也，一曲边愁难写。

极天[3]关塞[4]云中，人随落雁西风。唤取[5]红襟翠袖，莫教泪洒英雄。

【注释】

①泠泠：形容清凉、冷清，借指清幽的声音。

②彻夜：整夜，一夜。

③极天：指天之极远处，远处。

④关塞：边关，边塞。

⑤唤取：唤得、唤着。

【赏析】

泠泠彻夜，谁是知音者？如梦前生何处也，一曲心愁难写……曾说，用一弦锦曲，写尽绮丽，写尽温柔。写尽前生的缘，写尽今生的梦……可奈今生，早已忘却锦曲的调子。任泠泠弦音，随风飞去，舞作迷茫的幽叹。

如梦的前朝繁华，如今再无寻处。唯有边塞的西风，若似曾相识的笑颜。锦弦音，再斑斓时，你孤独得都不是自己了。寂寞的心，一半高山，一半流水，只是琴韵早已不再悠扬。

此篇为行役塞上之作。词中抒发了关塞行役中的“边愁”及作者的兴亡之感。

词作由泠泠水声起兴。“泠泠彻夜”，清越的流水声，整夜响动不停。用“泠泠”形容流水的清脆悠扬，自是十分精当。容若既是饱学之士，化用陆机《招隐诗》中的名句“山溜何泠泠，飞泉漱鸣玉”，也就十分自然。然而唐刘长卿曾作过一首《听弹琴》诗，里面也有“泠泠”二字：“泠泠七弦上，静听松风寒。古调虽自爱，今人多不弹。”可见这“泠泠”既可以形容流水，亦可以描述琴声。此处容若正是由潺潺的流水声联想到冷冷的琴声，从而发出“谁是知音者”的疑问。

那容若为何又会因琴声而发问“谁是知音者”呢？这里面有一个古老而清雅的故事。晋大夫俞伯牙，善乐，曾游泰山，观沧海，感慨寄于琴内，奈何无人能会其意。一日，伯牙焚香抚琴。一樵夫立于旁侧，久不离去。伯牙为之惊异，问曰：“知何曲否?”答曰：“孔子赞颜回。”伯牙听罢，遂重抚一曲。樵夫曰：“巍巍乎若泰山，洋洋乎若流水。有高山流水之音”。伯牙为之叹，此知我人也！遂与钟子期结为挚友。翌年，伯牙闻子期卒。以头抢地，绝琴断弦，誓永不复鼓。人究其因，方知知音无觅也。显然，此处容若由溪声而琴声，由琴声之知音而人之知音，这一连串的联想，都是据此高山流水的故事而来的。

“如梦前朝何处也，一曲边愁难写”，看来，这鸣琴一样的水声勾起的还不仅仅是知音难觅的慨叹，这前朝如梦、边愁难写的无端意绪、种种悲感，皆复杂地交织在一起。至此，整个上阕，都是从听觉上引来的愁情落笔。

下阕转而从视觉、从眼前景上进一步渲染这种愁情。“极天关塞云中”，关塞的形势极其险要，似在极天，似在云中。“极天”言关塞之远，“云中”谓关塞之险，皆出之于夸张之辞。这样险要的边关之地，自然是极其寥廓辽远的。“人随落雁西风”，猎猎西风之中，只有南回的北雁伴随着羁旅边关的漂泊之客。在上阕里，词人说，“一曲边愁难写”，那么此时，在极天云中的关塞，而行军中又伴随着“落雁”和“西风”，这时候“边愁”会如何？更到哪里去找知音者呢？

“唤取红襟翠袖，莫教泪洒英雄”，结尾二句，由辛弃疾《水龙吟·北固亭怀古》中词句“倩何人，唤取红巾翠袖，揾英雄泪”化出，自然浑成，表达了难以名状的孤独寂寞的情怀，深切感人。

清平乐

【原文】

风鬟雨鬓[1]，偏是来无准。倦倚玉阑看月晕[2]，容易语低香近。

软风吹遍窗纱[3]，心期更隔天涯[4]。从此伤春伤别[5]，黄昏只对梨花。

【注释】

①风鬟雨鬓：形容妇女在外奔波劳碌，头发散乱。后代指女子。

②月晕：又称“风圈”，月光被云层折射，在月亮周围形成的光圈。

③软风：柔和的风。窗纱：窗户上安的纱布、铁纱等。

④心期：心中相许。引申为相思。

⑤伤春：因春天到来而引起忧伤、苦闷。伤别：因离别而悲伤。

【赏析】

容若是一个真性情的人，也是一个非常需要爱情的男人，他的爱情曾随着表妹的入宫一度低沉，随着妻子卢氏的去世差点毁灭，甚至随着沈宛的离去而消散殆尽。不过还好，在他的内心，始终保存了有关爱情的一点追求，而容若又将这点追求，放入了诗词中，时刻提醒自己，原来，爱情并未走远。这首

《清平乐》就写到了恋爱中的男女，道出了他们想见又害怕见的矛盾心情。

“风鬟雨鬓”本是形容妇女在外奔波劳碌，头发散乱的模样，可是后人却更喜欢用这个词去形容女子。女子与他相约时，总是不守时间，不能准时来到约会地点。但容若在词中并无任何责怪之意，他言辞温柔地写道：“偏是来无准。”虽然女子常常不守约定时间，迟到的次数很多，但这并不妨碍容若对她的宠爱。想到与女子在一起的快乐时光，容若的嘴角便露出微笑。

“倦倚玉阑看月晕，容易语低香近。”记得旧时相约，你总是不能如约而至。曾与你倚靠着栏杆在一起闲看月晕，软语温存，情意缠绵，那可人的缕缕香气更是令人销魂。如今与你远隔天涯，纵使期许相见，那也是可望而不可即了。从此以后便独自凄清冷落、孤独难耐，面对黄昏、梨花而伤春伤别。

过去的时光多么美好，但美好总是稍纵即逝。在容若的回忆里，这份美好过分短暂，好像柔软的风，只是轻微吹过脸庞，便一逝而过。“软风吹过窗纱，心期便隔天涯。”与《清平乐》的上片相比，下片的格调显得哀伤许多，因为往昔的美好回忆过后，必须要面对现实的悲凉。

在想过往日与恋人柔情蜜意之后，今日独自一人，看着春光大好，真是格外感伤。容若一向是伤春之人，那是因为他内心深处一直藏着一份早已远逝的情感，就如同这春光一样，无论眼下再怎么美好，总有逝去的那一天。

“从此伤春伤别，黄昏只对梨花。”结局就是这样，有时候，人们往往知道结局是无法逆转的，但站在时光的路口，依然想不自量力地去扭转乾坤。

最终，伤的只有自己。

清平乐

【原文】

参横月落[①]，客绪从谁托。望里家山云漠漠[②]，似有红楼[③]一角。

不如意事年年，消磨绝塞风烟。输与五陵公子，此时梦绕花前。

【注释】

①参横月落：月亮已落，参星横斜，形容夜深。

②漠漠：紧密分布或大面积分布的样子。

③红楼：指家园的楼阁。

【赏析】

纳兰每逢离家在外，都会觉得凄惶无依，而后写下只言片语，隔着几百年的时光，让后来的读者为之心折。

“参横月落，客绪从谁托”，月亮已落，参星横斜，正是天将破晓之际，纳兰已经要从汉儿村出发了。“客绪”是指一种行旅怀乡的愁思。这满心的情绪，真真是，又该从何说起呢。

在这样的茫然无奈中，词人抛出了虚化的两句，“望里家山云漠漠，似有红楼一角”，太多执着的情绪容易让人产生幻觉，纳兰似乎也并不介意在这里用这种方式变现他思乡之情。红楼即是指家园的楼阁，显然是想象之语，而在这里，

"楼"并不是重点，红楼一角之下，定是有佳人倚栏，翘首企盼着词人的归期吧，此情悠悠，两心知。

下片四句是要连贯在一起看的。

先说后两句。"输与五陵公子，此时梦绕花前"，五陵公子，是指京都的富豪子弟。单看这两句自然是无头无脑，不过连上前面两句，"不如意事年年，消磨绝塞风烟"就可以看出，纳兰这其实是在抱怨了。他感叹道，我年年都有不如意之事，要戍守塞外，在缕缕风烟中消磨时光。看来，我的确是比不上此时正在游赏玩乐的京城贵族子弟们啊，他们恐怕此时正过着国色天香般的生活吧。

词人拿远行在外孤寂无聊的自己，和在京师里过着悠闲生活的人们相比，在看似情绪平静的表面之下，他实在是忍不住满腹牢骚了。短短四句，言浅而意深。

这样一个结句，也是对上片落句的回照，在整首词里构成了一种前后勾连、回环往复的韵致，《清平乐》这样短小的词牌能写出这样回环往复的意味，可见纳兰情意之深切，也更让人觉得其中哀伤之情愈加的缠绵委婉。

清平乐

【原文】

角声哀咽，襆被[1]驮残月。过去华年如电掣[2]，禁得番番离别。

一鞭冲破黄埃[3]，乱山影里徘徊。蓦忆去年今日，十三陵下归来。

【注释】

①被：用包袱捆上衣被。

②电掣：电光急闪而过，喻迅速、转瞬即逝。

③黄埃：黄色的尘埃。

【赏析】

这首词是在康熙十六年（公元1677年）十月时所作，当时，纳兰正值二十二岁，已被康熙皇帝授予三等侍卫的官职。而这一年，距妻子卢氏去世已过去了两个春秋。彼时，纳兰对凡能轻取的身外之物无心一顾，却对求之而不能长久的爱情流连向往。这种种情绪，可以从这首词里窥得一斑。

“角声哀咽，襆被驮残月”，角声即是画角之声，画角是古代一种管乐器，传自西羌，形如竹筒，上端细下端大，用竹木或皮革等制成，因为表面有彩绘，故称为画角。古时军中多用它来警昏晓，振士气，肃军容。因此在古诗词中，它也常作为边地孤寂空旷的意象。

接下来两句慨叹年华尽在番番的别离中飞逝。他讴歌爱情的欢乐与温暖，但这些对他却是那样难得与可贵：“过去华年如电掣，禁得番番离别。”时间本就留不住，内心敏感如纳兰，更容易觉得时光飞逝，更何况别离时多、相见时少。上片先景后情，写得极是伤感。

“一鞭冲破黄埃，乱山影里徘徊”，下片开头又是一句白描。“一鞭”是指一道残阳，纳兰眼前之景，正是黄昏日暮，黄尘阵阵，山影重重，行路匆匆。如此景况则更令人不胜怅惘。

最末两句以追忆去年今日之情景收束，“蓦忆去年今日，十三陵下归来”，“十三陵”是明代十三个皇帝陵墓的总称，纳兰去年曾去过那里，当时看到想到了什么，这里没有说，但稍一推想其实是很明白的，一代帝王终成尘土，万里河山换了姓氏，古今多少事，当时执着，可都抵不过时间。在这种惘然失落中，怀归之意便倍加翻出。

一首《清平乐》短短几句，能够跌宕婉曲，转折入深，这在小令中是极难得的，也因此可见纳兰功力。

清平乐

【原文】

画屏无睡，雨点惊风碎。贪话零星兰焰坠，闲了半床红被。

生来柳絮飘零。便教咒[1]也无灵。待问归期还未，已看双睫盈盈。

【注释】

①咒：祈祷。

【赏析】

纳兰词多愁善感，皆因他是多情痴情之人。纳兰与卢氏的婚姻本是一桩幸事，却也让他产生了其他的苦恼。作为康熙的贴身侍卫，容若经常随帝出巡，这样的离别对他和卢氏来说无疑是痛苦的，每次夫妻离别都恋恋难舍，也便因此多出了许多埋怨。

这次就是这样的情景，别前之夜，夫妻双双不寐，絮语绵绵，空使灯花坠落，锦被闲置。

“画屏无睡，雨点惊风碎”，—切景语皆情语，这里的“惊”字实在巧妙，分别之际，最痛苦的莫过于遥想别离后的无依无靠之感。本是两心相依，今后要相隔千里，又让人怎能不暗自伤神。

“贪话零星兰焰坠”，“兰焰”也称兰烬，即是烛花，因灯烛余烬状似兰心

而得名。纳兰这里描画得细致，“贪话零星”四字之间是两人说不尽的缠绵情意，第二天就要走了，不知什么时候能再听见爱人的声音，那随便说些什么都好，一字一句，都想记在心里，这样，日后一人独处时，或许会容易熬一些吧。

话说到这里，纳兰终于忍不住埋怨了，“生来柳絮飘零”，柳絮生来注定是要四处飘零的，既然如此，那么“便教咒也无灵”，即使祷告也没有用处。既然分别已无可改变，那就只好预问归期了，可是，她还没等开口，早已秋波盈盈，清泪欲滴了。“待问归期还未，已看双睫盈盈”，纳兰若不是极爱卢氏，断然是写不出这样的句子的，那种小儿女的婉媚娇痴，欲问归期而先已含情脉脉的情态跃然纸上，俏丽婉媚，实在是传神之笔。

不过造化欺人，到头来他还是被命运捉弄了。一对倾心相与的爱侣，不到三年时光就生生地长别了，这对纳兰无疑是一场致命的打击。那执手相握，话里春风拂面的时光，恍如昨日。只剩这往昔词句，令当事者伤神，让知情者扼腕。

清平乐

【原文】

麝烟[①]深漾，人拥缤笙氅[②]。新恨暗随新月长，不辨眉尖心上。

六花斜扑疏帘，地衣[③]红锦轻沾。记取暖香[④]如梦，耐他一晌寒严。

【注释】

①麝烟：焚麝香发出的烟。

②缑笙氅：犹如仙衣道服式的大氅。

③地衣：地毯。

④暖香：带有温暖气息的香味。

【赏析】

这首词抒发了纳兰这位富贵公子的叹息。锦衣玉食的生活在普通百姓看来是求之不得，可是在纳兰眼中，却觉寂寞寥落。

从首句“麝烟深漾”便可看出，纳兰是处于奢华之地。深漾的麝香是取自于麝的高级动物香，其味芬芳宜人，香味持久。再看其穿着，“人拥缑笙氅”。氅是古时用于遮寒的外衣，即今天人们说的披风。

天寒地冻，难得有闲时候，坐拥冬衣，一任思绪自由驰骋。“新恨暗随新月长”，旧梦不再，愁恨便也随着时光的流逝越来越长。“不辨眉尖心上”，显然是脱胎于李清照的“才下眉头，却上心头”。纳兰的遗憾是刻骨铭心的，是剪不断理还乱的惆怅，是伊人远去后旧愁新恨在心底渐渐堆积而成的。

“六花斜扑疏帘，地衣红锦轻沾”，“六花”即雪花，因为古人有“草木之花多五出，度雪花六出”的说法，因此常以六花指代雪花。雪花轻飘入暖阁，沾在地毯上，落到梳妆台上。一个“沾”字，轻盈得如纯白的蝴蝶，花开息声，蝶舞翩跹。红锦，是一样很闺阁的物什，同鸾镜、胭脂、衾凤枕鸳之类常出现在诗词中。词行此处，便也不难猜想这眉尖心上的新恨所为何人了。

“记取暖香如梦，耐他一晌寒严。”暖香入梦，梦中温香软玉，莺声燕语，是何等的春光旖旎。这融融春意沉淀在心底，既不敢翻开来轻易触碰，又忍不住日日温习，望梅止渴一般，靠这一抹温存的旧忆聊以取暖。

清平乐

上元月蚀[①]

【原文】

瑶华映阙[②]，烘散蓂墀[③]雪。比似寻常清景别[④]，第一团圆时节。

影娥忽泛初弦[5]，分辉借与宫莲[6]。七宝修成合璧[7]，重轮岁岁中天[8]。

【注释】

①上元：俗以农历正月十五日为上元节，也叫元宵节。月蚀：月食。

②瑶华：指美玉。晋葛洪《抱朴子·助学》："故瑶华不琢，则耀夜之景不发。"

③蓂墀：生长着瑞草的殿阶。蓂，一种象征祥瑞的草。

④清景：犹清光。三国曹植《公宴》："明月澄清景，列宿正参差。"晋葛洪《抱朴子·广譬》："三辰蔽于天，则清景暗于地。"

⑤影娥：即影娥池。汉代未央宫中池名，本凿以玩月，后指清可鉴月的水池。初弦：上弦月，指阴历每月初七八的月亮。其时月如弓弦，故称。

⑥宫莲：莲花瓣的美称。

⑦七宝：圆月的美称，古代民间传说，月由七宝合成，故云。

⑧重轮：月亮周围光线经云层冰晶的折射而形成的光圈，古代以为祥瑞之象。

【赏析】

这首词全用白描写月食，前后八句，写了月食的全过程及其不同的景象：上阕前一句描绘了月全食时所见的景象，入蚀之月仿佛是光彩照人的美玉一般，生长着瑞草的殿阶上，呈现出洁白一片的景象。景象与往年相比，更富朦胧感、梦幻感，可谓是第一团圆之节。下阕写月出蚀之情景，前两句写月蚀渐出，犹如初弦夜之景，后两句写蚀出复圆，清辉洒满天上人间。

忆秦娥

【原文】

春深浅[1]，一痕摇漾青如剪[2]。青如剪，鹭鸶立处[3]，烟芜平远[4]。

吹开吹谢东风倦，缃桃自惜红颜变[5]。红颜变，兔葵燕麦[6]，重来相见。

【注释】

①深浅：偏义词，指深。

②摇漾：摇动荡漾。

③鹭鸶：又叫“鸬鹚”。水鸟名，翼大尾短，颈和腿很长，捕食小鱼。

④烟芜：烟雾中的草丛。亦指云烟迷茫的草地。

⑤缃桃：即缃核桃，结浅红色果实的桃树。亦指这种树的花或果实。

⑥兔葵燕麦：形容景象荒凉。兔葵，植物名，似葵，古以为蔬。燕麦，一种谷类草本植物。

【赏析】

唐代文豪刘禹锡因参与王叔文、柳宗元等人的革新运动被贬郎州司马。十年后，被朝廷“以恩召还”，回到长安。这年春天，他去京郊玄都观赏桃花，写下了《玄都观桃花》：“紫陌红尘拂面来，无人不道看花回；玄都观里桃千树，尽是刘郎去后栽！”用以讽刺那些暂时得势的奸佞小人。

这首诗引起很多人的不满，于是他又因“语涉讥刺”而再度遭贬，一去就是十二年。十二年后，诗人再游玄都观，写下了《再游玄都观》：“百亩庭中半是苔，桃花净尽菜花开。种桃道士归何处？前度刘郎今又来。”不改初衷，依然如故，“前度刘郎今又来”的不懈斗争精神，一直为后人敬佩。

纳兰性德化用刘禹锡玄都观诗的典实写了这首《忆秦娥》，却没有了刘禹锡的斗志，而是通过花开花落，世事变迁，暗透了今昔之感和不胜身世的孤独之情。

这首词用刘禹锡玄都观诗之典暗喻了今昔之感：春已深，春水摇荡着，岸边露出整齐如剪的青绿色的涨水痕迹。那正是鹭鸶站立的地方，烟雾中草地一片凄迷，看不到尽头。东风吹来，将百花吹开，又将百花吹谢，桃花在这春风中感受着红颜的渐变。红颜将老，眼前这凄凉的景色谁又重来相看呢！

“春深浅”，这里用的是偏义词，指深。而后一句“一痕摇漾青如剪”则是写出春意深深，春水荡漾的情景。容若写词很注重词句的打磨，“摇漾”二字用得恰到好处，也很见功力。

“青如剪，鹭鸶立处，烟芜平远。”这首词的上片俨然一派大好的春光，岸边露出涨潮的水是青绿色的，犹如被剪刀剪过一般整齐。这样的景色想想也觉得宜人。在绿波之中，还有鹭鸶站立着，远处的草地在烟雾中一片迷蒙，看不清楚哪里才是尽头。

上片中，容若用了许多元素，构成了一幅春景图，有水鸟、草地、绿水等等，这些都是春日里最常见的景物，但是在容若的笔下，却是显得格外有生机，别有一番情趣在其中。上片写景之后，下片并未抒情，容若依然在描述春天的风貌。

“吹开吹谢东风倦，缃桃自惜红颜变。”春风吹来，桃花落下，风过花落这样的意境，容若许多词中也有用过，这是他用来写人世无常，岁月变迁常用的一种意象，但每次写起，都有不一样的感觉。

这首词中，容若用到了许多自然景物还有植物，例如“鹭鸶”“缃桃”等，这些都给这首词注入了新鲜的活力，不显得刻板。在活泼的氛围中，书写闲愁，这恐怕是容若的拿手好戏，他将闲愁与春光结合得恰到好处。

最后，在一片美景中，容若写出了他想要表达的意思："红颜变，兔葵燕麦，重来相见。"红颜易老，春光易逝去，只有抓紧时间，才能享尽人生。不然空待到最后，想见的人都不知道该去哪里相会了。

【词人逸事】

唐代文豪刘禹锡因参与王叔文、柳宗元等人的革新运动被贬郎州司马。10年后，被朝廷"以恩召还"，回到长安。这年春天，他去京郊玄都观赏桃花，写下了《玄都观桃花》："紫陌红尘拂面来，无人不道看花回；玄都观里桃千树，尽是刘郎去后栽！"用以讽刺那些暂时得势的奸佞小人。这首诗引起很多人的不满，于是他又因"语涉讥刺"而再度遭贬，一去就是12年。12年后，诗人再游玄都观，写下了《再游玄都观》："百亩庭中半是苔，桃花净尽菜花开。种桃道士归何处？前度刘郎今又来。"不改初衷，依然如故，"前度刘郎今又来"的不懈斗争精神，一直为后人敬佩。

纳兰性德化用刘禹锡玄都观诗的典实写了这首《忆秦娥》，却没有了刘禹锡的斗志。而是通过花开花落，世事变迁，暗透了今昔之感和不胜身世的孤独之情。

忆秦娥

【原文】

长飘泊，多愁多病心情恶。心情恶，模糊一片，强分哀乐①。

拟将欢笑排离索②，镜中无奈颜非昨。颜非昨，才华尚浅，因何福薄？

【注释】

①强分哀乐：指喜怒哀乐分辨不清。强分，勉强分辨。

②离索：指离群索居的萧索之感。

【赏析】

这一壶漂泊，唱着谁的东风破？终究是浪迹天涯难入喉。长此往后，多愁多病的身心只会消瘦再消瘦。微笑都假了，灵魂像飘浮着。所谓哀乐，不过是强自分离了，分辨得出的最是模糊。

有人说，当你强颜欢笑，有时候笑着笑着就真的乐了；于是希望能假借欢笑来排遣孤独寂寞。只是对镜，却发现容颜已老，不复当年。今非昔比，消逝的容颜，再回不到从前。才华尚且非深而浅，为何偏偏就如此福薄呢？

生亦何欢，死亦何苦？人生的无奈，到头来只换得一个苦。梦着苦，醒着更苦……

这是一首抒发厌宦的小词。“福薄”二字是为感慨所在。“多愁多病”之身，长年漂泊之境，朱颜衰败之景，种种不如意事如此，遂令“心情恶”，尽管“拟将欢笑”来排遣索寞难耐的离愁别绪，但奈何日月蹉跎，人生易老，故而只有自叹自恨福薄了。

容若是御前侍卫，扈从生涯中，几年离索，忙于帝命，南巡北征。换了别人，可能为伴君之荣窃喜，可是谁让他是容若呢？纳兰心事几人知？知道的怕是觉着他命太好而不知福吧？世俗如此，也奈何不得别人的目光。容若的“福薄”，怕正在于他的命贵吧。若不是侍卫的身份，他也不必耗费光阴在那些看似无上尊荣却碌碌无为的事上。是的，他并不热爱甚至厌恶这个职业，他甘愿做个普通人，与爱妻相伴，做对平凡的小夫妻。他们可以诗词对饮，可以共剪窗烛。就是这样的渴望，对容若是最不能得。多少“山一程，水一程”，就孕育了多少“多愁多病心情恶”。

首句“长飘泊，多愁多病心情恶”，借鉴苏轼“多情多感仍生病，多景楼中”，连用“多”字，给人强烈的印象。正因为长期漂泊多病多愁，才“心情恶”到“模糊一片，强分哀乐”。哀与乐，怎么会模糊得分不清呢？其实，只因心中无乐，却要表现出乐态，所谓强颜欢笑，强掩哀愁。

“拟将欢笑排离索，镜中无奈颜非昨”。寂寞和烦闷郁结压抑了太久，以为能用欢笑驱遣。可是对镜的时候，却发现昔日的容颜已老去，岁月催人老，岁月使得“颜非昨”。常年漂泊，多年离索，多愁多病之身，加上朱颜改，问君能有几多愁？不说也知愁未休。于是容若要问，“才华尚浅，因何福薄”？为何要给我这多病的身躯，多愁的面容？我不曾有旷世奇才，奈何天妒福薄？这一问，将所有的愤懑、愁苦一并吐出，怨天还是命？恐怕只是怨生不逢时。恨这身份、这官位，这怨是久积而难再抑制，便一发而快，不顾什么皇家王命，也不顾词作反对直露的大忌。容若的真性情，由此可见一斑。

忆秦娥

龙潭口[①]

【原文】

山重叠[②]，悬崖一线天疑裂。天疑裂，断碑题字[③]，古苔横啮。

风声雷动鸣金铁[④]，阴森潭底蛟龙窟[⑤]。蛟龙窟，兴亡满眼，旧时明月。

【注释】

①龙潭口：说法不一。一说为龙潭山口，地在清代吉林府伊通州西南，即今吉林市东郊龙潭山。康熙二十一年春，作者扈驾东巡过经此地；一说今山西盂县北之盂山亦有“龙潭”，又称“黑龙池”，作者曾几度赴山西五台山，本篇所指或为此地；又或者指北京西山的黑龙潭，作者也曾几次游历。

②重叠：同样的东西层层堆叠。

③断碑：断裂残缺的石碑。

④鸣金铁：形容风雷声如同金钲戈矛撞击之声。

⑤蛟龙：传说中能使洪水泛滥的一种龙。

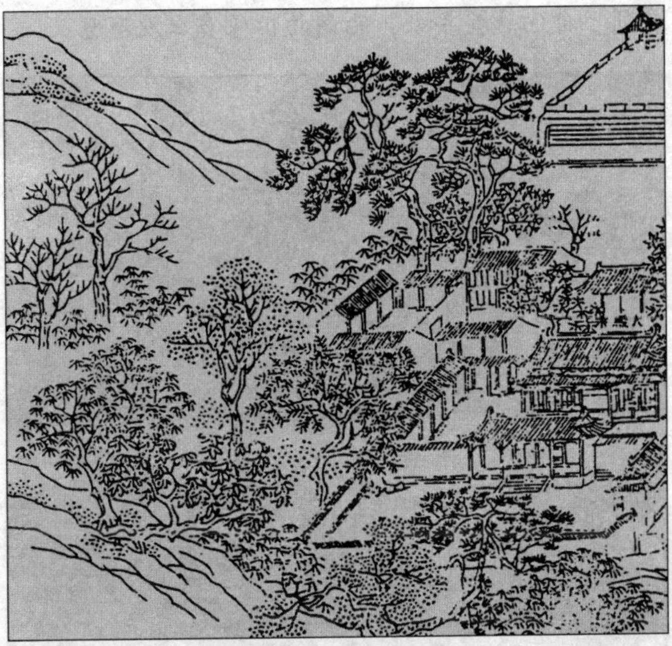

【词评】

感慨倍多，遥思腾越。

——严迪昌《请词史》

【赏析】

纳兰性德曾扈从到西山黑龙潭，写下了这首《忆秦娥·龙潭口》。

这首词写到了龙潭口的景致及词人所见之感：龙潭口群山环绕，举目望去，天空只露一线，仿佛天幕要裂开了。断碑上长满了苍苔，那苍苔好像在啃咬着碑文。龙潭口处如同风雷大作，发出了如同金钲戈矛撞击般的巨大声响，那阴森的潭底正是蛟龙的洞府吧。旧时的明月仍在，叫人升起无限怅惘之情、兴亡之叹！

容若是个天生的词人，也是个天生的隐士，他喜爱清净，热衷独处。随着圣驾来到这个黑龙潭，见识了这里的清幽与寂静，容若内心打开了一个深深的缺口，他仿佛看到了自己这些年来，无谓的忙碌多么没有意义。

“山重叠，悬崖一线天疑裂。”悬崖好像要断裂开来，容若运用夸张的笔法，将景物写到了极致。容若写词，从心而写，所以，无论是写景还是抒情，总是能让人感受到震撼人心的一面。虽然这首写景的词，容若并未提到任何抒情，但字里行间，读词的人依然能够感受出那份悲怆和凄凉。

“天疑裂，断碑题字，古苔横啮。”“断碑”“古苔”都让人感到悲凉。而在下片，容若更是将这种悲凉推到了制高点。“风声雷动鸣金铁，阴森潭底蛟龙窟。”如此豪迈的词句在容若的词中很少见到，让后人不但感受到了龙潭口的险峻，也同样看到了一个不一样的、内心刚硬的容若。

但容若毕竟还是感性的，词的最后，他无奈地感叹道：“蛟龙窟，兴亡满眼，旧时明月。”看到旧时的明月，想到今朝的岁月，真是岁月无情，人世无常啊。

黑龙潭的山色浸染了纳兰尚未尘封的心灵，更激发了他胸中那点自由浪漫的天性。遥想古人，可以仗剑走天涯，做自己喜欢做的事，看自己喜欢看的风景，容若忍不住也跃跃欲试。

【词人逸事】

纳兰性德曾扈驾到西山黑龙潭，写下了这首《忆秦娥·龙潭口》。据说这里石色青黑，树木萧森，荫浓苔滑。泉水从深潭底冒出，水势较旺。周围的山林于背阴处更高大繁茂，因为谷中土厚，阴处含水，不似向阳坡上风大干燥。而潭口处黛色石崖下会让人有山岩开裂、潭深难测之感。这股泉水属于石灰岩地区溶洞、裂隙中的暗河涌出，水量较大，传说东海龙王的七子于此潜居。清代这里一度由皇家敕建黑龙王庙。纳兰性德游历至此，观其情其景，为其震撼，大发兴亡之叹。

醉桃源

【原文】

斜风细雨正霏霏[①]，画帘拖地垂[②]。屏山几曲篆香微[③]，闲庭柳絮飞[④]。

新绿密，乱红稀。乳莺残日啼。余寒欲透缕金衣[⑤]，落花郎未归。

【注释】

①霏霏：（雨、雪）纷飞；（烟、云）很盛。

②画帘：有画饰的帘子。

③篆烟：盘香的烟缕。

④闲庭：安静的庭院。

⑤缕金衣：即金缕衣。以金丝编织的衣服。

【赏析】

落花有意随流水，流水无心恋落花。其实落花未曾厚于流水，流水又何曾负于落花？花自飘零水自流。到底是谁的错？

或许他们都没有错，错就错在命运不该如此安排，让他们相遇，相爱，却不能相守。我追逐着你，就如流水追逐着落花，看着前方的你近在咫尺，却如在天涯。

有一种感觉总在失眠时，才承认是怀念。有一种目光总在分手时，才看见是依恋。有一种心情总在离别后，才明白是失落。有一种梦境总在醒来后，才了解是眷念。有一种缘分总在失去后，才相信是永恒。

小词描写女子的闺中情绪，清新雅致，颇有“花间”风味。

首句，“斜风细雨正霏霏”，“斜风细雨”叫人想起唐张志和作的《渔父》词里的那句“青箬笠，绿蓑衣，斜风细雨不须归”，当然张词描绘的是一幅斜风细雨垂钓图，表现的也是作者浸沉在江南春色的自然美景之中的欣快心情。此处“斜风细雨”与“霏霏”连用，突出风雨正盛，已经没有渔翁的浪漫和闲适，有的似乎只是闺中女子的盼晴之心。

“画帘拖地垂”，这句由室外景转向室内景。房屋是华美的，画帘垂地，此刻静无人声，曲折的屏风掩住了室内景象，那尚未燃尽的篆香，余烟袅袅。接下来，场景再由室内转回室外，从视觉和听觉两个方面写开。“闲亭柳絮飞”，闲亭，即寂静的小亭，此为静景；“柳絮飞”，柳絮如浮云，并无根蒂，天地阔远，随风飞扬，此为动景。这表面的一动一静之景，其实反映了女主人公的心情亦在动静之间，颇不能平。

"新绿密，乱红稀"，下阕首二句仍是室外景。春雨初霁，绿色的叶子由于雨水的滋润渐转葳蕤；而盛开的花朵在雨水的敲打之下，已是落红阵阵，顿显稀疏。一"新"一"乱"，一"密"一"稀"，对比鲜明，直追李清照的"绿肥红瘦"。接下一句"乳莺残日啼"，"残日"说明已是黄昏时分，此时身在闺中女主人公听见了乳莺的啼叫声。春天莺啼，自能唤得人春心萌动，况且还是乳莺啼呢。"余寒欲透缕金衣。落花郎未归。"果然，一声莺啼唤起了寂寞几许。因为"余寒"指雨后的寒冷，而雨后的薄寒又怎能"欲透缕金衣"呢？一个"透"字，隐隐写出了心中的冷意。"落花郎未归"，结尾如春光乍泄，点醒题旨，表达了伤春伤别的愁情，有含蓄不尽之致。

画堂春

【原文】

一生一代一双人①，争教②两处销魂。相思相望不相亲，天为谁春？

浆向蓝桥③易乞，药成碧海难奔④。若容相访饮牛津⑤，相对忘贫。

【注释】

①“一生”句：语出唐骆宾王《代女道士王灵妃赠道士李荣》：“相怜相念倍相亲，一生一代一双人。”

②争教：怎教。

③蓝桥：在陕西蓝田东南蓝溪上。传说此处有仙窟，相传唐代秀才裴航与仙女云英曾相会于此，求得玉杵臼捣药，终结为夫妇。专指情人相遇之处。

④“药成”句：《淮南子·览冥训》：“羿请不死之药于西王母，姮娥窃之，奔月宫。”高诱注：“姮娥，羿妻，羿请不死之药于西王母，未及服之。姮娥盗食之，得仙。奔入月宫，为月精。”李商隐《嫦娥》：“嫦娥应悔偷灵药，碧海青天夜夜心。”

⑤饮牛津：指天河边。传说海边居民曾乘槎至天河“见一丈夫牵牛饮之”。见晋张华《博物志》卷三。这里指与恋人相会的地方。

【词评】

以为此恋人为“入宫女子”，“浆向蓝桥易乞”似说恋人未入宫前结为夫妇

是很容易的；“药成碧海”则用李义山诗，似说恋人入宫，等于嫦娥奔月，便难再回人间；李义山身入离宫与宫嫔恋爱，有《海客》一绝，纳兰容若与入宫恋人相会，也用此典，居然与李义山暗合。

——苏雪林《清代男女两大词人恋史之谜》

【赏析】

她是你心中的最美，你以为你们可以白头偕老，相拥至死。触手可及的幸福，满得似要溢出来。生活好甜，梦里都要笑出来。

一生一代一双人，别无所求。只是那红线，偏生短了那一截。绕来绕去，兜兜转转，终究，还是散了。

将门贵胄又如何，失了她，你一无所有。曾经见过天花乱坠的美，所以那些所谓的绝色，对你而言，太渺小。相思相望不相亲。几多无奈。

这首小词是容若对一段可遇不而可求、“相思相望不相亲”的苦涩恋情的

真挚独白。他毫不遮掩，敢于直面这悲剧式的情缘，很有些宝黛之恋的意味。

首句便是“一生一代一双人，争教两处销魂”，明白如话，无丝毫妆点：明明是天造地设的一双人，却偏要分离两处，各自销魂神伤、相思相望。对恋人来说，这样的遭际真是残酷至极，也难怪容若会追问：“天为谁春。”在幽幽凄凄的容若看来，纵使塞北莺飞、江南草长又能怎样，万千锦绣的山川美景，只关乎万千世人，与他，却无半点关系。

下阕转折，接连用典。“浆向蓝桥易乞”，此是裴航的一段故事：裴航在回京途中与樊夫人同舟，赠诗以致情意，樊夫人却答以一首离奇的小诗：“一饮琼浆百感生，玄霜捣尽见云英。蓝桥便是神仙窟，何必崎岖上玉清。”裴航见了此诗，不知何意，后来行到蓝桥驿，因口渴求水，偶遇一位名叫云英的女子，一见倾心。此时此刻，裴航念及樊夫人的小诗，恍惚之间若有所悟，便以重金向云英的母亲求聘云英。云英的母亲给裴航出了一个难题："想娶我的女儿也可以，但你得给我找来一件叫作玉杵臼的宝贝。我这里有一些神仙灵药，非要玉杵臼才能捣得。"裴航得言而去，终于找来了玉杵臼，又以玉杵臼捣药百日，这才得到云英母亲的应允。——这不仅仅是一个爱情故事，在裴航娶得云英之后还有一个情节：裴航与云英双双仙去，非复人间平凡夫妻。

"浆向蓝桥易乞"，句为倒装，实为"向蓝桥乞浆易"，容若这里分明是说：像裴航那样的际遇于我而言并非什么难事。言下之意，似在暗示自己曾经的一些因缘往事。到底是些什么往事？只有词人冷暖自知。

那么，蓝桥乞浆既属易事，难事又是什么？是为"药成碧海难奔"。这是嫦娥奔月的典故，颇为易解，而容若借用此典，以纵有不死之灵药也难上青天，暗喻纵有海枯石烂之深情也难与情人相见。这一叹息，油然又让人想起那"相

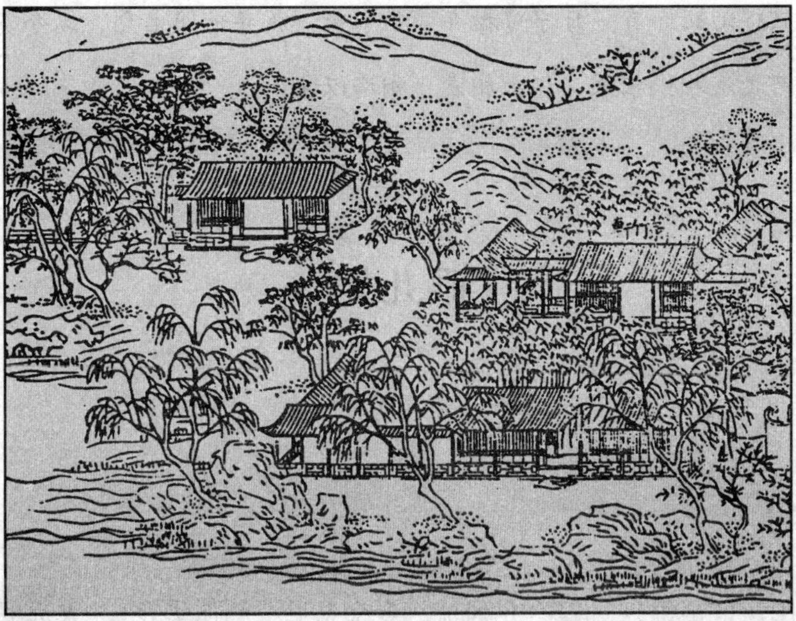

逢不语”的深宫似海、咫尺天涯。“若容相访饮牛津”仍是用典。有一古老传说，谓大海尽处即是大河，海边曾经有人年年八月都会乘槎往返于天河与人间，从不失期。天河世界难免令人好奇，古老的传说也许会是真的？于是，那一日，槎上搭起了飞阁，阁中储满了粮食，一位海上冒险家踏上了寻奇之路，随大海漂流，远远向东而去。也不知漂了多少天，这一日，豁然见到城郭和屋舍，举目遥望，见女人们都在织布机前忙碌，却有一名男子在水滨饮牛，煞是显眼。问那男子这里是什么地方，男子回答：“你回到蜀郡一问严君平便知道了。”严君平是当时著名的神算，上通天文，下晓地理，可是，难道他的名气竟然远播海外了吗！这位冒险家带着许多的疑惑，调转航向，返回来时路。一路无话，后来，他当真到了蜀郡，也当真找到了严君平，严君平道：“某年某月，有客星犯牵牛宿。”掐指一算，这个“某年某月”正是这位海上冒险家到达天河的日子。那么，那位在水滨饮牛的男子不就是在天河之滨的牛郎吗？那城郭、屋舍，不就是牛郎、织女这一对金风玉露一相逢的恋人一年一期一会的地方吗？“若容相访饮牛津，相对忘贫”，容若用典至此，明知心中恋人可遇而不可求、可望而不可亲，只得幻想终有一日宁可抛弃繁华家世，放弃世间名利，纵令贫寒到骨，也要在天河之滨相依相偎、相亲相爱，相濡以沫。

眼儿媚

【原文】

林下闺房世罕俦①，偕隐②足风流。今来忍见，鹤孤华表③，人远罗浮④。中年定不禁哀乐，其奈忆曾游。浣花⑤微雨，采菱斜日，欲去还留。

【注释】

①林下：形容娴雅、超脱。俦：同类。这句意谓其人不同凡类。
②偕隐：夫妻一起隐居。
③华表：古代宫殿、城垣或陵墓前所立石柱。鹤孤华表：比喻去世。
④罗浮：罗浮山，在广东省。
⑤浣花：古时蜀地风俗，以每年四月十九日为浣花日。

【赏析】

今夕何夕，月淡风轻。那一段沁人心脾的曲调，永远在琵琶的弦上凝而不发；那一章绝美的诗句，永远在红笺中让人沉醉；那一番闭月羞花的容貌，永远在红烛下动人心魂……那可是京城第一美人，你的心上人吗？今夕何夕，柔云淡月。

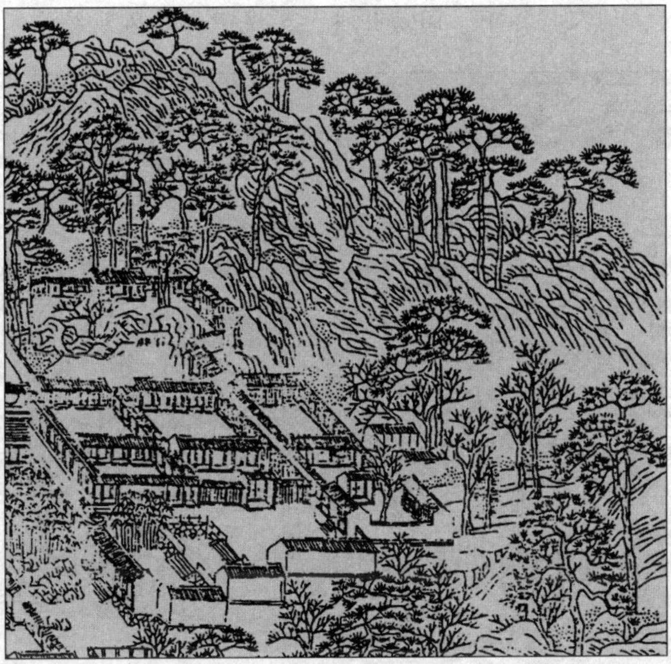

你在静默中温馨回望，唯恐今生与她失之交臂，竟许下“山无陵，天地和，乃敢与君绝”的誓言。雪纷纷，比翼齐飞；意浓浓，风雨同舟。今夕何夕，月逝西窗。

再归来，“大堂内春秋帐冷，庭院外海棠凋零”，想当初海誓山盟，看如今劳燕分飞。

曲未终，弦已断，有凰，无凤。步入中年的你，其情何堪？

词人偶至旧日与心爱女子同游之地，却见物是人非，遂怀想万千。这篇即写此种感慨。

“林下闺房世罕俦”，林下，非言山林之下；闺房，弗指女子卧房。林下闺房，是用典。

《世说新语·贤媛》中有一则故事：谢遏和张玄各夸各的妹妹好，皆是天下第一。当时有一尼姑，与二人皆识，有人就问这位尼姑：“你觉得到底谁的妹妹更好呢？”尼姑说：“谢妹妹神情散朗，有林下之风；张妹妹清心玉映，是闺房之秀。”此处，词人将林下、闺房并举，毕现伊人的风致绝伦、不同凡响。

夸赞完心爱女子后，词人接下来便说道：“偕隐足风流。”偕隐，指夫妇相携隐居，这里用的是东汉鲍宣桓少君夫妇同归乡里的典故。（详见《后汉书》）既然心上人是谢妹妹、张妹妹一般的人物，那么若能与此女子结为夫妇，一起隐居，待老终身，岂不是人生快事？

然而那只是美好的愿望，如烟似梦。“今来忍见，鹤孤华表，人远罗浮。”此三句，词人联用事典，抒写伊人已逝的怅然之情。“鹤孤华表”，据《搜神后记》，辽东人丁令威在灵虚山学道成仙，后化鹤归来，落于城门华表柱。有少年想射它，鹤说：“有鸟有鸟丁令威，去家千年今始归。城郭如故人民非，何不学仙冢累累。”后以鹤归华表比喻去世。罗浮，即罗浮山。

据唐柳宗元《龙城录》，隋时赵师雄迁罗浮，日暮于林间酒肆旁，见一美人淡装素服出迎，与语，芳香袭人。因与酒家共饮。雄醉寝，及至酒醒，始知身在梅花树下，美人已去，雄惆怅不已，才知是遇上了梅花神。词人两番用典，写爱人故去，先前种种良愿，诸般美好，皆似醉酒之后的南柯一梦。

过片转写如今中年的哀伤。“中年定不禁哀乐”一句，用谢安事典。

南朝宋刘义庆《世说新语·言语》：“谢太傅语王右军曰：‘中年伤于哀乐，与亲友别，辄作数日恶。’”翻译成现代汉语即是：人到中年，很容易感伤。每每和亲友告别，就会难受好几日。

词人言“中年定不禁哀乐”，实际上正是“中年伤于哀乐”的另一种表达，添一“定”字，似是强调。紧接一句，“其奈忆曾游”，伤感无奈之下，他不由得回想起当年和伊人一起游玩的情景。

何种情景？“浣花微雨，采菱斜日。”微雨洗涤花树，夕阳之下，水边采菱，诸般情形，皆同往昔。但是物是人非，佳景虽常在，丽人却永逝。所以，词人在旧地徘徊流连，将去却难以离去。这也就是最后一句的“欲去还留”。不忍触及旧痛，故曰“欲去”；不能忘记旧情，故曰“还留”。词人缅怀之情，缱绻缠绵，如江水滔滔，如琴音绕梁。

纳兰这首词，表面上看，更像是首馈赠之词，写给一位隐居的友人，赞扬他对生活的田园之态。字句之中，纳兰表露了对退隐凡尘，隐居林下生活的向往，也无意倾吐了对理想生活的渴望。履贵处丰的公子，却不满于生活轨迹的局限性，出入于俗世丑态，违其志所向。赞美之中同时表达了他所渴望的生活形式，正如这友人的田园情趣，只需小屋一间就可。因而，既有赞美友人豁达之心，又能坦言自身对隐居无限向往，一词双关。

纳兰并无贪心，只求有“种豆南山下，草盛豆苗稀”的净土一方，于他就已足够。

眼儿媚

中元夜有感

【原文】

手写香台金字经。惟愿结来生。莲花漏转，杨枝露滴，想鉴微诚。

欲知奉倩神伤极，凭诉与秋擎。西风不管，一池萍水，几点荷灯。

【赏析】

我要真诚、郑重地告诉佛，下辈子我和亡妻还要喜结连理，不再分开。香台的金字经我已经抄写了很多，希望佛能看见我的真诚。一直默默陪伴我的秋灯，也可以知道妻子去世之后我的伤神寂寞。

放几盏荷灯在水池里，它们稳稳当当漂向远方，没有被西风惊扰，希望能载回亡妻的魂来。

爱之深、情之切，难免伤到自己。容若这首词，充满了青灯古佛、金经香台的佛门意境。中元节来源于佛教，起源于"目莲救母"的故事。传说在佛陀弟子中，神通第一的目犍莲尊者，惦念过世的母亲，他用神通看到其母因在世时的贪念业报，死后堕落在恶鬼道，过着吃不饱的生活。目犍莲于是用他的神力化成食物，送给他的母亲，但是他的母亲不改贪念，见到食物，仍然贪心不止，生怕其他恶鬼来抢食，食物在她口中因此化成火炭，让她无法下咽却又饥饿难耐。目犍莲目睹母亲的痛苦却救不了母亲，心中十分痛苦，请教佛陀如何是好。佛陀说："七月十五日是结夏安居修行的最后一日，法善充满，在这一天，盆罗百味，供巷僧众，功德无量，可以凭此慈悲心，救渡其亡母。"目莲遵佛旨意，于七月十五用盂兰盆盛珍果素斋供奉其母，其母亲终得食物。这一天也是地宫打开地狱之门的日子，已故的亲人回家团圆，是中国三大冥节中最重要的一个。

金字经，指的是以金泥（将金粉溶成接著剂）书写的佛典。汉译佛典、西藏译及西夏文佛典等，皆有金字经。金字经一般通行于中国、朝鲜、日本等国。

容若和妻子卢氏结婚三年，感情甚笃。卢氏突然撒手离去，对于重视感情的容若来说，他的痛苦刻骨铭心。这首写于中元节的词作正是容若专门为悼念亡妻卢氏所作。今生的缘分虽然已经尽了，但是那份笃定的感情却永世不会改变，希望来生能够再次相聚。

容若的首句难得写得如此单纯，细究原因，大约是容若在香台上虔诚地书写金字经的时候，本来就是怀着一颗单纯的心——就是要和亡妻卢氏在下一辈子再续前缘，所以才有这样单纯明净的词作。

容若在这里没有写景，也没有抒情，只是将自己的内心直截了当、郑重地告诉了佛。这种明净而坚决的感情让我们这个时代的人汗颜，能够获得这样的感情是我们的奢望和理想。

莲花漏来源于东晋时候的高僧慧远。李肇的《唐国史补》曾经记载："慧远以山中不知更漏，乃取铜叶制器，状如莲花。"杨枝也来自佛教，是佛教中专门用来清洁牙齿的齿木。《五分律》中曾经记载："佛言，应嚼杨枝。嚼杨枝有五功德，消德、除冷热涎唾、善能别味、口不臭、眼明。"

如何让佛知道我要"惟愿结来生"的诚意？这一句词正是承接上句而来。"莲花漏转，杨枝露滴"这些都可以看见我的忠诚。

"奉倩神伤极"的故事来自裴松之注的《三国志·魏志》，其中有故事是说：荀粲，字奉倩，他的老婆因病去世，还没有出殡。有人前去看望奉倩，奉倩虽然不哭了，但是看得出，他已经伤了神。

奉倩在妻子病逝之后不到一年也随她而去，年仅二十九岁。容若也是一个不能忘情的多情人，三十一岁就英年早逝，不能不说跟妻子卢氏去世之后他的极度抑郁有极大关系。

容若在中元节去佛前的香台上书写金字经，妻子的去世让他有了和奉倩一样的经历，他也“神伤极”，除了向佛诉说他来世想和妻子再续前缘的心事，容若只有“凭诉与秋擎”，跟秋灯诉说成了他唯一抒发感情的途径。

“荷灯”是中元节这天用彩纸制作的荷花状的灯，漂浮在水上，来为亡者照亮回家的路。

西风不管不顾独自去了，剩下的只是一池秋水，几点荷灯而已。

容若这句写得非常寡淡，心境异常凄凉。连平日最令人厌倦的西风，在容若这里都有可以眷顾之处，结果西风却无情地去了，将繁华热闹和昔日的美好一同带走，只剩下漂浮在水面上给亡人引路的荷灯。这几盏荷灯要漂向何处？它能不能将卢氏的魂魄引导回家？即便卢氏回家，阴阳相隔，一样也是看不见。

容若的人生悲凉之感从来没有如此明显地表达过，真让人有一种英雄气短的感觉。

眼儿媚

【原文】

独倚春寒掩夕霏[1]，清露泣铢衣[2]。玉箫吹梦，金钗画影[4]，悔不同携。

刻残红烛曾相待[4]，旧事总依稀[5]。料应遗恨[6]，月中教去，花底催归。

【注释】

①夕霏：傍晚的雾霭。

②铢衣：传说神仙穿的衣服。重量只有数铢甚至半铢。因用以形容极轻的衣服，如舞衫之类。

③玉箫、金钗：同指所恋之人。画影：比喻看不真切的美丽景色。

④刻残红烛：古人在蜡烛上刻度，烧以计时。相待：对待。《韩非子·六反》："犹用计算之以相待也，而况无父子之泽乎？"

⑤依稀：含糊不清，不明确。

⑥遗恨：未尽的心愿，未完成的理想，遗憾。

【赏析】

《眼儿媚》这个词牌，听起来似乎柔若无骨，有着娇俏可人之意。容若写了许多和这个词牌有关的词，大多是伤感怀念之词。这首词也不例外，这是他写对恋人思念无果的一首哀伤之词。

这首词抒写对恋人的思念，写得十分婉转，千回百转的相思情抵不过时光的流逝，在如水的岁月中，爱情不过是弹指一挥间的等待，与那亘古的时光相比，这些相思，短暂得如同清晨的露水，转瞬即逝。

独自伫立在春天傍晚的雾霭之中，细雨将衣服打湿。梦里都是你美丽的身影，那些相携相伴的美好时光却偏偏失掉了，怎不叫人懊悔。夜已深沉，曾经秉烛相待，如今往事依稀。想必会终生遗憾，花前月下的往事，已经一去不回。

近代学者吴梅认为容若是集大成者，他认为容若的小令是："凄婉不可卒读，顾梁汾、陈其年皆低首交称之。究其所诣，洵足追美南唐二主。清初小令之工，无有过于容若者矣。同时佟世南有《东白堂词》，较容若略逊，而意境

之深厚，措词之显豁，亦可与容若相勒。然如《临江仙·寒柳》《天仙子·渌水亭秋夜》《酒泉子·茶蘼谢后作》非容若不能作也。又《菩萨蛮》云：‘杨柳乍如丝，故园春尽时。’凄婉闲丽，较‘驿桥春雨’更进一层。或谓容若是李煜转生，殆专论其词也。承平宿卫，又得通儒为师，搜辑旧籍，刊布艺林，其志尚自足千古，岂独琢词之工已哉。”

“岂独琢词之工已哉”，吴梅将容若的词已经完全分析透彻了，在容若的词中，他对于词句的雕琢就好像是一位能工巧匠对一块璞的雕琢一般，从璞变成玉这个过程十分繁复，而容若却是力求将词做到如此。

“独倚春寒掩夕霏，清露泣铢衣”开篇第一句是描写失意的人独自站在春寒之中，任凭露水打湿衣服。在这句话里，“夕霏”用得格外动人，夕霏是指傍晚的雾霭，在傍晚的雾霭中，一个失意的人独自倚靠，于春日里孤独站立，这听起来就是一幅绝美的画面，容若写词，已经远远超出了字面的意境。

接下来，他又写道："玉箫吹梦，金钗画影，悔不同携。""玉箫、金钗"同指所恋之人。容若以此来隐喻自己所恋之人，而且在词中还用梦影这样美好而虚无缥缈的意境，令整首词读起来既有忧伤的情思，又不乏唯美的意境。

在经历了上片的幽思之后，下片转而写现实的事情，"刻残红烛曾相待，旧事总依稀"。这里要对"刻残红烛"解释一番，刻残红烛是指古人在蜡烛上刻度，用来计时用的。词人用在这里，是说往昔四目相对的日子已经一去不复返了，而今的形单影孤，令自己更加怀念过去的美好日子，可是过去的就是过去了，想再多也是不能回还的。

所以，在词的最后，容若写道："料应遗恨，月中教去，花底催归。"遗憾就是遗憾，无法弥补，终生带着遗憾走下去，直到尽头，生命就是这样，无法挽回，无法补救，但或许也正是因为如此，生命才更显得弥足珍贵吧。

眼儿媚

【原文】

重见星娥碧海查[①]，忍笑却盘鸦[②]。寻常多少，月明风细，今夜偏佳。

休笼彩笔闲书字[③]，街鼓已三挝[④]。烟丝欲袅，露光微泫[⑤]，春在桃花。

【注释】

①星娥：神话传说中的织女。此处指明眸善睐的美女。唐李商隐《圣女

祠》：“星娥一去后，月姊更来无？”朱鹤龄注：“星娥谓织女。”

②盘鸦：指妇女盘卷黑发而成的头髻。

③笼：通“拢”，牵、拈之意。

④街鼓：设置在京城街道的警夜鼓。宵禁开始和终止时击鼓通报。始于唐宋，以后亦泛指“更鼓”。挝：敲打。

⑤微泫：水微微下滴流动之貌。此处形容爱妻的脸光彩照人。

【赏析】

你很少在你的词中开心地笑过。你笑的时候，也是若有所思，仿佛她已经化作了一只蝴蝶，永远地栖息到了你的心上。一旦稍微展眉，那只蝴蝶就会受惊飞走。但这一晚，你却快乐无比。

你刚刚远行回来，伊人心花开了，却强忍着笑容。她的一切都和平时没有什么不同，但不知为什么，她在你眼里却有一种异乎寻常的美丽。

炉香静静地飘着，外面的街巷里，三更的鼓声刚刚打过。夜已阑珊。你再也不想写什么了。推开了手头的纸和笔，坐在那里，微笑地凝视着她那如桃花般动人的面孔。人生若只如初见，那该多好。

此篇写归家与爱妻重逢之喜悦，其中表现出的夫妻爱情之快乐、喜悦之情感，在纳兰词中极为少见，实为难得。

“重见星娥碧海查”，首句即说别后重新见到了妻子。容若将妻子称为“星峨”，是有本依。星娥，神话传说中的织女。李商隐《圣女祠》诗有“星娥一去后，月姊更来无?”义山名之圣女“星娥”“月姊”，那是因为圣女乃天界神仙，颇难得见。此处容若承袭义山，用“星娥”称呼自己的妻子，意谓自己常年扈从在外，不能还家，见妻子一面就如同乘碧海槎去天河见织女一面一般。那容若归家后重见的“织女”，她在干什么呢?“忍笑却盘鸦”，她忍住欢笑，重新梳绕着她乌黑的发髻，显得妩媚动人。一个“却”字，把妻子内心深处一股难名状的喜悦激动之情恰当地反映出来。见此“无声胜有声”的情景，作者遂感叹道：“寻常多少，月明风细，今夜偏佳”，意即往日虽也曾有过类似的情景，可是今夜，玉蟾皎皎，清风细细，自然胜过了那时的感受。上阕写夫妻相契的欢好，情溢于词，韵传字外。

“休笼彩笔闲书字，街鼓已三挝”，下阕前二句进一步写欣喜之情状：面对姣好美艳的妻子，便不再拈笔作字，纵然是夜已深，还是喜不自持。“休笼彩笔闲书字”一句，化用赵光远《咏手二首》之二：“慢笼彩笔闲书字，斜指瑶阶笑打钱。”原诗表达的是一副怅然无绪的心情，此处，作者用一“休”字告诫自己：不要再援翰以遣闲心啦，好好与佳人共享眼前花辰吧。于是在袅袅沉香之中，他仔细地端详着妻子，看她秋波盈盈，言笑宴宴，好像春天里的桃花一般。“露光微泫”，出自南朝宋谢灵运《从斤竹涧越岭溪行》诗：“岩下云方合，花上露犹泫。”谢灵运的这句诗，描摹山水，不陶而净，不绘而工，容若借之形容爱妻光彩照人的容颜，十分精当，给人以无穷的美感和无尽的联想。“烟丝欲袅，露光微泫，春在桃花”，这最后三句亦情亦景，清新委婉，情致深厚。

眼儿媚

咏梅

【原文】

莫把琼花①比淡妆②，谁似白霓裳③。别样清幽，自然标格④，莫近东墙⑤。冰肌玉骨⑥天分付⑦，兼付与凄凉⑧。可怜遥夜⑨，冷烟和月，疏影⑩横窗。

【注释】

①琼花：比喻雪花。

②淡妆：淡雅的妆饰。

③霓裳：谓神仙的衣裳。相传神仙以霓为裳。语本《楚辞·九歌·东君》：“青云衣兮白霓裳。”

④标格：风范、品格。

⑤东墙：东边的墙垣。程垓《眼儿媚·咏梅》：“一枝烟雨瘦东墙，真个断人肠。”

⑥冰肌玉骨：用于赞美妇女的皮肤光洁如玉，形体高洁脱俗，这里形容雪中梅花的超逸之态。

⑦分付：付与、交给。

⑧凄凉：孤寂冷落。

⑨遥夜：长夜。

⑩疏影：疏朗的影子。形容梅花的形貌。

【赏析】

梅花冰肌玉骨，斗寒开放，不与凡花为伍，有着独特的清纯与脱俗，所以，咏梅自古以来也就是文人墨客笔下的不朽主题，被文人们看作是崇高人品的象征。容若自然也不例外，他倾倒在梅花清纯脱俗的品相下，称赞梅花的品格，以此喻己之品格，“莫把琼花比淡妆，谁似白霓裳。”容若认为梅花比过任何的花，没有花会有梅花的品格，在这首词里，词人将自己在现实生活中的感受，带入了词句中，他备受压抑的心灵，在咏梅的时候得到了情感的释放。

容若以梅花自比体现在上片最后一句：“别样清幽，自然标格，莫近东墙。”将梅拟人，清淡雅洁，表达了淡雅高洁，不愿流俗的愿望。梅花并非名贵之花，不过是冬日里的一抹淡雅，但就是这份淡雅，令容若仿佛看到了另一个自己。在开花的季节，那些百花争奇斗艳的时候，梅花孤傲地躲在墙角。可是在百花休眠、寒冬腊月的时候，梅花独独要崭露头角。即便风再冷，雪再大，也要傲然挺立，为冬日带来一抹色彩。

正因为如此，容若在词的下片才会写道：“冰肌玉骨天分付，兼付与凄凉。”梅花的这份冰肌玉骨，仿佛是上天赐予的，可是上天赐予了梅花冰肌玉骨，并未赐予它一个好时候。容若想到自己，不也正是如此吗，生不逢时，无法得到心灵上的真正自由，就算锦衣玉食，有着种种别人羡慕的好生活那又如何？还不是活得如同行尸走肉。

容若只得在词的最后感慨：“可怜遥夜，冷烟和月，疏影横窗。”在寂静的夜空，遥望明月，嗅着梅花的清香，度过这漫漫的黑暗。

自古圣贤皆是寂寞啊。

朝中措

【原文】

蜀弦秦柱不关情①，尽日掩云屏②。已惜轻翎退粉③，更嫌弱絮为萍④。

东风多事，余寒吹散，烘暖微酲⑤。看尽一帘红雨⑥，为谁亲系花铃⑦。

【注释】

①蜀弦：即蜀琴，汉蜀郡司马相如所用的琴。相传相如工琴，故名。亦泛指蜀中所制的琴。秦柱：犹秦弦。古秦地（今陕西一带）的一种弦乐器。似瑟，传为秦蒙恬所造，故名。关情：动情。

②云屏：有云形彩绘的屏风，或用云母作装饰的屏风。

③轻翎：蝴蝶。

④弱絮：轻柔的柳絮。

⑤微酲：微醉。

⑥红雨：红色的雨，比喻落花。

⑦花铃：指用以惊吓鸟雀的护花铃。

【赏析】

当寂寞的眼神爱上伤春，聆听花开的声音也是一种销魂的美丽。想念的日子里，你会在心底轻吟一曲。

忧伤，在唇齿间轻轻流动，说与飞絮，诉与蝴蝶。然飞絮尚无语，蝴蝶亦翩翩。玉箫吹到肠断处，你便掩上了红窗。爱如落花飘零的美丽。春风不能解忧，只能断肠。

这是一首描绘暮春之景和抒发伤春怨春之情的小词。

首句即说春日寂寂，百无聊赖，纵是有动听的乐曲也不能引起愉悦之情。“蜀弦秦柱不关情”，蜀弦，即蜀琴，泛指蜀中所制之琴。秦柱，犹秦弦，指秦国所制琴瑟之类的乐器。唐彦谦《汉代》：“别随秦柱促，愁为蜀弦么。”既然琴瑟逸韵都难以使她动情，那么就只有整日地掩上云母屏风，独自忧伤了。“尽日掩云屏”，而掩上屏风，又是因为窗外春景，不忍再睹。那外面是什么样的景致呢？“已惜轻翎退粉，更嫌弱絮为萍”，蝴蝶已经褪粉，柳絮也飘落水中。

这预示着春事已消歇。“已惜”说明他的惋惜怜爱之情，而“更嫌”分明是一种懊恼的情怀了。此二句景语，已蓄伤春之意。

下阕转写薄情的东风。“东风多事，余寒吹散，烘暖微酲”。表面的意思是，东风真是多事，吹散了春日余寒，送来融融的暖意，令人陶醉。说“东风多事”，可足后两句“余寒吹散，烘暖微酲”，哪里是作怨语，分明是对春风褒奖有嘉嘛。这不是自相矛盾？且看后面一句，“看尽一帘红雨”，红雨，指落花纷纷如雨，李贺《将进酒》诗“桃花乱落红如雨”，史肃《杂诗》“一帘红雨枕书眠”，似为此句所本。那为何会花瓣散落如雨，满地落花狼藉？此一追问，便知当然是“东风多事”了。结合前三句，方知原来作者是怨东风带走了明媚的

春光，尽管它吹散了余寒，送来了温暖，但它又摧残花落，令人心伤。

花是春天的象征，落花飘零满地，意味这万紫千红的春天也将匆匆而去。遂有了结尾句的叹问：“为谁亲系花铃？”花铃，指为防鸟雀而置的护花铃铛。据王仁裕《开元天宝遗事花上金铃》载，天宝初年，有一宁王，喜好声乐，风流蕴藉，诸王皆不如他。春天到来，他在后园中系上了很多的红丝为绳，缀满了金铃，系在花梢之上，遇见有鸟雀聚集在花枝，就令园吏敲击铃铛惊吓它们。

后来，诸宫都效仿宁王此举，是为惜花。此处，作者反用“金铃”之典，意思是说东风刮得如此之甚，花瓣落成红雨，飘零殆尽，纵使惜花，在花枝上缀满金铃，可这又是为谁而系呢？“为谁亲系花铃”，结处此语，充满着愁绪无着，愁怀难遣的寂寞感和失落感。小词亦景亦情，其情中景，景中情自然浑融，空灵蕴藉，启人远神。

山花子

【原文】

林下[①]荒苔道韫[②]家，生怜[③]玉骨[④]委尘沙。愁向风前无处说，数归鸦。

半世浮萍随逝水，一宵冷雨葬名花[⑤]。魂是柳绵吹欲碎，绕天涯。

【注释】

①林下：幽僻之境，引申为退隐或退隐之处。

②道韫：谢道韫，东晋诗人，谢安侄女，王凝之之妻。以一句“未若柳絮因风起”咏雪而闻名，后世因而称女子的诗才为“咏絮才”。

③生怜：可怜。

④玉骨：清瘦秀丽的身架，多形容女子的体态。

⑤名花：名贵的花，同名花一样的美人。

【赏析】

人生不过是一场绚烂的花事。

那一年，花开得不是是好，可是还好，我遇见了你。那一年，花开得好极了，像是专门为了你。那一年，落英缤纷，零落萎谢花事了。从此，我失去了你。

落英缤纷之中，看见冰冷的绝望。

这首词有人说是悼亡，有人说是咏物，在某种程度上，他写的也是自己。

词之上阕悲叹玉骨委尘沙，下阕怜惜冷雨葬名花。两者都讲述了同一个道理：好物易散琉璃碎，美好的东西，从来都不会长久。它生来，要活在人的追忆中、惋惜中、悲悼中。

“林下荒苔道韫家，生怜玉骨委尘沙。”纳兰词中，林下、谢娘出现频率极高，足见纳兰对这位东晋名门才女的偏爱。《世说新语》中说谢道韫“神情散朗有林下之风”，比清心玉映的闺房之秀还要略高一筹。林下之风是真正的名士之风，源于竹林七贤，他们聚于竹林之下，越名教而任自然，跟随心的方向，活出真实的自我。

谢道韫不但有林下之风，还有咏絮之才，她“未若柳絮因风起”的咏雪之句，流传千古。而这二美兼擅的名女子，最终也只是葬身于荒苔之下，尘沙之中，一抔黄土收艳骨，一抹尘沙掩风流。端的让人怜惜得心疼。这种怜惜，只

为多情之人而设；这种心痛，只有知音才能懂。“愁向风前无处说，数归鸦。”世人读不懂我的寂寞，就像云儿听不懂风的话。天地之大，没有人听我说话，我能做的，只是伫立西风，数着一只一只归鸦，它们携带着四合的暮色，一点点逼近，一点点将人吞没。而纳兰的惆怅与失落，也有如这黑绸之夜，无边无垠，浓得化不开，穿不透。

他怎能不想到自己？他从所爱的女子身上看到了自己，还有他诡异的命运。半世浮萍随逝水，想我半生，如无根之萍，随水飘逝，辗转无定。其实，他何曾活到了半世，但对一个心字成灰的人来说，这无爱的生，这无情的流离，一

日长于一百年，活着像是煎熬，了无生之欢悦。

一宵冷雨葬名花，意象瑰丽。冷雨无情，不管你是卑贱还是名花，不管你是渺小还是国色，一概摧残，一概葬送。我半世为人，只换你一宵倾城，一朝春尽。一朝春尽红颜老，花落人亡两不知。这悠悠离魂，似风中柳绵，被无情撕碎，随风散落在天涯。

越看越觉得这词写的是林黛玉，而纳兰就是她今生偏要遇着的他——宝玉。黛玉不姓别的姓，偏偏姓林，林下之风，不言而喻。黛玉也有咏絮之才，她叹柳絮今生谁取谁收，叹它嫁于东风春不管，凭尔去，忍淹留。黛玉葬花，更是凄艳。“侬今葬花人笑痴，他年葬侬知是谁。质本洁来还洁去，一抔净土掩风流”。高洁如你，冷艳如你，多情如你，才高如你，在埋葬着落花，也在埋葬着自己的青春，自己的幽情，自己的落寞。

开到荼蘼花事了。所有纯净的恩宠，都消散在流光里，不留痕迹。

如果爱有天意，在来生的那个世界，只有一个我，只有一个你。默然相爱，寂静欢喜。

山花子

【原文】

欲语心情梦已阑[①]，镜中依约见春山[②]。方悔从前真草草[③]，等闲看。

环佩只应归月下[④]，钗钿何意寄人间[⑤]。多少滴残红蜡泪，几时干。

【注释】

①梦已阑：梦醒。阑：残，尽。

②依约：隐隐约约。春山：女子眉毛的美称。

③“方悔”句：清彭孙僪《卜算子》词：“草草百年身，悔杀从前错。”

④环佩：古人衣带所配之玉器，后专指女子之装饰物。

⑤钗钿：女子之装饰物，代指已逝爱人的遗物。

【赏析】

梦里相聚，总有千言万语，刚要一吐衷情，梦却醒了。来到你的梳妆台前，菱花镜中仿佛依稀又看见你对镜描眉的样子。多懊悔呵，这么美丽的一张容颜，为何从前没有看了又看，仔仔细细；这么相爱的一个人儿，为何从前没有疼了又疼，分外珍惜。你的首饰还在，我的爱恋还在，人，却无处相依。这环佩钗钿就不应留在人间，该随月华而去。蜡烛啊，也因思念你流下了眼泪，到天明，点点滴滴。

容若的一场春梦，梦醒时哀伤碎了一地。于他而言，梦，是无边的幸福，醒，是满怀的痛苦。悼亡的诗词，不需要雕饰的辞藻，不需要华丽的章句，只言片语，早已泪流满面。“衣裳已施行看尽，针线犹存未忍开。”伊人旧物，往昔华年，若那青铜菱花镜是一条时光的隧道，映入其中，有多少爱可以重来？

世界上最远的距离，不是生与死的距离，而是我站在你面前，你不知道，我爱你。

世界上最远的距离，不是我站在你面前，你不知道我爱你，而是爱到痴迷，却不能说我爱你。

世界上最远的距离，不是我不能说我爱你，而是想你痛彻心脾，却只能深埋心底。

世界上最远的距离，不是我不能说我想你，而是彼此相爱，却不能够在一起。

……

在一起，老天何吝惜？非要让对方成了你眼泪中的名字，才追悔莫及？一切的错过都会空余恨，当时只道是寻常似乎是相爱永恒的叹息。

容若的这首小令，又是深切地悼念，一波三折地抒情委婉深挚。

首句“欲语心情梦已阑”化自辛弃疾《南乡子·舟中记梦》：“别后两眉尖。欲说还休梦已阑。”辛弃疾也是写梦中思人，未说话而人已醒。容若用

“春山”代指梦中之人。春山，用来形容女子的眉毛，最早出于卓文君的一段轶事，她的眉毛被形容为“如望远山”。显然，这样的比喻比柳叶细眉胜之而无不及，是只可意会不可描摹的绝妙。此后，诗词里的“远山”“春山”“远山长”“春山翠”等，便都是说眉毛了，眉和山的关系源远而根深。

“方悔从前真草草，等闲看”，一梦心碎，才后悔从前没仔细看那春山俊眉花容月貌，辜负了无数韶华。人生若只如初见，何事秋风悲画扇。等闲变却故人心，故人心未变，只是所有的遗恨都只化作一场相思雨。叹一句：当时只道是寻常。

思念若蔓上春草，风中秋叶，随处摇曳世间每个角落，无边无垠。也只好沉重地说：“环佩只应归月下，钗钿何意寄人间。”旧时故物何必再见，见了不过徒增伤感。上句用杜甫《咏怀古迹》五首之三的“画图省识春风面，环佩空归夜月魂”，是过昭君村而吟咏昭君之作；下句用白居易《长恨歌》“为将旧物表深情，钿合金钗寄将去”，是杨贵妃死后，方士为之招魂，杨贵妃取钿合金钗各一半，让方士转交唐明皇以念旧好。容若这里是反用这两个典故，同时点明梦里怀念的那个人，已仙逝了，显然是为卢氏的悼亡之作。

“多少滴残红蜡泪，几时干”，末句似乎在问蜡泪何时能流干，其实是自问心伤何时能止。李义山的《无题》早就告诉我们：蜡炬成灰泪始干。那么容若，他内心的伤痛，怕是要到自己的生命终结之时才停止；思念，会纠缠他到与爱妻亡魂相会。如此深情，又是我们流多少眼泪，才能停止感动呢？

山花子

【原文】

风絮飘残已化萍[①]，泥莲刚倩藕丝萦[②]。珍重别拈香一瓣[③]，记前生。

人到情多情转薄，而今真个悔多情。又到断肠回首处，泪偷零。

【注释】

①风絮：随风飘悠的絮花，多指柳絮。

②泥莲句：泥莲：指荷塘中的莲花。倩：请、恳请。萦：萦绕、缠绕。

③拈：用手指搓捏或拿东西。

【赏析】

这首词好得让人无法措手。很多人记住纳兰的词，除了“人生若只如初见”“当时只道是寻常”外，就是这句“人到情多情转薄，而今真个悔多情”。在另外一首同一词牌的词中，纳兰又说了一次：“人到情多情转薄，而今真个不多情。”

词的上阕也写得极妙。

风絮飘残已化萍，泥莲刚倩藕丝萦。看似毫无关联的两句，其实大有关联。风絮飘残，落入水中，化为浮萍。风絮是浮萍的前世，浮萍是风絮的今生，看来，这漂泊聚散不是偶然，都是前定，都是缘分。泥莲刚倩藕丝萦，其义类似于藕虽断了，丝仍连在一起。往日情景再浮现，藕虽断了丝还连，说断何曾断，丝丝缕缕纠结缠杂。今昔与往日，不是时间的界限可以隔开的，今昔在某种程度上是往日的累积，没有谁可以抛下过去的自己，脱胎换骨，重新做人。

正因为此，纳兰才说：珍重别拈香一瓣，记前生。既然世上一切皆有因果，前世五百次的回眸，才换得今生的一次擦肩而过。那么，我只能拈香一瓣，燃于佛前，祈求你记住前生。佛说：前生我们因缘天定。今世不能在一起，这遗憾或许前生可填补。我虔诚地问佛，人世间的爱是什么。佛说，爱由心生，世间的爱，一切皆有因果。

何者是因，何者是果？词的下阕已经告诉我。

人到情多情转薄，而今真个悔多情。因是情多，果是情薄。面对这个结局，而今的我真是悔恨自己多情。多情自古空余恨，早知如此，何必当初。回首往事前尘，愁肠百转，唯有泪偷零。男儿有泪不轻弹，弹了也未必有人能懂，所以，要哭也只能在心里偷偷地哭，绝不示于人。打落门牙和血吞，纳兰就是哭，也哭得这般隐忍！

聚是缘起，分是缘灭，缘起缘灭，一切强求不得。在这场因果轮回、缘起缘灭的情爱修行当中，纳兰却学不会舍得。他执着于这个果，探求着前世因，想解脱却从没有真正地解脱。

“人道情多情转薄，而今真个悔多情。”短短的一句，道尽了情的丰富。好的词就是这样，如八宝楼台，每个角度都是风景。一千个读者，就有一千个哈姆雷特。但前提是，这个哈姆雷特是典型的，是永恒的，他身上有着无数人的影子，却永远又是独特的这一个。纳兰这句词，也是这样。

人道情多情转薄，而今真个悔多情。这个薄可以理解为绚烂至极归于平淡。多情并没有在时光的冲刷下了无痕迹，而是将浓烈沉淀为安静，清淡。日子在云淡风轻中过，对你的一切都成了习惯。一种熟悉的依赖。不需要证明，不需要刻意，那爱意却一丝一毫未曾减损。这个悔，可以理解为无奈至极的反话，说悔不曾悔，只是对你的情太留恋，太依赖，仿佛融入了自己的呼吸。离了你，离了呼吸。早知你终会离去，缘无法相守，我又何苦当初如斯多情？

人道情多情转薄，而今真个悔多情。想想红楼梦中的贾宝玉，对哪个水做的骨肉没有怜惜之情，而结果呢？恼了这个，负了这个，相爱的无法相守。真是“爱博而心劳，忧患日甚矣。”多情，即爱博。情多累美人，纵是八面玲珑，岂能尽如人意，而爱，尤其是情爱，本来就是排他而私我的感情，那心底里最爱的一个，难免会因此而生嗔、痴、妒、恨。这不是“人道情多情转薄”又是什么？公子情多，佳人情薄，这薄是欲爱而不得的恼恨，尽管心底里是深深装着他一个人，从来不曾忘记。因爱而成恨，因爱而离分，又怎能不悔多情？

多情？无情？一个难解的谜。

看人间故事为谁拈香，问多少情伤悲喜无常。静坐流年，笑看红尘过往。

山花子

【原文】

小立红桥柳半垂，越罗裙飏缕金衣①。采得石榴双叶子②，欲贻谁？

便是有情当落日，只应无伴送斜晖。寄语东风休著力，不禁吹。

【注释】

①越罗句：谓其衣着华美。越罗，越地所产之丝织物，轻柔而精美。缕金衣，绣有金丝的衣服。

②著力：用力、尽力。

【赏析】

依立在垂柳飘飘的红桥上，罗裳轻舞随风飘。摘下两片石榴叶，想要赠给谁？如果说有情的话，也只有明月了，只有他孤独地送走夕阳。希望借助东风（春风）将心中话讲给你听，东风呀不要吹得太用力了，这些悄悄的情话是轻易就会被吹散的。

这首词写一女子怜春惜春又因幽凄孤独而怨春的情态。刚摘下两片石榴叶，但不知应该留给谁？才希望东风带去心中话，却又怕东风太劲而被吹散。她孤独地立在垂柳飘飘的红桥上，孤独地送走夕阳，以迎接充满希望的明月。一切的一切都在虚无缥缈之中。

“小立红桥”，一个“小”字，将小女子孤单落寞的情态一语拖出；在杨柳依依，柳丝飘飘的春风里，秀丽女子悠然垂立于桥上。你站在桥上看风景，看风景的人在桥上看你，好一幅意境唯美的画面。“红桥”，有着红色栏杆的小桥，色彩艳丽而显青春活力，尽显小家碧玉之范与江南气息。“越罗裙飏缕金

衣”，这让人想起那句“劝君莫惜金缕衣，劝君须惜少年时”，在这里好像是说，不要重视什么秀罗华服，只要好好珍视这春光，珍惜一份美丽心事或美好情谊就够了。这句写女子衣饰华美，轻柔精美的丝织裙配金缕衣，明显是大户人家年轻小姐。这样姣好富贵的女子，偏偏有着难言的忧愁，多么像容若自己，生于温柔富贵却向往江南小户自在平凡。而纳兰的心事，好比女子的怀春，“如鱼饮水，冷暖自知”。

女子孤伫红桥，满怀的心事究竟何指？接下来“采得石榴双叶子，欲贻谁？”句便透露出她怀春的幽凄孤独之意。“石榴”本就有特殊寓意，“双”字

则更明确透露女子渴望有人知她心事。我们现代人常拿三叶草喻幸福，常常说恋人一起于三叶草丛寻得四叶草便可长相厮守。草木树叶和鱼鸟等的成双入对常被拿到诗词里，反衬男女主人公的形单影只。那么这里的女子摘了两片石榴叶，却不知赠给谁，怀春而孤寂，是揪人心的落寞与伤怀。

下阕直说“便是有情当落日，只应无伴送斜晖”，明月有情，落日有意，却总不得相伴，只在那夕阳西斜的时候，月儿才送上一程，送完了斜晖又孤独亮出冷辉。为什么我们总是相互思念而不能相见呢？说相见不如怀念，那是再也不相见。而我们明明都还想见，明明该热烈地爱恋，却被隔开在天涯的两边。还有什么比恋人的分离让人无奈而伤感的呢？就像容若自己，常年扈从在外，与爱人的分离是常态，他便因着那在远方思念他的爱人的思念而更强烈地感到孤独。

美好的春天，就这样伤怀下去吗？“寄语东风休著力，不禁吹”，只希望东

风能捎去远远的祝福和思念，带去心底最真挚的爱恋。可是东风哟，你可不要太用力，不然这些悄悄话是要被吹散的。女子的心事，向来细腻，她的情感再深也敌不过现实。恋爱中的人总有脆弱的灵魂，似乎觉得情话不亲自传到对方的耳朵里，彼此间的情意就会被吹散。这位姑娘，怨起春来，也是别有一番动人情调。她是可爱的，而字里行间透露的这番幽凄，最是挠人心肺，说呼吸到容若内心的多愁多痛，是否感性了点？

山花子

【原文】

一霎灯前醉不醒[1]，恨如春梦畏分明[2]。淡月淡云窗外雨，一声声。

人到情多情转薄，而今真个不多情。又听鹧鸪啼遍了[3]，短长亭。

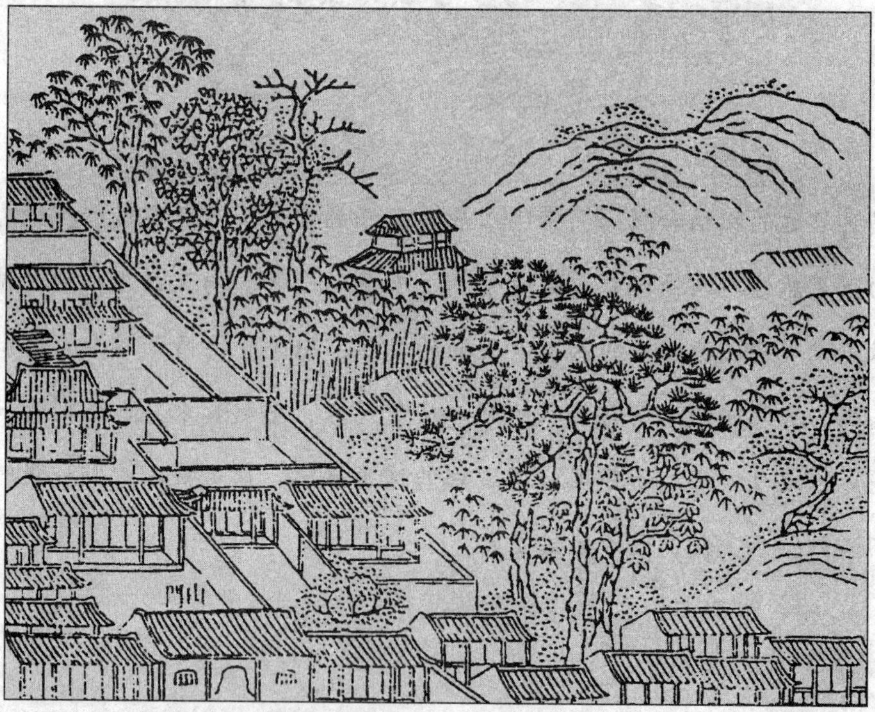

【注释】

①一霎：谓时间极短。顷刻之间，一下子。

②春梦：春夜的梦。比喻转瞬即逝的好景，也比喻不能实现的愿望。

③鹧鸪：鸟名。体形似雷鸟而稍小，头顶紫红色，嘴尖头，红色，脚短，亦呈红色。

【赏析】

这首词写离恨：孤灯之前，一下子沉醉不醒，又怕醉中梦境与现实分明起来。窗外的舒云淡月，细雨声声。人若太过多情，情就变得淡薄，而现在我已经真的不再多情了。可是，窗外又传来鹧鸪啼鸣之声，那送别的短亭长亭之处是否有人驻足倾听？

"摊破浣溪沙"实际上就是由"浣溪沙"摊破而来。所谓"摊破"，是把"浣溪沙"前后阕的结尾，七字一句摊破为十字，成为七字一句、三字一句，原来七字句的平脚改为仄韵，把平韵移到三字句末，平仄也相应有所变动。又叫“山花子”。

此词写的是离情。上下片都是前情后景，情景交融。

“一霎灯前醉不醒，恨如春梦畏分明。”一片离愁待酒浇，愁越深，醉得越快，仿佛是一刹那间的事。心事太沉重，清醒太磨人，还不如沉溺在梦境里、醉乡中，万事不过心。这现实，是一分钟也不愿意多待的，真真怕醒来。醒来了，现实与梦境界限太分明，让人连幻想逃避的余地都没有了。恨与梦，怕的是过于分明，清醒的理智不如激情的沉醉，它总是提醒着你，面对着现实的冰冷。

不去想，不能想，不愿想。想来想去，人还在天涯，只能尝试着沉沦。一种令人迷醉的无望，一种难以自拔的爱，像醉酒，像溺水。越是挣扎陷得越深，身已无力，心却不甘。真是欲罢不能。

多情自古空余恨，好梦由来容易醒。

不得不醒来，独自面对：淡月淡云窗外雨，一声声。此句很像“梧桐树，三更雨，不道离情正苦。一叶叶，一声声，空阶滴到明”。原来，这一声声敲打的是我的心；这一滴滴，是上天为我洒下的离恨之泪。

上阕以“一声声”收尾，留下了一个绵延无尽，向着无穷远方伸展的空间，供人思量。

“人道情多情转薄，而今真个不多情。”多情无情，都是一种修行。无情不似多情苦，一寸还成千万缕。多情太甚，伤人伤己，也许最好的选择是：薄情。而这终究只是纳兰失望至极的反话而已。而今真个不多情？不是，是身不由己，是言不由衷。是空有多情之念之心，却无法实实在在给心爱之人一个温暖的拥抱，一个坚实的肩膀，可以让她毫无顾忌地哭泣。如其在悬崖上展览千年，不如在爱人肩上痛快地哭一晚。

这便是纳兰的不多情吗？道是无情却有情。

“又听鹧鸪啼遍了，短长亭。”多情？无情？人停留在情的漩涡里挣扎，时间却从不为谁停住脚步。转眼间，又听鹧鸪啼遍了，短长亭。新的一天，伴着鹧鸪“行不得也哥哥”的呼唤，姗姗来临。

明天，又是新的一天，我会在哪里呢？“何处是归程，长亭连短亭。”长长短短的亭子，上演着别离，又有哪一处可以通向回家的路？可以让我停泊呢？没有。短亭长亭，聚积着的都是漂泊的灵魂，“行不得也哥哥”的声声唤，又唤得回什么？

每个人的心里，都有一方魂牵梦萦的土地，它让一切漂泊都有了方向，有了意义。让一切离恨都能得到补偿，都得纾解。

这便是乡土情结。柯灵说：“每个人的心里，都有一方魂牵梦萦的土地。得意时想到它，失意时想到它。逢年逢节，触景生情，随时随地想到它。海天茫茫，风尘仆仆，酒阑灯灺人散后，良辰美景奈何天，洛阳秋风，巴山夜雨，都会情不自禁地惦念它。离得远了久了，使人愁肠百结……辽阔的空间，悠邈的时间，都不会使这种感情褪色，这就是乡土情结。”

何人不起故园情？脚步走遍海角天涯，心却系着它。

山花子

【原文】

昨夜浓香分外宜，天将妍暖护双栖[①]，桦烛影微红玉[②]软，燕钗[③]垂。
几为愁多翻自笑，那逢欢极却含啼[④]。央及莲花清漏[⑤]滴，莫相催。

【注释】

①妍暖：谓晴朗暖和。双栖：飞禽雌雄共同栖止，比喻夫妻共处。

②桦烛：用桦木皮卷蜡做成的烛。红玉：红色宝玉，古常以比喻美人的肤色。

③燕钗：旧时妇女别在发髻上的一种燕子形的钗。

④含啼：犹含悲。

⑤央及：请求、央告。莲花：即莲花漏。清漏：清晰的滴漏声，古代以漏壶滴漏计时。

【赏析】

这首词有人说是怀友，有人说是追忆与恋人欢度良宵的情景，容若的许多词总是给人模棱两可的感觉，既是相思，又是相恋，搞不清楚他到底想要表达哪种情绪。或许这样的词作更好，因为猜不透，所以更显得朦胧。

整首词愁情绵绵不绝，仿佛比春风还要绵绵，比春宵还要长远。在夜色中，心中充满了孤独和无聊，唯有梦里才可与你一会。在一个天气良好的夜里，花开云走，容若心中充满寂寞，提笔写下这首词，“昨夜浓香分外宜”，乍一看起来，似乎是一首意境与心境同样欢愉的词，写到美好的天气，还有夜色里浓郁的花香，二者相宜。

“天将妍暖护双栖”，晴朗暖和的天气中，夫妻二人双宿双栖。“妍暖”在这里是夫妻双宿双栖的意思。问世间情为何物，为伊消得人憔悴。春风无法洗去内心的忧愁，即便再好的春光，再美好的夜晚，也无法抹去夫妻二人之间的情分。

“桦烛影微红玉软，燕钗垂。”多么温馨的一幕，多么美好的回忆，这一切都因为回忆中的那个人不在身边，而显得犹如一幕惨淡的剧目，不忍去看。情爱就好像是双生花，轻易地将爱情中的两个人纠缠在一起，可是谁能想到，这之后的爱人，是如何面对世事沧桑变幻的呢？

“几为愁多翻自笑，那逢欢极却含啼。”依然的孤寂之感，但少了些香艳的感觉，用情依然深切，却不是你侬我侬的感觉，意境清疏，是词中的好句。人虽寂寞，可是想到与朋友在一起度过的欢声笑语的日子，心里就生出无限的喜悦。

“央及莲花清漏滴，莫相催。”时间过得虽然很快，但相逢总是令人高兴的，不要催着分离。似悲似喜的情感，容若这首词并不是为抒情而抒情，因写情而抒情，他的抒情在写景中自然而然地带出，十分自然。

青衫湿

悼亡

【原文】

近来无限伤心事，谁与话长更？从教[1]分付[2]，绿窗红泪[3]，早雁初莺。当时领略[4]，而今断送，总负多情。忽疑君到，漆灯[5]风飐[6]，痴数春星。

【注释】

①从教：听任，任凭。

②分付：同“吩咐”。

③红泪：指伤离或死别的眼泪。晋王嘉《拾遗记·魏》：“文帝所爱美人，姓薛名灵芸，常山人也……灵芸闻别父母，歔欷累日，泪下沾衣。至升车就路之时，以玉唾壶承泪，壶则红色。既发常山，及至京师，壶中泪凝如血。”

④领略：欣赏，晓悟。

⑤漆灯：灯明亮如漆谓之“漆灯”。

⑥风飐：风吹。

【赏析】

最近有太多的伤心事，我能与谁倾诉于这漫漫长夜？一切听从命运的安排，早春时节，窗外绿影婆娑，大雁归来，黄莺歌舞，任凭泪流满面。

当年与你欣赏美景，如今却丧失了，辜负了往日的一片深情。忽然一阵风

吹，明灯随风摇动，我以为是你的魂魄回来了，罢了，我只能痴情地数星等待。

纳兰标有“悼亡”字样的词共七首，其中《青衫湿遍》一首作于康熙十六年（1677）六月中，这一首作于何年不详。词中所抒发的仍是对亡妻深切怀念的痴情。

上片起句便说自己的无限伤心，无人与共，凄清孤独，自爱妻亡故后，终日以泪洗面。伤心的泪，一次次地流，总是在找你的模样，总是在回忆，有你的日子，我是如何的幸福。近来无限伤心事，谁与话长更。但是现在，我却是那么孤独，一个人对着漫漫长夜，无人私语。依旧绿叶婆娑的窗，依旧红花摇曳的庭院，依旧温柔缠绵的风，依旧温婉清冽的井台，一只飞鸟从一棵芭蕉叶上穿过，一条青虫在一根翠竹上蠕动。

这首词有个特点，从“从教分付”起，往结尾“痴数春星”，全是四字一句，韵致堆砌，很有味道。话语平白，却意象幽美，意境悠凉。

下片沉痛地怨诉辜负了往日的多情。这么美的景，我是多么爱慕，恬静，幽雅，轻灵，可是，可是，没有你，这一切的存在又有何意义！你才是我的一切，才是我灵魂可以安逸、美丽、快乐的所在。你在我晶莹的泪光中浮现，那

么美地笑着，携着前世的爱，携今生的眷念，雁飞了，莺也飞了，只有一滴滴的泪水，在我的脸颊流淌，很想，很想，牵你的手，去看漫天的雨，去看纯洁的雪。很想，很想，温暖的黄昏，抱着你，做你一生的爱人。

值得注意的是结穴处宕起一笔，用虚拟之景收束，极精彩，极浪漫，可谓宕出远神，耐人寻味。这一结尾与唐人卢仝《有所思》："相思一夜梅花发，忽到窗前疑是君。"宋人贺铸《小梅花》："一夜梅花忽开疑是君。"周邦彦《过秦楼》："谁信无聊为伊，才减江淹，情伤荀倩，但明河影下，还看稀星数点"等等有异曲同工之妙。

青衫湿遍

悼亡

（按此调谱律不载，疑亦自度曲）

【原文】

青衫湿遍，凭伊慰我，忍便相忘。半月前头扶病[①]，剪刀声、犹共银釭[②]。忆生来、小胆 怯空房。到而今，独伴梨花影，冷冥冥、尽意凄凉。愿指魂兮识路，教寻梦也回廊[③]。

咫尺玉钩斜路[④]，一般消受，蔓草残阳[⑤]。判把长眠滴醒，和清泪、搅入椒浆[⑥]。怕幽泉、还我为神伤[⑦]。道书生薄命宜将息[⑧]，再休耽、怨粉愁香。料得重圆密誓，难禁寸裂柔肠[⑨]。

【注释】

①扶病：带病行动。

②银釭：银白色的灯盏、烛台。

③回廊：曲折环绕的走廊。

④玉钩斜：古代著名游宴地。在江苏江都，相传为隋炀帝葬宫人处，后泛指葬宫人处。

⑤蔓草：爬蔓的草。

⑥清泪：眼泪，宋曾巩《秋夜》诗：“清泪昏我眼，沉忧回我肠。”椒浆：

以椒浸制的酒浆，古代多用以祭神。《楚辞·九歌·东皇太一》：“蕙肴蒸兮兰藉，奠桂酒兮椒浆。”

⑦幽泉：指阴间地府，借指死者。

⑧将息：调养休息，保养。

⑨寸裂：碎裂。

【词评】

道光己丑夏五，余有骑省之戚，偶效纳兰容若为此，虽非宋贤遗谱，其音节有可述者。

——周之琦《怀梦词》

【赏析】

这首词应为所有悼念亡妻之作的第一首，作于卢氏亡故半月之后：眼泪已经湿透了所有的衣服，我需要你的安慰，你怎么可以忍心将我忘记呢！你走半月以来我拖着愁病之躯，像你在时那样西窗剪烛。我生来胆小，害怕一个人独守空房，到如今却只有梨树花影相伴，冷冷清清，受尽凄凉。希望你的魂魄能认识回家的路，到梦中与我相聚。你已长眠地下，即使坟冢近在咫尺，芳魂却无处找寻，只有斜阳中荒草遍野的荒凉。夜里在哭泣中醒来，就让我用这和着眼泪的浊酒来祭奠已逝的你吧。却又害怕你在黄泉之下还要因此而为我伤心难过。劝慰我要好好保重，不要再沉迷于往日的浓情蜜意。那些海誓山盟的旧梦难圆，回想起来只能让人肝肠寸断。

落花时

【原文】

夕阳谁唤下楼梯，一握香荑①。回头忍笑阶前立，总无语，也依依。

笺书直恁无凭据②，休说相思。劝伊好向红窗醉，须莫及，落花时。

【注释】

①香荑：女子柔嫩的手指。《诗·卫风·硕人》中有“手如柔荑”句。原

指散发着芳香的嫩草。荑，茅草的嫩芽。

②直恁，竟然如此。无凭据，不能凭信。

【赏析】

落花时节，楼外好风光。落日余晖更添盛景，谁能舍弃这良辰美景不去约会？一个风姿绰约的姑娘正从楼梯上下来，当看见是自己的心上人时，先是下意识地回头看看有没有别人，然后嫣然一笑站住了。尽管一句话没说，但绵绵的情谊早已从眉梢间泄露了。

姑娘为何一语不发？谁让你失约的呀？她说："这信中的期约竟如此不足凭信。"你既然相约又爽约，就不要再说对我情深似海相思不绝了。嗔怪过后，她又说，快珍视这让人沉醉的美好春光吧，莫要待到花落空折枝。

这首词是写夕阳西下时，一对恋人相会时既相亲又娇嗔的约会。那是百年前，约会难得。生命犹露滴，如幻更似虚。相逢若相知，逝亦不足惜。

容若对于爱情，向来执着动人，这一首《落花时》写与恋人间的温情和且亲且嗔的缠绵爱恋，细腻而饶富生趣。

“夕阳谁唤下楼梯，一握香荑”，夕阳西下的伊人，手指白嫩如荑。仿佛是场千年之恋，回到上古的《诗经》时代，“手如柔荑，肤如凝脂”（《诗经·卫风·硕人》）。姣好的女子也许没有倾世的面容，却有着庄姜之美，用白茅芽比喻美人手指，不见貌而惊其貌。难得相约，却又是个“静女”，《诗经·郑风·静女》里是“静女其姝，俟我于城隅，爱而不见。”这里的女子在夕阳无限好的时候终于下得楼梯，却“回头忍笑阶前立，总无语，也依依”，一言不发，叫人摸不着头脑，这番模样是羞还是恼？她就静静地在阶前立着，转头笑而不

语，避见情郎。而无论怎样，她在他的眼里，始终是楚楚动人的。二人的相会，从女子落笔，精致活泼。女子的形貌神情，心思暗涌，小儿女间的爱嗔情态，

都写得惟妙惟肖。

“笺书直恁无凭据，休说相思”，却原来，只为这般而忍笑伫立，见人不语。女子对所爱男子向来有份独得的霸道，这不是她苛刻为点小事就生气，而是她真心太在乎。是书信中的期约不足凭信吗？她只是怪他信中相约又失约，既然误期爽约就不要说什么对我相思了。可是她自己的相思又岂是一个约会时

间的耽误就停得下来的？即便是怨，那也是因为有爱，何况他还是来见她了。“劝伊好向红窗醉，须莫及，落花时”，大约是看见情人慌乱着急，自己心下又不忍，以俏皮的口吻转口来抚慰情人珍重春光好沉醉，不要因为犹豫而耽误了两人相处的好时光。言语间隐有“有花堪折直须折”的雅骚之意，含情女子的曲款心事，不言而喻。男女彼此间且亲且嗔的复杂心态，活泼灵动，饶富生趣，情态逼真。

好春光，不如梦一场，梦里青草香；那么好时光，就不如醉一场，情人见面该及时爱恋不负韶光。这首《落花时》写情人幽会，细腻动人，画面美好。眉目，春光，笑容灿烂，情意缱绻，风流而似月照清荷，别有一番雅趣。

其实在潇洒之外，心头更藏着一份不泯的深情。长相思，是心里始终叩着的一根弦，无论山长水远、风高浪急、世情流转、容颜如何变更，这根弦会一直勒在心上不断。

河渎神

【原文】

风紧雁行高，无边落木萧萧。楚天魂梦与香销[1]，青山暮暮朝朝。

断续凉云来一缕，飘堕几丝灵雨[2]。今夜冷红浦溆[3]，鸳鸯栖向何处？

【注释】

①楚天魂梦：指宋玉《高唐赋》所载楚王梦见巫山女。她与楚王欢会，临分别时说："妾在巫山之阳，高丘之阻。旦为朝云，暮为行雨。朝朝暮暮，阳台之下。"后来在诗文中便以此作为男女情事的常用之典。香销：喻女子死亡。陆游《沈园》诗："梦断香销四十年，沈园柳老不飞绵。"

②灵雨：好雨。《诗经·鄘风·定之方中》："灵雨既零，命彼信人。"笺："灵，善也。"

③冷红：泛指秋天的寒花。浦溆：水滨。

【赏析】

秋天的风总是急促又凌厉的，似一位冷面的孤僻老人，在恶狠狠地驱逐夏

天离去。惧怕寒冷的大雁们开始飞往温暖的南方了，它们扇动着长长的翅膀，在又高又远的天空中排着队飞行。哀鸣声声，如泣如诉。

雁群阵阵，渐次隐没于天空边缘。即便它们如此结伴远行，每只雁却仍然像是孤雁，以自我的频率静静振翅。在漫长的迁徙途中，千山万水的阻隔之下，会有多少只可怜的雁儿飞不到温暖的南国呢？人们往往对此一无所知，看到的仅仅是季候变迁的讯号。

那些死去的叶子啊，迫不及待地掩埋着盛夏的秘密。飒飒的风声响应着雁群，把声声哀鸣割得破碎又尖利。苍茫的天地万物仿佛在举行一场声势浩大的葬礼。

逝去的，再也不会回来。

青山如斯，佳期如梦。唯有梦里的佳人，仍是最初的可爱模样。笑意盈盈，欲语还休。却柔弱得如一星灯火，稍纵即逝。沉醉不知归路时，惊觉恍然梦一场。

这首词起笔便是一片萧瑟寂冷之感，“风紧雁行高，无边落木萧萧”很容易让人联想到杜甫《登高》一诗：“风急天高猿啸哀，渚清沙白鸟飞回。无边落木萧萧下，不尽长江滚滚来。”杜甫登高远眺，满目荒凉，山河仍破碎，年华匆匆逝去，满腹的豪情壮志竟至这般落魄之境，滚滚的江水是说不尽的苍凉。纳兰在此化用杜甫的这首诗，我猜测，意在表达纵然自己外表仍是风华正茂，而内心经历了太多沧桑，漂泊的灵魂不得安身，此等凄然，脱口而出，该是凝聚了诗人的多少愁绪。

后句仍是用典，楚怀王为寄相思于梦中化为云和雨的女子，建了朝云庙。纳兰在此用作男女情事之意，逼近词的主题。曾经有过的艳情，如梦似幻。“香销”来源于陆游为亡妻唐婉所做的悼亡诗《沈园》中“梦断香销四十年，沈园柳老不飞绵”一句，纳兰与陆游的感情经历有几分相似，不同之处在于，陆游始终牵挂的是唐婉一人，而纳兰则是在懵懂之时恋上青梅竹马的表妹，初懂爱情时失去挚爱卢蕊，生命尽头遇见江南才女沈宛，而唐婉与沈宛的结局却是那般相似，用尽心力在一起，却终不能相守，待到佳人逝去，方恨世事无常。深情的诗人只能做出一首首如泣如诉的凄绝之词，来寄托对心爱之人的苦思。

下阕只是写景，却包含情意。“灵雨”本指绵绵春雨，《诗经·鄘风·定之方中》表达中文公劳瘁国事之意。而作者在此，绝不是表达这般明朗的意境。云本是不可感之物，诗人却说它是“凉”的，云雨散散地浮在天际，互不相依，与上文的“雁群”有相同的孤独之感。雨本是好雨，它飘落在诗人苍凉的心里，便也化作了点点滴滴的愁绪，夜色渐浓，这漫天漫地的愁绪，更不可能化得开了。

末句是问句，诗人望着凄冷的雨想到被雨打落的寒花。花开得再美，秋天的冷雨一来，柔弱的花儿怎么承受得住呢。这花也是纳兰与沈宛的爱恋之花，他们携手冲破了世俗的枷锁，全然不顾地结了婚，而花期却短暂得让人怜惜。盛夏的芳华终究是短暂的，在冷酷的秋天面前，这美丽完全不堪一击，它还是破碎了。凄艳的残红铺满了冰冷的水滨，心也如这水滨一般，残破、冰凉、死寂。于是，再也没有鸳鸯可以停留至此，再也承载不起一份纯真爱恋的重量。漂泊的一颗心，终于再也找不到归宿。只因这秋水太凉，只因这秋天太决绝。

古人形容多情之人多薄命，意为“情深不寿”。读罢此诗，唯一的感受便是此。无奈纳兰这般多情之人，这薄情的尘世是容不下的。也或许，纳兰本就不属于这样淡漠的世间，但愿在遥远的另一个时空，他会寻得心之归处。

海棠春

【原文】

落红片片浑如雾，不教更觅桃源路①。香径晚风寒②，月在花飞处。

蔷薇影暗空凝伫③，任碧飐轻衫萦住④。惊起早栖鸦，飞过秋千去。

【注释】

①桃源路：桃源，即桃花源，晋陶渊明在《桃花源记》中描写了一个与世隔绝、安居乐业的好地方，用以比喻不受外界影响的地方或理想中的美好地方。

②香径：花间小路，或指满地落花的小路。

③蔷薇：落叶灌木。有单瓣、复瓣之别，色有红、粉红、白、黄等多种，很美丽，初夏开放。凝伫：凝望伫立，停滞不动。

④飐：颤动、摇动。

【赏析】

晋陶渊明在他的《桃花源记》中描写了一个与世隔绝、安居乐业的好地方，称之为桃花源。之后，桃花源似乎就成为人们心目中的避世理想之所，可惜，这个地方不过是陶渊明的虚构，世间哪里会有这样美好的地方呢？

如果说有，那也只能是世人心目中的一个理想向往罢了。容若便是一心向往着这样的世外桃源。这首《海棠春》看似写景，实则抒情，容若的心在这首词里表露无遗，他想要逃离这个纷繁的俗世，想要去一个清净的地方安度余年。

虽然，这样的愿望对于一般人来说，似乎并不难实现，但对于纳兰容若，这个天生就富贵的男人来说，却是无法实现的心愿。老天爷总是公平的，他给予你一样东西的时候，也会收走你的另一样东西。

在世间男子为了功名利禄、荣华富贵，舍弃自由，舍弃自我奋力拼搏的时候，那个一生下来就什么都有了的容若，却偏偏想抛弃这些，去找寻自由。当然，这份自由就如同那臆想中的桃花源一样无法触摸得到。

容若之苦，在于心苦，所以他的词里，大多是将这种无法言说的心苦表达出来，或者借景抒情，或者以物言志。

这首词勾画月夜下孤清寂寞的情景：春风吹过，落花纷纷，如烟似雾，叫人禁不住要去寻觅那世外桃源。花间小径，晚风伴着轻寒，将花瓣吹到月光底下。墙壁上蔷薇的倩影里，有人默默地伫立凝望着眼前的一切，任凭风吹衣袂，花瓣萦绕。清风惊起早醒的晨鸦，使得它们扇动着翅膀飞过秋千去了。

“落红片片浑如雾”，开篇一句便充满了诗情画意，叫人向往，但随后一句，则是将人从天堂拉入人间，“不教更觅桃源路”，如此美景，忍不住想要叫人去寻找那桃花源的踪迹，可是究竟入口何处呢？无人可知。

在看似美景之下，其实在美丽之外，心头更是藏着一份凄凉的情怀。这首词的总体基调是清冷的，“香径晚风寒，月在花飞处”。每一个字都流露出了不泯的深情，只是可惜，这份情怀无人可寄，故而越发显得凄冷。

清冷孤寂是容若心里头始终扣着的一道伤口，无法撼动，无论人生之路如何行走，世情如何变幻，容若心头的这道疤痕，都不会退去。这是命运带给他的伤，而他无能为力，便将这伤带入了词中。

读着容若的词，感怀着他的伤，不禁泪流。“蔷薇影暗空凝伫，任碧飑轻衫萦住。”一个孤寂的身影，任凭风将自己的衣衫吹起，身上感到些许的冷，但心里更冷，容若最苦的便是没有知己，在苏轼的《怀渑池寄子瞻兄》中说道：“人生到处知何似？应似飞鸿踏雪泥。泥上偶然留指爪，鸿飞那复计东西。”

知己是一个男人最好的解忧酒，可惜容若没有，所以，任凭“惊起早栖鸦，

飞过秋千去”。他也只能是在大片大片的忧伤中，沿着自己的轨迹，掉入灰暗的深渊，无法逃脱。这是一道美丽的疤痕，让容若一生都在写着绚烂孤寂的诗词。

这份情怀，延绵不绝，洇了千年。

海棠春

【原文】

凉月转雕阑①，萧萧木叶声干②。银灯飘落琐窗闲③，枕屏几叠秋山④。

朔风吹透青缣被[5]，药炉火暖初沸。清漏沉沉无寐[6]，为伊判得憔悴。

【注释】

①凉月：秋月。雕阑：即雕栏，华美之栏杆。

②干：形容声音清脆。

③琐窗：亦作“琐牕”。镂刻有连锁图案的窗棂。

④枕屏：枕前屏风。

⑤朔风：北风。青缣：青色织绢。

⑥清漏：清晰的滴漏声。古代以漏壶滴漏计时。

【赏析】

这首词书写相思之苦：秋月转过了栏杆，窗外传来的是萧萧落叶之声。灯光在窗边摇曳，枕前的屏风如山峦起伏。北风吹透了锦被，寒意顿生，药在炉上沸腾。漏声清晰地回响耳畔，对你的思念即使让我憔悴，也无怨无悔。

锦堂春

秋海棠[1]

【原文】

帘外淡烟一缕，墙阴几簇低花。夜来微雨西风里，无力任欹斜[2]。

仿佛个人睡起，晕红不著铅华[3]。天寒翠袖添凄楚[4]，愁近欲栖鸦[5]。

【注释】

①秋海棠：多年生草本植物，叶背和叶柄带紫红色，花淡红色，供观赏。

②欹斜：歪斜不正。

③铅华：妇女化妆用的铅粉。

④翠袖：青绿色衣袖，泛指女子的装束，这里指秋海棠的绿叶。凄楚：凄凉悲哀。

⑤栖鸦：乌鸦欲栖息时，指黄昏时候。

【赏析】

珠帘外一缕淡淡的轻烟，墙阴处几簇矮矮的鲜花。昨夜秋风吹来一场细雨，花枝无力任凭风雨将她吹斜。那娇美的神态仿佛美人睡起之后脸上泛起的红色，不施粉黛却娇艳欲滴。寒风中那绿色的衣袖更为她平添了几许凄楚，在黄昏之中徒增无限清愁！

清愁是容若抒写不尽的主题，他的每首词，几乎都带有淡淡的愁云，这首词中也提到了，“帘外淡烟一缕”，帘外的淡淡烟云，一缕便飘散在风中，好像刚才什么也没有出现。开门见山，便写到了烟雾消散，犹如自己的愁绪，淡然一抹，偶尔飘来，随即飘走。

“墙阴几簇低花”不过是墙角下的几朵小花，容若却能欣赏到它们独有的魅力。在墙角的阴凉面下，几簇低矮、不被重视的小花，长在那里，它们虽然卑微，却生命力顽强，只要一点点的阳光，便能自由自在地开放。

容若是在写花，也是在羡慕花的自由。“夜来微雨西风里，无力任欹斜。”

虽然夜晚一场暴雨，会让花朵凋零、倾斜，看似要枯死一般，可是只要第二天照样出太阳，它们便会再次回转过来。

这就是生命的力量。容若是渴望这种力量的，于是，这种生命力顽强的花，在他眼中，也别具一番风韵。下片写到花的样子，仿佛是在描述一个美貌的女子，“仿佛个人睡起，晕红不著铅华。”好像刚刚睡醒的女子，不施粉黛，素面朝天，却可爱真实，让人怜惜。就好像这花一样，让人无法不去关爱。

“天寒翠袖添凄楚，愁近欲栖鸦。”寒风中，它们努力绽放，要将最后的颜色在这枯黄的世界中保存得更长久一些，可是它们不知道，看花的人，却在黄昏中，看到它们，更看到了哀愁。

太常引

自题小照

【原文】

西风乍起峭寒生[1]，惊雁避移营[2]。千里暮云平，休回首、长亭短亭。

无穷山色，无边往事，一例冷清清。试倩玉箫声[3]，唤千古、英雄梦醒。

【注释】

①峭寒：料峭的寒意。形容微寒。

②惊雁：犹言惊弓之鸟。移营：转移营地。

③玉箫：玉制的箫或箫的美称。

【赏析】

清秋时节，西风乍起，原本就荒凉的塞外更是冷清异常。遥望天边，雁群被安营扎寨的将士们惊扰，展翅飞向温暖的南方，绵远的暮云如华丽绸缎铺在天际，却是一派凄凉。

往事不堪回首，只因太过难忘。那送别离人的长亭短亭，那绵延无穷的山峦，那梦中萦绕的悠扬玉箫声，无不盘旋在心头。初秋的清寒渗进了梦里，让梦也变得沉甸甸。思念绵绵，恰似这眼前的荒漠，无边也无际。一曲离歌，声声都是离人泪。

这词的创作时间大致可考，为康熙二十二年或二十三年孟秋，纳兰性德作为御前一等侍卫随康熙出行，路过塞罕坝以北至拜察一带时，有人为纳兰性德绘了一幅出塞图。归来后纳兰性德在画上题词，故作此篇。既是题词，亦是表达自己对于人世的看法，表露一些心志。

“西风乍起峭寒生，惊雁避移营。”西风乍起，点明时节为初秋。峭寒常形容春寒，但此处意在道初秋之清寒。秋天刚至，凉风阵阵，吹得刺骨，在这边陲之地，更加感到凄寒。皇帝的随行兵营正在忙着迁移，不料惊起了大雁，展翅高飞逃散到远方。

“千里暮云平，休回首、长亭短亭。”开阔的边地，夕阳时分，暮云延伸千里，在天际与地平线交汇处才消失踪迹。回首遥望，则是数不尽的长亭短亭。

“无穷山色，无边往事，一例冷清清。”塞北的山峦在远处重叠，山连着山无穷无尽，就像不休的往事，无尽的回忆。往昔的烟雨地，曾经的红花绿树、喧嚣热闹，在此想来，都变得沉寂。往事，先是念想，再是思索，想得多了，这心境不仅仅没了浮华欢愉，而是在沉静中更多了凄清，甚至满是凄清了。

“试倩玉箫声，唤千古、英雄梦醒。”著意而为箫曲，唤起千古的追思，无数英雄豪杰的寂寥与惆怅。

全诗看似是很平实的写景之作，正如王国维称赞纳兰性德时所说，“以自然之眼观物，以自然之舌言情”，这首词以朴实自然的言语描绘了真实的自然之景，毫无矫揉造作。这样的风格也正印证了纳兰性德的为人，率直真诚，这与他在这首词里表露的很多想法也是紧密联系的。

诗中写惊雁，而纳兰性德自己何尝不是一只惊雁呢？出身官场，从小便看着尔虞我诈、人世险恶。在功利而浮躁的官场，他只有冷眼相待，因为不置身事外就难免会招致灭顶的祸难。

他身边就是最好的例证，纳兰性德的父亲——纳兰明珠。明珠从清朝入关开始几十年都是权倾朝野，一人之下万人之上，最后还不是被康熙革了职落得惨淡，虽然后来复得大学士之位，也不再被重用，只得郁郁而终。纳兰家没落之前，纳兰性德早已与世长辞，真不知这是幸还是不幸，毕竟纳兰性德走时才三十一岁。但相较传言中的以纳兰性德为原型创作出的贾宝玉，亲眼见证家族的衰亡来讲，或许这也真是不幸中的万幸吧！

且不谈其他，仅纳兰性德的父亲便是勾结党羽、贪污行贿的官场典型，纳兰性德从小受着这样的熏陶，怎么可能好过。所以他只能默然，只有默然，才能孑而介立，独守其身。

但这样的默然又与纳兰性德自己的追求相悖，和很多文人志士一样。纳兰性德也有自己的抱负。他也想建功立业，报效国家，实现自身的最高追求。但时间久了，他才发现什么精忠报国，什么远大抱负，都只不过为了一个“名

利”，到底都只是空，一场梦罢了。

所以诗人一句“唤千古、英雄梦醒”，真真是嗟叹。空有满腔热血而不得抱，心里念的都是岳飞、李广，但终究只是场英雄梦，醒醒吧！

太常引

【原文】

晚来风起撼花铃[①]，人在碧山亭。愁里不堪听，那更杂、泉声雨声。

无凭[2]踪迹，无聊心绪，谁说与多情。梦也不分明，又何必、催教梦醒。

【注释】

①花铃：护花铃。用以惊吓鸟雀，保护花草。

②无凭：无所凭据，即无法寻找。

【词评】

“梦也不分明。又何必催教梦醒”亦颇凄警。

——陈延焯《白雨斋词话》

缠绵往复。

——张德瀛《词征》

【赏析】

孤独的夜里，一个人与沉默对峙，与一颗伤痕累累的心共处。人在低落的时候，时间便格外难挨。所谓漫漫长夜，便是这般。黑夜让人看清自己，也看清时间是怎样在流逝。

这时的思念便成了折磨，梦境便成了片刻。曾经拥有过的温暖和幸福，如今只剩下朦胧的轮廓，教人不敢相信。伊人的倩影依稀可见，却远在天边。一场梦，一场空。终究是连追忆都无迹可寻。

唐代诗人李白在《春夜宴从弟桃李园序》中写道："夫天地者，万物之逆旅也；光阴者，百代之过客也。而浮生若梦，为欢几何。"后人便由此援引出"浮生若梦"一词。时至晚清，诗人袁枚有一才华横溢的妹妹，名为袁机，为清代烈女之一。她为抱守金锁之约，哪怕遭受非人折磨也要恪守三从。丈夫去世后，她作《随园杂诗》伤怀："草色青青忍自怜，浮生如梦亦如烟。"而纳兰的这首词，恰恰也是对"浮生若梦"这一人生哲学的阐释。

纳兰在作词时，偏爱写梦境。而梦境的内容多是与逝去的恋人重逢，由此来寄托对亡妻的思念，如《金缕曲》"三载悠悠魂梦杳，是梦久应醒矣"，"午夜鹣鹣梦早醒。卿自早醒侬自梦，更更。"凄恻婉绝，感人肺腑。不由得让我想到苏轼那首字字凝血的《江城子》，藉由梦境，想象妻子的音容笑貌，表达诗人心中的哀痛与凄凉。

而这首词是否为亡妻所作，无从考证。诗人在梦中的碧山亭偶遇一位女子，无奈还未确定伊人的心迹，就被多事的花铃吵醒了。花铃本是惜花而设，而夜风凄冷，撼动了花铃，并未驱逐恼人的乌鹊，却惊扰了诗人的美梦。本是含愁之人，加上梦醒时的惆怅，热闹的泉声雨声便愈加难以忍受。花铃响得那般无辜，一如纳兰因梦中女子萌动的爱恋，而它们都拥有两样结局，要么满心欢喜，花儿摇曳春色好，要么两手空空，一笼烟雨一场梦。

耳边的声音愈是喧闹，诗人的心里便愈是空落。“无凭踪迹”引自宋晏几道《鹧鸪天》：“相思本是无凭语，莫向花笺费泪行。”思念太苦，又那般沉重。深深的愁绪该从何说起，说了又有谁人能懂呢？多情自古多烦恼，由梦中之人联想到自身，又陷入更深的愁思。当年那个懂我悠悠之心的人，早已被命运埋葬在红墙之内了。如今这梦中的佳人，只见身影，便已杳杳。就连倾诉心迹的机会，也不可求了。

哪怕是在有一丝慰藉的梦里，也不敢确定伊人的心意，梦醒之后就更难以明白了。纳兰实在深情，自嘲一番无解，又挂念起那梦中的女子。既然只是幻梦一场，为何不让我的梦境再久一些呢？“梦也不分明”出自唐张泌《寄人》诗：“倚柱寻思倍惆怅，一场春梦不分明。”末二句最受后人好评，纳兰的相思之愁，实是缠绵凄婉，百转千回。

浮生若梦，为欢几何？李白这般旷达之人，在这豪迈的诗句里也禁不住光阴的流转，流露出了几分颓然。烈女袁机的诗句被后人误解为她哥哥所作，她的一番愁苦凄凉，又有多少后人知悉呢？而纳兰，沉迷于一个个虚幻的梦境中，祈求暂且忘记离愁别绪，偏偏梦也不知心，如此往复，他便也分不清梦境与现实。醒时思念，梦时牵挂。似这愁绪，无穷无尽。

人生本就是幻梦一场，快乐短暂，忧思绵长，纸醉金迷不过是过眼云烟罢了。那些美好的时光遥远得仿佛从未出现过，而日日夜夜地吟诵，赋予了它们新的生命。然终不是真切存在的幸福，美得朦胧，却远在千里。倒不如就当作梦一场，聊以慰藉这惨淡的当下。

四和香

【原文】

麦浪翻晴风飐柳①，已过伤春候②。因甚为他成僝僽③，毕竟是、春迤逗④。

红药阑边携素手⑤，暖语浓于酒。盼到园花铺似绣，却更比、春前瘦。

【注释】

①飐：风吹物使其颤动摇曳。

②伤春：因春天到来而引起忧伤、苦闷。

③僝僽：烦恼、忧愁。

④迤逗：挑逗、勾引、引诱。

⑤红药：红芍药。素手：洁白的手，多形容女子之手。

【赏析】

容若是一个把自己幸福建立在别人幸福之上的人，如果他关心的人不幸福，那么他也不幸福。这样的人，注定会活得比较苦。容若写得一手好词，尤其擅长以抒情的词牌来写作，用白描的方式，笔端轻柔地勾勒，几笔下来，便是一幅绝好的画面，让人无法释手，无法闭眼。

这首词也是如此，娇羞宛然，冰雪轻盈。虽然是写春日风光，是一首伤春之词，但词中显露出来的，竟是一幅活生生的春归图，“麦浪翻晴风飐柳，已过伤春候。”开篇第一句描绘出了一幅田园景色，风光一片大好，在麦浪翻滚的时候，风吹动晴空，云彩随同麦浪一起游走，田园春光糅合在一起，既让人看到春日的纯粹，又可以感受到田园景象的美丽，容若的词在这里，似乎并非为写愁而写，就是要单纯地描绘这眼前的景物。

但是接下来这句，真的是可以看出容若内心的愁苦："因甚为他成僝僽，毕竟是、春拖逗。"这么好的春光，为何还要哀愁呢，难道仅仅是因为春光太短暂了吗？容若在这样美的风光中，照旧无法放下内心的忧虑，到底是什么让他如此幽思呢？想来就是那名占据他心房的女子。

"红药阑边携素手，暖语浓于酒。"回忆里有着温暖的过去，红药花栏边，曾与爱人携手饮酒，耳鬓厮磨。可是如今，依然是等到了这春暖花开之日，却为何物是人非，景物可以年年相似，看风景的人却是无法回来。

"盼到园花铺似绣，却更比、春前瘦。"李清照写过一句词叫"人比黄花瘦”，容若这句“却更比、春前瘦”颇有几分李清照词的意蕴。到底是春瘦还是人瘦，只有容若心里才更清楚、更明了。

一首温柔的词，一曲婉转的歌。一句长一句短，回环往复，流连不歇。这首词看似写伤春之情，却是写尽容若内心的细碎柔情，温柔好梦，真是堪比春风瘦。容若是一个特别的词人，他有着人人羡慕的身世，却总是填写哀伤的词，他爱过几个女子，却最终都没给她们带去过幸福，而容若自己也没有幸福过。

寻芳草

萧寺记梦

【原文】

客夜怎生[1]过？梦相伴、绮窗吟和[2]。薄嗔佯笑[3]道，若不是恁凄凉，肯来吗？

来去苦匆匆，准拟待、晓钟[4]敲破。乍偎人一闪灯花[5]堕，却对着琉璃火。

【注释】

①怎生：怎样，怎么。

②吟和：吟诗唱和。

③薄嗔佯笑：假意嗔怒、故作嗔怪。

④准拟：料想，打算，希望。晓钟：报晓的钟声。

⑤灯花：灯芯燃烧时结成的花状物。

【赏析】

这首词的副标题为萧寺纪梦，所谓的萧寺便是指佛寺，容若寄宿佛寺，在佛门圣地，寂静暗思，不由得心生感叹。

“客夜怎生过？”在这佛寺中要如何度过，才能不显得这夜晚分外漫长？想来想去，便只有思念恋人，只有想起与恋人相守时的美好时光，这夜晚才不会那么黑暗。“梦相伴、绮窗吟和。”夜里做梦，梦到昔日的恋人，二人相伴窗前，吟诗作对，十分快活。容若在寺庙里做着美梦，可惜，现实是残酷的，他孤独一人，置身山寺，在他的梦境中，那份独独属于他的美好也并没有继续下去。

“薄嗔佯笑道，若不是恁凄凉，肯来吗?”恋人一脸娇羞，故意质问容若，“如果不是你过于孤独，你会来找我吗?”容若无言以对，平日乏味单调的生活，早已使得他失去了圣湖殴斗激情，爱情远离他的那日，他便早已是忘记了爱情的模样。

恋人在睡梦中的质问，其实也是容若的扪心自问，如果不是自己过于孤寂，是否还会想起往日的恋人，还有往日相爱时的美好情感。必然不会，因为早就已经习惯了一个人的日子，如何还会去让自己再置身于想念之中呢。

“来去苦匆匆，准拟待晓钟敲破。”不过，容不得他细想，好梦易碎，在钟声里，容若醒了，甚至还来不及和恋人告别，就这样匆匆苏醒。看到晨曦从窗口进来，照亮房屋的每一个角落，容若暗生悔意。

好梦为何不能多停留片刻呢。可是世事不往往就是如此吗，总是在最美的时候，便戛然而止，留给人们无尽幽思。“乍偎人一闪灯花堕，却对着琉璃火。”

这美梦忽然醒来，留下自己在冰冷的现实中空对着琉璃灯，看着灯花坠落，犹如看着自己美好的往昔零落，内心凄惶。

添字采桑子

（按此调词律不载，词谱有促拍采桑子，字同句异。一本作采花。）

【原文】

闲愁似与斜阳约，红点苍苔[1]，蛱蝶[2]飞回。又是梧桐新绿影，上阶来。

天涯望处音尘[3]断，花谢花开，懊恼离怀。空压箧[4]金缕绣，合欢鞋。

【注释】

①苍苔：青色苔藓。

②蛱蝶：蛱蝶科的一种蝴蝶，翅膀呈赤黄色，有黑色纹饰。

③音尘：音信，消息。

④钿筐：镶嵌余、银、玉、贝等物的筐。

【赏析】

等你，在夕阳下，在翩翩的蝶舞中。夕阳沉落，明月升起。

等你，在对影成三人的酒杯中。望断江南山色远，人不见，草连空。

等你不来。相思也成为一种伤害，爱也成了一道讳疾忌医的伤痕。

花谢，飘落一地忧伤。情到深处人孤独。

这首词，写一闺中女子殷切盼望心爱的人由远方归来的情怀。词中对人物面貌举止着墨不多，对其内心活动的刻画和环境景物的描写却极深，极细致。

“闲愁似与斜阳约”，用笔极为精湛优美，一上来就给人以美的享受。写“闲愁”的句子，宋词里多如牛毛，名句就不可胜数，比如贺铸有“试问闲愁都几许？一川烟草，满城风絮，梅子黄时雨”，戴复古有“这一点闲愁，十年不断，恼乱春风”，李清照有“一种相思，两处闲愁”。容若的可贵之处在于，他写“闲愁”，能自铸别辞，尽脱前人窠臼：“闲愁似与斜阳约”，不说正当愁绪满怀之时，偏又逢夕阳西下，而说愁情仿佛是与夕阳有约，一个“约”字就把闲愁写活了，一年三百六十五日，日日黄昏都有夕阳，那岂不是说日日黄昏，闺中人都有闲愁吗？容若这句“闲愁似与斜阳约”，可谓一空依傍，角度新颖，构思奇特。

“红点苍苔，蛱蝶飞回。又是梧桐新绿影，上阶来”，这四句是首句闲愁情

怀的景物化。前两句谓粉红色的蛱蝶翩然飞来，落在了苍苔之上，远远望去似是红色装点了苍台。后两句是从欧阳修诗句“梧桐秋院落，一霎雨添新绿”(《摸鱼儿》)脱化而来，容若把“新绿”换成“绿影”，且将“梧桐”“新绿”叠合成一个新的意象，化用前人诗句，天衣无缝，浑然一体。而“上阶来”一句，又把梧桐绿影活化了，给人以逗引春愁之感。

过片点明离愁。“天涯望处音尘断，花谢花开，懊恼离怀。”“音尘断”，似是出自李白《忆秦娥》中“咸阳古道音尘绝”，添以“天涯望处”，更显远人音信杳无，闺中人引颈西望后的失望寂寞。“花谢花开”，化用韩偓《六言三首》诗句“半寒半暖正好，花开花谢相思”，意思是说花谢花开，盼了一年有一年，而远人仍未归来，于是懊恼离怀倍添于心。

“空压钿筐金缕绣，合欢鞋。”结尾二句，化离情为绮景，点明闺人心事。值得注意的是此处的“合欢鞋”。合欢鞋，既指鞋上所绣图案，又指制鞋工艺。图案，是指鞋上常绣有莲、藕、鸳鸯、鸾鸟等物；工艺，是说将两鞋帮并齐，依照图样用针绣透两帮而缝纳，完毕之后，再用刀自两帮间剖开，于是两鞋帮就有了相同的绒状花样，称为合欢绣。除此之外，合欢鞋还有另一说：双行双止，永不分离，并且“鞋”音近于“偕”，所以“凡娶妇之家，先下丝麻鞋一两，取和谐之义”（《中华古今注》卷中）。比如王涣《惆怅诗》：“薄幸檀郎断芳信，惊嗟犹梦合欢鞋”。容若这两句说的是，远人不归，闺中人所制合欢鞋无人穿用，只能闲置在筐筐之中。词人并来直接诉陈怀人之语，而是借景于合欢鞋以曲折说之，使词意婉转层深，独具韵致。

荷叶杯

【原文】

帘卷落花如雪，烟月[1]。谁在小红亭？玉钗敲竹乍闻声[2]，风影略分明[3]。

化作彩云飞去，何处？不隔枕函边[4]，一声将息晓寒天[5]，肠断又今年。

【注释】

①烟月：云雾笼罩的月亮，朦胧的月色。

②玉钗：玉制的钗。由两股合成，燕形。

③风影：随风晃动的物影。

④枕函：中间可以藏物的枕头。

⑤将息：调养休息，保养，这里是珍重、保重的意思。

【赏析】

心爱的女子，她知道，这是你寂寞不安的表示……

你爱月夜访竹，问竹，清洁如许，可有愁心，可愿共人知?

她听出来了，你是在寻觅一位红颜知己。其实，她就是一竿冰清玉洁的翠竹。种在你的屋前，朝夕看着你，守住你。

在落花如雪的月夜里，朦朦胧胧中，你又看到了她立在小红亭边绰绰的身影。又仿佛听到了几声玉钗轻敲翠竹的声音。

是她回来了吗？踏着溶溶烟月而归，不改昔日的风貌？只是一瞬的回眸，伊人已化作彩云飞。从此，心如黄河九曲。往昔的珍重，便成了今日的断肠。

此篇是怀念妻子卢氏之作，浮想联翩，颇有浪漫特色。

上阕写梦中幻景，别饶风致。“帘卷落花如雪。烟月。谁在小红亭。”在落花霏霏如雪的月夜里，朦朦胧胧的烟雨中，仿佛看到了妻子正亭立在小红亭里，身影历历，卓然可爱。“帘卷落花如雪”，将落花喻为雪花，凸显其轻盈、散漫之态，前人已有之，宋之问《寒食还陆浑别业》诗“洛阳城里花如雪，陆浑山中今始发”，王安石《钟山晚步》诗“小雨轻风落楝花，细红如雪点平沙”，似皆为其本。

接下一句，写词人仿佛听到了几声玉钗敲竹般的声响，“玉钗敲竹乍闻声”，此之空寂幽静，与高适《听张立本女吟》中“自把玉钗敲砌竹，清歌一曲月如霜”的意境颇似：一个纤弱女子，在皎皎月下，情不自禁地从发髻上拔下玉钗，敲着阶沿下的修竹，打着拍子，朗声吟诵起来。以钗击节大约是唐宋以来文人歌吟的习惯，而本词中的那位“小红亭”里的女子，信手击竹，对月而吟，大概是求“知音赏”吧。知音者谁？当然是多情的词人了。然而这毕竟是梦中情景，词人并非在揣度妻子心事，而是写他梦中的景象。“风影略分明”，正是言梦中妻子的身影不甚分明，影影绰绰，朦朦胧胧。整个上阕写梦中情事，活泼生动，风致嫣然。

下阕则由幻象转为奇想的描绘。“化作彩云飞去。何处”，“彩云”，是对心爱女子的代称，大约出自李白《宫中行乐词》中的“只愁歌舞散，化作彩云飞。”这句是说她的形影化作彩云飞逝了，然而飞往何处呢？词人并未作答，显得含吐不露，更为意蕴深藏。接下又转而回到现实中来，直叙此时不能忘情的心境。“不隔枕函边”，意谓与她的枕边的情义总是隔不断的。最后二句，“一声将息晓寒天，断肠又今年”，“将息”，即珍重、保重，宋谢逸《柳梢青·离

别》词有“香肩轻拍。尊前忍听，一声将息”，容若此处是用当年曾有过的嘱咐珍重的情景，和此际无限伤感之语做对比，凄情苦况尽在其中，令人凄然惘然。

荷叶杯

【原文】

知己一人谁是？已矣。赢得误他生。有情终古似无情，别语悔分明。

莫道芳时易度，朝暮。珍重好花天[①]。为伊指点再来缘[②]，疏雨洗遗钿[③]。

【注释】

①好花天：指美好的花开季节。

②再来缘：下世的姻缘，来生的姻缘。

③钿：指用金、银、玉、贝等镶饰的器物。

【赏析】

终于，你等到了。高山流水遇知音。她是那么冰雪聪明。吹花嚼蕾弄冰弦，赌书消得泼茶香。真真神仙眷侣。然而，那一支高山流水曲，还未来得及演绎，知音便已去。

你伤心至极，醒也无聊，醉也无聊。梦好也难留，真个残忍。黄泉碧落，你恨不能随她而去。

只是高堂在上，幼子在下，你有你的责任。真爱已矣。只向从前悔薄情。天上人间，从此眉不展。

这是一首怀念亡妻的小词，凄婉哀怨，动人心魄。“知己一人谁是？已矣。”词发端显旨，开头径直道出“知己”二字，点明了卢氏对自己无可替代的重要正在于相知相许，琴瑟相得，这一定位在悼亡词中显得格外珍贵动人。然而，这样一位知己竟然猝然离世，凄然归天，令人怅然心痛。“已矣”一句，虽只有两字，但是笔力千钧，直抒伤痛之情，已是先声夺人。接下来“赢得误他生”，却笔锋勒马，由刚转柔，用情语铺叙。“赢得”即落得，“他生”即来生，李商隐《马嵬》诗有“海外徒闻更九州，他生未卜此生休”，“误”即来生被误，属于正话反说，意思是今生遇见你，不可能有别的选择了，其实是指生死不渝。此篇前三句，连连转折，感情却层层升腾：先说“知己一人”正是爱妻，接着倏然一句“已矣”，再接着一句说爱妻虽亡，但是两人情意至死不渝。

接下两句，“有情终古似无情，别语悔分明，”前一句化用杜牧《赠别》中诗句“多情却似总无情，惟觉樽前笑不成”，表达了对亡妻铭心刻骨的缅怀。“有情”，指双方本来就有真挚感情，此刻死别，更是思绪万端，黯然销魂。也许词人应当表现两人曾经缱绻缠绵的柔情，但实际上，却是默然与妻子亡魂相对，无以为语，所以说“终古似无情”。“终古”字强调，说明这是一种普遍现象。为什么“有情”反而似“无情”呢？这是因为，在死别的情绪高潮中，一般的言语和感情根本不足以充分表达深浓的怀念和追悼，而永别的伤感痛苦又使得词人近乎铁血心肠；也许是最多情的人反而会有这种漠然无情的表情。说“似”，又正道出这“无情”的表象下蕴藏着“有情”的实质。这“有情”与“无情”的矛盾统一绝妙地反衬出情之深刻，刻骨铭心。也正因为如此，才有了后一句的“别语悔分明”。按常理来说，词人思念卢氏，念及她对自己的温

柔体贴，病体沉沉时尚不忘嘱咐自己千事万事，这些话事后想起来应该会非常分明，怎会言“悔”呢？其实，“别语悔分明”同“有情终古似无情”一样，都是一种错位的表达：词人后悔将别语记得太分明，是因为妻子千嘱咐、万叮咛之后，就飘然而逝，而一想起对自己的深情别语，他就痛不欲生。假若别语记得不是很分明，自己也就不会这么痛苦了。“别语悔分明”，淡淡一句，却蕴含极深，用情彻骨。

下阕，“莫道”三句，仍是抒发这剪不断的丝丝挂念，缕缕哀思。“莫道芳时易度，朝暮”，意谓不要说良辰美景能轻易度过，我朝朝暮暮都忖念着你啊。既是“朝暮”思念，那么这良辰美景，也应是虚设了。那又为何要“珍重好花天”，爱惜这美好的花开季节呢？这是因为要“为伊指点再来缘，疏雨洗遗钿”，即要收拾好亡妻遗物，使她来生看见此物时，为她指点，让她能记起前

生。“为伊指点再来缘”一句，用的是韦皋、韩玉箫事。韦皋年轻时游历江夏，住于姜使君处教书。姜家有一婢女，名叫玉箫，年仅十岁，常往服侍韦皋，二人久而生情。后来韦皋因事离开，便和玉箫约定：少则五年，多则七年，一定回来接走玉箫。五年过去了，韦皋没有回来，玉箫总是在鹦鹉洲上默默祈祷，就这样又过了两年，到了第八年的春天，玉箫绝望了，悲伤之下，绝食而死。后来，韦皋出任蜀州，当时祖山人有少翁的法术，能使死者魂魄出现在人面前。韦皋见玉箫魂魄，就和她说，明日就托生，十二年后再为侍妾。后来有一次，适逢韦皋诞日，东川卢尚书献一歌姬祝寿，年十二，名字就叫玉箫。于是韦皋唤她，发现就是以前的婢女玉箫。词人用此典故，是深感从前美满已成绝望，深痛知己的永诀，幻想再续前缘，深切感人。最后“疏雨洗遗钿”一句，清淡凄冷，有景有情，全词情意飞流直下，到这里收刹非但没有不妥，还恰到好处地催人泪下。

南歌子

【原文】

翠袖凝寒薄①，帘衣入夜空②。病容扶起月明中，惹得一丝残篆、旧熏笼③。暗觉欢期过，遥知别恨同。疏花已是不禁风，那更夜深清露、湿愁红④。

【注释】

①凝寒：严寒。《文选·刘桢<赠从弟诗之二>》："岂不罹凝寒，松柏有本性。"李善注："凝，严也。"

②帘衣：即帘幕。《南史·夏侯亶传》："（亶）晚年颇好音乐，有妓妾十数人，并无被服姿容，每有客，常隔帘奏之，时谓帘为夏侯妓衣。"后因谓帘幕为帘衣。

③残篆：指点燃的篆字形的香将要燃尽。

④清露：洁净的露水。愁红：谓经风雨摧残的花，亦以喻女子的愁容。

【赏析】

因为你不在，以前我们一起时做的事，现在都惹得人伤心。你多么可恨，竟让我一人独自，看那清凉如水的月色。白色的月光下，镜中的我，脸色竟然也是这般苍白。不，我不要你看到我这般憔悴的模样。我一定要面若桃夭，唇

如樱桃，巧笑倩兮，眉目流盼，看你归来。

夜已深了，你睡了吗？还是与我一样，独望残月呢？是否还记得，我为你点燃的熏笼味道？那时，你曾说，你喜欢这味道，因为这味道可以让你想起我。你若有一天远行，定要带它在身边才好。

你这样每晚因思念我而哭泣，生病了如何是好？愿托明月，将我对你的思念，送至你的身边。其实却也是不必的，因为你我的思念，早已穿越千里，到达对方身旁。其实我们一直都在一起，不曾分离。

《南歌子》也名《水晶帘》《碧窗梦》等，都是很美的名字。原是唐教坊曲名，后用作词牌名。这阕《南歌子》，全从对方落笔，写她苦苦相思的情态，被人评为容若“哀感顽艳，得南唐二主之遗”的代表之一。

首二句是说，入夜，帘幕里空空寂寂，他不在身旁，不免单寒凄冷。“翠袖凝寒薄”，系用杜甫诗《佳人》“天寒翠袖薄，日暮倚修竹”句意，杜诗写了一位为丈夫所遗弃的妇人自保贞洁的德操品行。这里用以描摹女主人公不胜清寒之貌，同时暗示她离居的忧伤，和对远人一往情深的盼望。“帘衣入夜空”，帘衣，就是帘子，帘是用来隔开屋里屋外，似是人穿的衣裳，故曰。“空”既可以指帘内空寂，也可以指帘外空漠，总之是衬人离怀之语。此句，意境幽夐美妙，直叫人想起陆龟蒙的“画扇红弦相掩映，独看斜月下帘衣”：一位绝色女子，在月光之下，神色黯淡，思念归人。

“病容扶起月明中”，清凉如水的夜晚，一人独自，身难暖，心亦寒，更何况“病容扶起”？“病容扶起”，也就是扶病而起。想必是皎洁的月光下，她对镜自视，发现自己倏然憔悴许多，而此孱僽模样，她又不想让远人看到，所以辗转反思，难以成眠，于是只好“病容扶起”，看那如水月色了。

“惹得一丝残篆，旧薰笼”。夜已深了，篆香也将要燃尽，她还没有睡，独望残月后，她又凝视着旧时的薰笼，想起往日与他一起点燃熏笼的情景。“惹得”二字，精妙非常，似是说那淡白色的烟丝丝缭绕，分明是她对他的心，万般牵挂，不能割舍。

“暗觉欢期过，遥知别恨同”，下阕首二句终于点明离别相思的题旨了。二人的欢期已经过了，但即便分离已久，她仍然知道，恋人和自己一样，都在思念着对方。接下三句，“疏花已是不禁风，那更夜深清露，湿愁红。”表面意思是说，花朵已经稀疏冷落，不能禁受风吹，又怎么经得起夜深露重呢？于是经风著露，只落得个惨绿愁红。实际上，“疏花”是与上阕的“病容”相对应的，古人常有把女子比成花朵，以花朵经受风雨摧残喻女子青春易逝的写法，词人此处亦然。所以表面上谓花朵一片惨淡，实际上是说女子再也不能经受离愁别恨的折磨，否则就会憔悴红颜，身心交瘁，伤心彻骨。这最后三句，写花写人，一语双关，情韵宛然。

南歌子

【原文】

暖护樱桃[①]蕊，寒翻蛱蝶翎[②]。东风吹绿渐冥冥[③]，不信一生憔悴，伴啼莺。

素影[④]飘残月，香丝拂绮棂[⑤]。百花迢递玉钗声，索向绿窗[⑥]寻梦，寄余生。

【注释】

①樱桃：樱桃属的乔木和灌木。

②翎：翎毛，鸟翅和尾上的长羽毛，这里指翅膀。

③冥冥：形容高远、深远，此处谓绿荫渐渐浓密。

④素影：月影。

⑤香丝：指柳条，又指美人的头发。绮栊：饰有花纹的窗栊。

⑥索向：须向、该向。绿窗：绿色纱窗，代指女子所居之处。

【赏析】

春暖花开，樱桃花蕊初绽，和暖的春风仿佛在围护着它，翻飞的蝴蝶犹带着寒意。东风吹着柳丝，春意渐浓，愁亦渐生，不信平生都只能在莺啼中度过。一弯残月升起，几许柳丝拂动。百花丛中不断传来玉钗声，那声声传情，恍如隔世，遁入梦中。

容若有感而发写下这首词伤春纪念，看似写春日妩媚的春光，其实是在借景抒情，感怀某人。这名被容若想念的女子，站在风中，含情不语，精致的面容好像一朵带着露珠的花朵，摇曳风中。

这样的女子，任谁都会心动，容若在文字中丝毫没有提及过有关女子的任何描写，但是人们就是可以通过容若的词句，看到女子模糊却可爱的模样。写男女之情，容若的词十分了得，他写的从来不是肤浅低俗的男欢女爱，也从来不是大义凛然的教义，他的爱在词中宛如露珠般透明，让人内心柔软。

如他自己在词中写的那般：“暖护樱桃蕊，寒翻蛱蝶翎。”春暖花开，樱桃花楚楚绽放，花蕊露出，好不娇羞。翩翩飞舞的蝴蝶还有着几分寒意，慵懒地挥舞着翅膀，这看似写花、写蝶，却又更像写人、写心。

“东风吹绿渐冥冥，不信一生憔悴，伴啼莺。”这一句便是彻底表达容若这一刻的心神激荡，他用白描的手法使得词境若现，生动地写出春景清丽可观之处。容若写到不愿意一生都在莺啼中度过，看来他是想与人共同欣赏这大好春光，而不是要在这美好的春光中，独自老去。

“素影飘残月，香丝拂绮棂。”残月枝头上，这首词极为传神地写出容若内心的情态，这首词词情清婉，哀苦不露，自然能够打动人心。至于词中究竟何意，所写何人，已经不重要了，领略容若词中意，只看读词人此时心境了。

“百花迢递玉钗声，索向绿窗寻梦，寄余生。”但愿余生能够得偿所愿，与心爱的人一同畅游天地，那便真的是此生无憾了。

南歌子

古戍[1]

【原文】

古戍饥乌集[2]，荒城野雉飞[3]。何年劫火剩残灰[4]，试看英雄碧血，满龙堆[5]。

玉帐空分垒[6]，金笳已罢吹[7]。东风回首尽成非，不道兴亡命也，岂人为[8]！

【注释】

①古戍：边疆古老的城堡、营垒。

②饥乌：饥饿的乌鸦。

③荒城：荒凉的古城。野雉：野鸡。

④劫火：亦作劫火、刦火、刧火，佛教语，谓坏劫之末所起的大火，后亦借指兵火。

⑤碧血：为正义死难而流的血，烈士的血。龙堆：白龙堆的略称，古西域沙丘名，此处谓沙漠。

⑥玉帐：主帅所居的帐幕，取如玉之坚的意思。

⑦金笳：胡笳的美称，古代北方民族常用的一种管乐器。

⑧兴亡：兴盛与衰亡。

【赏析】

戍守的人已归了。留下，边地的残堡。一千八百年前的草原，如今，是沙丘一片……

百年前英雄系马的地方，百年前壮士磨剑的地方，这儿你黯然地卸了鞍。一切都老了，一切都抹上风沙的锈。

撩起沉重的黄昏，唤来守更的雁。趁着月色，做一个铿锵的梦。谁自人生来，要回人生去？古今成败，原是过眼云烟，创痛与悲戚最永恒。

这首边塞词，不啻是一篇吊古战场文，悲凉慷慨。

首句即吸收李白《战城南》“乌鸢啄人肠，衔飞上挂枯树枝”和沈佺期

《被试山塞》“饥乌啼旧垒，疲马恋空城”的诗意，表现了萧萧古戍、饥乌群集的惨切之景。次句，“荒城野雉飞”，是化用刘禹锡“麦秀空城野雉飞”句意，把古战场阴森怖栗的情景写得活灵活现。接下“何年”三句，颇有唐朝边塞诗的味道，但容若毕竟又不是岑参那类边塞诗人，唐时的边塞诗是荒凉中透出豪迈，容若却是豪迈转向了凄凉。“何年劫火剩残灰”，是哪一年的战乱造就了如今一切的皆似残灰？惨淡的历史已遥不可考，如今只有看英雄们当日的碧血，

化作了这蛮荒的土色。“试看英雄碧血，满龙堆”，“碧血”，典出《庄子·外物》：“人主莫不欲其臣之忠，而忠未必信，故伍员流于江，苌弘死于蜀，藏起血三年，而化为碧。”后来就把忠臣志士所流之血称为“碧血”。容若此处谓，君不见那些忠魂碧血，不管何方埋骨，到头来不都是付与这无边瀚海了吗？上

阕，古戍、荒城、劫灰、碧血……组成的是一幅凄惨悲凉的大漠边城之景，奏响的是一曲旧堡败垒的苍凉沉郁悲歌。

下阕前两句承接上阕，继续铺写古战场萧然之景。“玉帐空分垒，金笳已罢吹”，军中将帅的军帐再也不能分开营垒，悲咽的金笳也已永远停吹了。“空分”“已罢”，四字写出昔景的黯然难以淹留。既然古战场遗下了残灰，遗下了英雄的战骨，玉帐成空，金笳已罢，那就说明厮杀斗争，恩仇荣辱，一切都成过去，于是，词人不禁废然道：“东风回首尽成非，不道兴亡命也，岂人为”。“东风回首”，出自李煜《虞美人》词“小楼昨夜又东风，故国不堪回首月明中”，此处是说如今回首前朝往事，但觉物是人非，事事皆休。所以，词人最终感言，兴亡之理，不在人为，而在乎天命，遂见纳兰词哀伤风骨。——在那片八旗子弟抛头颅、洒热血的战场上，容若既不缅怀“开国英雄”的功烈，更不悲歌慷慨，从中吸取振奋精神的力量，却在那里冷冷清清忧忧戚戚地寻寻觅觅。这种行径，还真颇有点“不肖子孙”的意味。

秋千索

（按此调词谱不载，或亦自度曲。一本作拨香灰）

【原文】

药阑[①]携手[②]销魂[③]侣，争[④]不记、看承[⑤]人处。除向东风诉此情，奈[⑥]竟日[⑦]、春无绪。

悠扬[⑧]扑尽风前絮，又百五[⑨]、韶光[⑩]难住。满地梨花似去年，却多了、廉纤雨[11]。

【注释】

①药阑：药栏，芍药之栏，泛指花栏。南朝梁庾肩吾《和竹斋》：“向岭分花径，随阶转药栏。”

②携手：手拉手。

③销魂：形容伤感或欢乐到极点，若魂魄离散躯壳，也作“消魂”。

④争：怎，怎么。

⑤看承：看待，对待，宋黄庭坚《归田乐引》词：“看承幸厮勾，又是尊前眉峰皱。”

⑥奈：无奈、怎奈。

⑦竟日：终日，从早到晚。

⑧悠扬：飘扬。

⑨百五：寒食日。在冬至后的一百零五天，故名。

⑩韶光：美好的时光，多指美丽的春光。

⑪廉纤雨：细微之雨、毛毛细雨。廉纤，细小，细微。

【赏析】

当年，虹是湿了的小路，月的足迹深深，美人的足迹深深。那个男子柔柔地牵着，心爱之人的纤纤素手，一步一吻地，在那药栏之畔流连，流连。慢慢步远，身旁星群散了。

再回首，男子两袖空空，美人被一朵柳絮带走。东风不起，相思的心花不

开。往事如寂寞空城。唯有梨花，忆起雨后的故事。忆起凋零。

这是一首怀人之作，至于写给哪位红颜，难以考证，我们只将其作为一首爱情词看待。

上阕侧重写孤寂之情。“药阑携手销魂侣，争不记看承人处”，当年曾与心爱的人携手款步在园亭中药栏之畔，虽然现在已时过境迁，但又怎能不记起当时特意相迎相会的情景呢？此二句写对往日欢会的追忆，珠玑情深，字字流连，比如“携手”“销魂”“争不记”“看承”都是浓语。当然浓语蕴浓情，那这一腔如醇酒一般的深情厚谊，伊人不在，都付与谁呢？“除向东风诉此情，奈竟日春无语”，意思是除了向春风诉说以外，真是别无选择。然而令人无可奈何的是东风不起，春天整日不作一语，如此不解人意。显然，此处作者把春天拟人化了，既指自然界之景观，又含社会之人事，颇似于朱淑真的“把酒送春春不语，黄昏欲下潇潇雨”，把主客双方的不同情意和心态共织于一体，显出艺术的蕴含美。

下阕着重写景，景中含情。“悠扬扑尽风前絮”，词人鹄望的东风终于来了，但却不是倾听他的哀诉，而是吹起柳絮飘扬，四处飞舞。古代，杨柳飞絮是暮春的使者，而此处说“扑尽风前絮”，一“尽”字，道出了柳絮全被春风吹去后春也将尽的隐隐惆怅与怜惜。而这时候，又正是清明寒食时节，此时春色最浓，却是将残之候，所以清明前后的美好春光总是难以驻留。“又百五韶光难住”，一个“又”字，惜春怀人的怅惘之情又叠加层。接下一句，承前句“风前絮”“韶光”，谓柳絮、梨花依然如昔，但伊人却踪影难觅，遂不胜悲怆。“满地梨花似去年”，化用刘方平《春怨》“寂寞空庭春欲晚，梨花满地不开门”，将“不开门”三字替换为“似去年”，词句遂由表现失落女子青春已逝的凋零之感转为表现风景依稀，犹似昔年，而人事已非的伤怀情绪。结句用“却多了廉纤雨”收束，谓天公不作美，廉纤的细雨又沾湿了满地的梨花，令人难

以为怀，更平添了含婉忧伤的情韵。

【词人逸事】

纳兰性德把自己的别墅命名为“渌水亭”，一是因为有水，更是以慕水之德自比。并把自己的著作也题为《渌水亭杂识》。词人取流水清澈、淡泊、涵远之意，以水为友、以水为伴，在此疗养、休闲、作诗填词、研读经史、著书立说，并邀客燕集，雅会诗书——一个地道的文化沙龙。渌水亭畔四处都是他的足迹，亲人、朋友、知己、爱侣，无不在这里为他留下过美好的回忆。然而在物是人非之后，这些美好的回忆更让人不堪回首。所以，时于纳兰性德来说，渌水亭即是他人生的乐土，又是其悲伤的根源，同样也是他创作的源泉，在此地纳兰性德留下了许多感人至深的千古佳作。

秋千索

【原文】

游丝①断续东风弱，浑无语、半垂帘幙。茜袖谁招曲槛②边，弄一缕、秋千索③。

惜花人共残春薄，春欲尽、纤腰④如削。新月才堪照独愁，却又照、梨花落。

【注释】

①游丝：指飘浮在空中的蛛丝。

②茜袖：女子的红色衣袖，指美女。曲槛：曲折的栏杆。

③秋千索：指秋千的绳索。索，绳索。

④纤腰：细腰。

【赏析】

容若的悼亡词总是让人欲语泪先流，他的词有着直插心扉的锋利之处，但也有着微风拂面的温柔之处。在他的许多悼亡诗里，都流露出了哀婉凄楚的相思之情和怅然若失的怀念之情。这首《秋千索》是容若为卢氏所作，是一首抚今忆昔、触景伤情之作。

上片的第一句“游丝断续东风弱，浑无语、半垂帘幙”道出了春风中的无奈感，游丝的飘荡，低垂的房帘，还有悄无声息的状态。这一切都寓意着心境的沉闷，全词以这样的一种意境起篇，而在下片的结尾一句，却是“新月才堪照独愁，却又照、梨花落”，以这样的一句结束整首词，新月照在满地的落花上，无限伤心尽在不言中。

容若最是懂得爱的人，他与卢氏情比金坚，而今卢氏逝去，留他一个人独自面对这滚滚红尘，是多么滑稽而又凄惨的境况。容若的爱并没有随同卢氏的死去而渐渐减弱，反而愈发的深刻。

他不像古代其他的男子，三妻四妾，当女人为玩物。容若一旦爱上，便是海枯石烂，至死不渝。可惜，上天不作美，容若而今只能靠着记忆去找寻当日的幸福，正如他词中所写的那样：“茜袖谁招曲槛边，弄一缕、秋千索。”

当日那个红衣飘飘的女子，仿佛还在眼前，可现实却是，空荡荡的秋千，只能随风摇摆。这真是："惜花人共残春薄，春欲尽、纤腰如削。"爱惜花朵的人总是伤感春日的短暂，但岂不知，时光已逝，万物凋零，这就是世间的规律，谁也无法逃避。

几句话便道尽了离别之痛，生离尚且如此，更何况死别，容若所经历的痛楚更是他的百倍。所以，在容若的词中，悼亡已经不只是一种追念了，更是一种安抚自己勇敢活下去的勇气。

花开花落终有期，或许有一天，那个所爱的人，会以一种你所不知道的方式，静静地回到你身边。

秋千索

【原文】

垆边唤酒双鬟亚，春已到、卖花帘下。一道香尘碎绿苹，看白袷、亲调马[①]。

烟丝宛宛愁萦挂[②]，剩几笔、晚晴[③]图画。半枕芙蕖[④]压浪眠，教费尽、莺儿话。

【注释】

①白袷7：袷同“夹”，白色夹衣，旧时平民的服装，亦借指无功名的士人。调马：训练马匹。

②宛宛：迟回缠绵的样了。萦挂：牵挂。

③晚晴：谓傍晚晴朗的天色。

④芙蕖：荷花。此处指绣有荷花的枕头。

【赏析】

这首词应当是容若在心情稍好的状态下所写的，词里有种抑制不住的悸动之情，仿佛是在暗示着什么，仿佛种子要破土而出，要发芽前的那种征兆。或许，春日来了，容若内心的某种冲动也有了蠢蠢欲动的开始。

这首词一味地描写，将眼前所见到的景物都写了进去，开篇写道：“垆边换酒双鬟亚，春已到卖花帘下。”这句话里的“亚”通“压”，是低垂的意思。双鬟挽成环形，在古代还未出嫁的少女通常都是这种发型。这里指的就是一名少女在酒垆买酒的情景。

少女买完酒，自然要回到归处，脚下的灰尘随着裙摆，在阳光下荡漾，刺眼的阳光中，那微微的颗粒，欢娱地跳跃着。容若在此用到一个词为“香尘”，芳香之尘，尘埃怎能芳香呢？这不外乎是容若的一种比拟，在这首词中，香尘也是指湖水中的水禽，在水面上游走，划破水纹，荡漾出的水波。

“一道香尘碎绿苹”，水波阵阵，原本漂浮在水面上的绿色浮萍被打乱，好一幅春日图。随即写道“看白袷亲调马”，白衣飘飘的少年在亲自驯马，他飞身上马，将不听话的马匹训练得服服帖帖。马匹终于听从他的指挥，疾驰而过，荡漾起的灰尘，搅碎了一池的绿萍。这上片便在一片混乱的春日中结束。

“烟丝宛宛愁萦挂”，真是多情公子空余恨，这般的伤神又是为了哪般呢？想这么多于己无关的事情，倒不如专心致志地去欣赏眼前的美丽春日，“剩几笔晚晴图画”，将这一幅美好的春日图画在纸上，永远留下记忆，岂不是更好？

欣赏完春光，作完画，不如小睡片刻，在春日暖意盎然的时刻，做一场美梦，再也没有比这更惬意的事情了。“半枕芙蕖压浪眠，教费尽莺儿话。”容若半倒在枕头上，闭目养神，心情渐渐放松，仿佛神游太空，看到更加虚幻美好的景物。即便是黄鹂鸟再清脆的叫声，也无法将他从梦中唤醒。

春日就这样在睡梦中逐渐走远，渐行渐远。

秋千索

【原文】

锦帷初卷蝉云绕①，却待要起来还早。不成薄睡倚香篝②，一缕缕残烟袅。

绿阴满地红阑悄，更添与催归啼鸟③。可怜春去又经时④。只莫被人知了。

【注释】

①锦帷：锦帐。

②香篝：即薰笼。

③催归：鸟名，子规，杜鹃的别称。

④经时：历久。

【赏析】

这首词为伤春之作：初睡醒来，头发松散，蝉鬓形的发式像乌云一样地盘绕着。要起床看天色尚早，连微睡也不成，只好倚着薰笼看袅袅残烟升起。绿肥红瘦，春事悄歇，子规鸟又开始啼叫了，原来春光已经离去了许久，只是闺中终日愁苦的人没有发觉而已。

浪淘沙

【原文】

野宿近荒城，砧杵无声[①]。月低霜重莫闲行[②]。过尽征鸿书未寄[③]，梦又难凭[④]。

身世等浮萍，病为愁成。寒宵一片枕前冰[⑤]。料得绮窗孤睡觉[⑥]，一倍关情[⑦]。

【注释】

①砧杵：捣衣石和棒槌，亦指捣衣。

②闲行：微行，此处为闲步之意。

③征鸿：远飞的大雁，即征雁。

④难凭：不可凭信。

⑤寒宵：寒夜。

⑥绮窗：雕刻或绘饰得很精美的窗户，代指闺人、思妇。

⑦关情：动心，牵动情怀。

【赏析】

纳兰性德虽然只有短短三十一年生命，但他的名气却是很大，他是清代享有盛名的词人。在当时词坛并不是很兴盛的时候，纳兰与阳羡派代表陈维嵩、浙西派掌门朱彝尊鼎足而立，并称“清词三大家”。

但要论起这三人的成就，只能是说纳兰更胜一筹，因为作为满族人，纳兰

能够对汉族文化做到掌握得如此精深，不得不让人称奇。

这首词抒发的是相思相念之情：上片描述野店孤寂，一片荒城，听不到思妇的捣衣之声。月夜相思，霜华凝重。虽然鸿雁讨尽，然而书信未至，纵有好梦，仍是愁怀难遣。下片写身世之感和孤独情怀，身世如同浮萍飘浮不定，愁苦成病。寒夜无眠，枕边一片冰冷凄清。料想此时闺中思妇也是孤枕独眠，更加伤情，加倍动情。

野外荒城，孤寂小店，一片凄凉，以这样的情景开篇，似乎与纳兰一贯的风格有些不符，过于戚悲，甚至还有些鬼魅。在这样荒芜的野外，自然是无法听到妇人捣衣的声音。开篇的这一句话，仿佛是毫无关联的两句废话，“野店近荒城，砧杵无声”，用这样一句脱离现实，有些荒诞主义的词句起篇，纳兰在接下来却并不是写得更超脱现实，而是回归到了现实之中。

“月低霜重莫闲行。”月夜之下，霜露凝重，相思无尽处，这孤寂的野外，渺小的店铺，满眼放去，尽是孤寂的影子。虽然这是写相思之情的词，但是纳兰却用了一个全新的情境去诠释，十分鲜有。

“过尽征鸿书未寄，梦又难凭。”虽然鸿雁早已飞过，但想要等到的信件却没有送来，就算是今夜能够做到好梦，也仍有满怀愁绪。鸿雁传书，一向是代表古代男女之间相互传情的典故。纳兰善于用典，众所周知，他总是能轻而易举地化典，将其为己所用，看似天衣无缝，恰到好处。

这里也是如此，前一句的孤寂情境，配合这一句的锦书未到。情景交融，更显得动人，揪动人心。相思之人没有捎来音信，在万籁俱寂的夜晚，无法入眠，不由得开始胡思乱想，便想到了自己的一生，从而变得更加惆怅。

“身世等浮萍，病为愁成。”想到自己的一生，如同水中浮萍一般，漂泊无依，无法找到一个想要停留的地方，生生世世，永不离开。人生最大的悲哀并非是穷困和潦倒，而是失去生活的方向，无法找到人生的目标。

纳兰要为大清国尽职尽责，这是他与生俱来的义务。他要为父母尽职尽责，这是他必须担负的义务。这种种他无法推卸掉的义务，让他只能留在一个他不愿意停留的地方，踟蹰不敢离开。尽管在他的灵魂深处，无时无刻不在呐喊着远离，可是人生岂是说走就能走开的局面？进无法进，退无法退，在进退两难的人生夹缝中，纳兰乏味、厌倦地立于宫门之内，理想之外。

“寒宵一片枕前冰。”夜色如水，寒冷刺骨，枕前一片冰凉，孤枕难眠，想来那位被相思之人此刻也是对窗感叹，夜不能寐吧？“料得绮窗孤睡觉，一倍关情。”两地相思，两处闲情，更加重彼此之间的感情。

这首词并不知道纳兰是写给哪位女子，这世上还有哪个女子能让他如此牵肠挂肚，不能放下。其实，其中种种，也不必太认真地去计较，只要能够从过去的美好中吸取养分，让自己的回忆不再单薄，那便足够了。

浪淘沙

【原文】

闷自剔残灯，暗雨空庭[①]，潇潇已是不堪听[②]。那更西风偏著意，做尽秋声[③]。

城柝已三更[④]，欲睡还醒，薄寒中夜掩银屏[⑤]。曾染戒香消俗念[⑥]，怎又多情。

【注释】

①空庭：幽寂的庭院

②潇潇：形容风雨急骤。

③秋声：秋天西风起而草木摇落，其肃杀之声令人生情动感，故古人将万木零落之声等称为秋声。

④城柝：城上巡夜敲的木梆声。柝，古代巡夜时敲击的木梆。

⑤银屏：装有银饰的屏风。

⑥戒香：佛家说戒时所燃之香。

【赏析】

纳兰的寂寞，无人能懂。他的寂寞犹如天空上的流星，一闪而过，不留给

任何人捕捉的机会。人们只能从流星划过后的影踪，去妄自推测纳兰内心的凄凉与寂寞。

独坐灯前，秋夜空庭，风雨潇潇，已是令人愁闷，偏那西风又于此时送来了秋声，好像是专意要将愁人的烦恼加重。柝声传来，已是三更，身感寒凉袭人，遂将屏风紧掩。本来告诫自己要远离尘世烦恼，如今偏生又开始陷入情里不可自拔。

“闷自剔残灯”，让人想到纳兰是个容易亲近的人，在灯前独坐，百无聊赖，只得面对残灯，自娱自乐。这样的男子，虽然性情忧郁，但却在骨子里有着让人喜爱的部分。开篇一句正是其心情困顿，无可抒发的无奈写照。

到了“暗雨空庭，潇潇已是不堪听”已经是痛到极致的一种状态了，风雨潇潇而落，空气清冷，在晦暗的夜空下，这雨声还有风声是如此不堪入耳，听到耳朵里，仿佛都是刺在心头，针扎一般，让人难以忍受。

“那更西风偏著意，做尽秋声。”可是秋风不解人意，偏偏刮个不停，将凄凉的秋意刮遍人心。在纳兰的词中有很大一部分都是悲伤欲绝的词，相当凄切，所谓“观之不忍卒读”，字字句句情真意切，有着无法宽宥的自责与责他。

正是因为内心有着无法解开的悲伤情结，纳兰的词章里便总是凄凄切切，悲悲惨惨。无法想象，纳兰这样一个锦衣玉食的贵公子，他不在自己舒适的环境里安享幸福，却偏偏要将自己放置在一个凄苦的氛围内，犹如苦行僧一样，不断前行，不断折磨自己。

人们无法理解的纳兰，并非摈弃生活，恰恰相反，正是因为他太爱生活，太热爱自己的生命，所以才会特别重视这份深沉的爱。多数人猜测纳兰是富贵公子无聊时抒发闲情，不过是打发无聊日子罢了。可是，谁能真正懂得纳兰内心的情伤？想来就是纳兰自己，也会迷失在自己的情伤中，无法看透。

“城柝已三更，欲睡还醒”，已经是三更天了，夜深人静，自己却还是难以入眠。纳兰在孤寂的夜色中，看着天色一点点变明亮，眼看着第二天的白日就要升起来了，可是自己却还是似睡非睡，似醒非醒。

无聊的夜间，独坐桌旁，守着一盏孤灯，看着窗外寒夜中的星空，心早已苦成了一个又一个黑洞。在这个深夜中，“薄寒中夜掩银屏”。纳兰在为什么愁思呢？是为女子，还是为友人？难以说清。

这突如其来、绵绵不绝的愁绪，让纳兰自己也对自己产生了嘲讽之意，他暗叹道：“曾染戒香消俗念，怎又多情。”就此结束了整首词。不需要什么冠冕堂皇的理由为自己的愁苦开脱。

夜深了，风起了，落叶萧萧，纳兰在房间里轻叹，身旁没有可以倾诉的人，这是多么深的孤独。从前种种，是永远的痛。而今一切，是无奈的人生。

浪淘沙

【原文】

紫玉拨寒灰①，心字全非②。疏帘犹是隔年垂③。半卷夕阳红雨入，燕子来时。

回首碧云西④，多少心期，短长亭外短长堤。百尺游丝千里梦，无限凄迷⑤。

【注释】

①紫玉：指紫玉钗。寒灰：犹死灰，灰烬，这里喻指心如死灰。《三国志·魏志·刘传》："扬扬止沸，使不烂，起烟於寒灰之上，生华於已之木。"

②心字：心字香，古人将盘香制成心字形。

③疏帘：指稀疏的竹织窗帘。

④碧云：青云，碧空中的云。

⑤凄迷：怅惘，迷惘。

【赏析】

本篇是容若词中的代表作之一。上片写道少妇于闺房之中无聊思春，"紫玉”“寒灰”可以看出这名少妇的家境似乎不错，而“拨”通“扒”，用玉去扒灰，似乎难以理解，但加上之后一句，便可以迎刃而解了。

“紫玉拨寒灰，心字全非”，所谓的“心字”便是心字香烧完后，灰烬落在地上，构成了心字的形状。词中的这位少妇，手持紫玉，拨弄着香燃烧后留下的灰烬，一地混乱，正如少妇那颗无处收拾的芳心。

“疏帘犹是隔年垂”，再看那竹帘，常年未动，去年便是这样垂挂着，而今依旧如此，或许明年也仍旧这样，毫无变化吧。少妇感慨日月如梭的心情在这个句子中赫然呈现，容若将一个已过韶华的女人心理描写得淋漓尽致。“半卷夕阳红雨入，燕子来时。”这句话初看显得有些情理不通，夕阳如何能够半卷，而雨又怎么能是红色的呢？

其实联系上下文来看，便能理解了，少妇将帘子半卷起来，夕阳透进来，真的就是半卷夕阳了，而在夕阳下的雨，因为映衬，果真便看似红色。容若在这里用的词语结构十分巧妙，似乎平淡无奇，但却禁得住回味，能让人隐约感觉到一种美好的意境，但却是无法再用词语去表达。

词中的这位少妇像是在怀念故人，但词意却在此刻又显得格外扑朔，耐人寻味。而到了下片，词意又有了转变，开头便直言“回首碧云西，多少心期”，“回首”便是回望过去，重看往昔的岁月，而“心期”则是指心愿，妇人思念着与故人往昔的美好岁月，也感慨着重新相守，希望故人能够如同燕子归来一样，重回家乡，回到她的身边。

不过从下一句“短长亭外短长堤”可以看出，这个愿望有多么渺茫，即便望断碧云，也是难以实现了。正如词中所写的那样短长亭外短长堤，在诗词中，亭子和堤坝通常有两个意向，一是送别，二是思念。在这句话中二者同时出现，大概是容若为了表现少妇焦急不安的内心，故意设置的。为了能够有足够的力量去表现诗词的意境。

词写到这里，一直都是少妇自怨自艾的个人情绪表达，语言真挚感人，令人为之动容，接下去这句“百尺游丝千里梦，无限凄迷”结束了全篇，也让人体会到思而不得的痛苦有多深，就如美梦一场后，醒来忽然发现，头顶依然是破瓦蛛丝盘结，身边依然是空空荡荡，一无所有。

容若的这首词似真非真，极富浪漫色彩，全词曲折跌宕，通篇情景浑融，凄迷动人。读起来让人黯然销魂，内心潮湿。写春怨可以有多种，但容若选择了从对方落笔写起，通过少妇在闺中的无聊举动和室外的景象，写出一派伤春伤情的形象。

此调原为唐教坊曲，后来才用作词牌。唐朝时期刘禹锡、白居易等人都有《浪淘沙》之作，而且都是咏浪淘沙者，词牌名就此流传下来。唐朝时期的文人做此本还是平仄不拘的，一直到李煜开始，始创新声始为长短句，分了上下片，才将《浪淘沙》分出了不同的体格，形式多样。容若所写的《浪淘沙》也很多，纳兰词集中共有十首。

容若是最懂得相思之情的人，他能够准确地描写出少妇于闺中寂寞无聊的伤春情思也是因为他经历过这种感情。若问世间情为何物，最是相思无奈何，容若明白世间的一切相思皆是苦中带甜，虽然绝望，但却还是有着希望。

正如晏几道《虞美人》词中所写的："去年双燕欲归时，还是碧云千里锦书迟"，相思之中的人都盼望着能够重逢相见，但无奈的是，长亭之外更短亭，相见之路千山万水，思念之人不知道身处何方。纵使千种思念，最终也不得已，只能化作笔下的词句，化作梦中的期盼，希望能犹如百尺游丝，飘至千里之外，让思念的人知道。

苏轼写道"梦随风万里，寻郎去处"，而容若则吟道"百尺游丝千里梦，无限凄迷"，容若甚至梦过后便是凄凉的现实，在梦的衬托下，现实更显得凄迷万端。这首词布局清晰，脉络顺畅，词意虽苦，但写法上却是清秀俊逸，格调高雅，不失为一首可以反复吟诵的好词佳篇。

浪淘沙

【原文】

红影[1]湿幽窗，瘦尽[2]春光。雨余[3]花外却斜阳。谁见薄衫低髻子[4]？抱膝思量。

莫道不凄凉，早近持觞[5]。暗思何事断人肠。曾是向他春梦里，瞥遇回廊[6]。

【注释】

①红影：指鲜花的影子。

②瘦尽：以人之清瘦比喻春日将尽。

③雨余：雨后。

④低髻子：低垂的发髻，指低垂着头。髻子，发髻。

⑤持觞：举杯。

⑥回廊：曲折环绕的走廊。

【赏析】

泰戈尔哀伤地写道："世上最远的距离不是生与死，而是我站在你面前，你却不知道我爱你。”

纳兰容若淡然地写道：“谁念西风独自凉，萧萧黄叶闭疏窗，沉思往事立斜阳。”

这是清朝贵胄的手笔，清词的普遍成就不大，虽然康熙皇帝大力崇文，但是八旗子弟并不是真的会去认真钻研，诗词写得好的人十分罕有，可是容若却能用哀伤的调子，将词演绎到这般境界，实在是清词的一个里程碑。

一个一生锦衣玉食的浊世佳公子，偏偏有着如此深沉的哀思。古人说：“少年不识愁滋味，为赋新词强说愁。”如果说容若也是如此，那他这般沉郁的情感，倒也是迸发得恰到好处。

曹雪芹在《红楼梦》中写过许多诗词佳句，其中也不乏幽思之句，凄凉和

美丽的意境使人绝倒，但看到容若的词，却更能感受到，何为肝肠寸断，满纸凄凉意了。这首词是写哀愁，容若写愁，从不强调，只要淡淡几笔，就能让看客心伤神伤，恨不得泪流满面。

这首词描写相思萦怀的幽独伤感：透过小窗望去，春雨打湿了红花，春光将尽。雨停了，却已是夕阳西下之时。谁看到她穿着单薄的衣衫，低垂着头，抱膝思量的孤独身影？把酒独酌，无限凄凉。曾像做梦一样地在回廊里与她相遇，怎不让我伤心断肠？

“红影湿幽窗，瘦尽春光。”容若的伤春之词很多，他是最懂春日的人，伤春感怀，并不单单是因为春日的逝去，而是怀念春光里的时光。时光易老，人更易老，老去的岁月无处追寻，只有伤怀，却无法捕捉。这才是最感伤的。

在容若的词里，意境十分美。开篇这句实则是与周邦彦的“雨过残红湿未飞。珠帘一行透斜晖”暗合，容若随手拈来，将古人的词用在了自己的词里，浑然天成，令人不觉有何不妥。

周邦彦写的是雨后残红在斜晖下投射于珠帘，而到了容若的词里则变得更加简洁洗练，更富美感。“红影”指鲜花的影子。鲜花的影子，透过小幽窗看去，别有风情，被打湿的花朵在暗影下，摇曳出多姿的风采，比起周邦彦的残红湿未飞，更显得有韵味。

而多出的感叹“瘦尽春光”，其实有着李清照的“绿肥红瘦”的哀怨无奈。同样是感慨春光消瘦，容若与李清照到底谁高谁低，难以判决。古为今用的例子，在诗词写作上不算少数，就好比崔颢写的黄鹤楼，而后来李白模仿，写成了凤凰台，这二者之间到底哪个艺术成就更高，没有固定的评判。

承接上句，“雨余花外却斜阳”。“余”即是后，雨后的花朵在斜阳下，而梦中的她却是穿着单薄的衣衫，绾着低垂的发髻，挺立在暮日下，低头思量。雨后、鲜花、美人、夕阳这些事物构成了容若笔下的一幅美丽的画。

上片最后写道那位女子“还惹思量”。词中所写的这名女子为何人，无法考证，但从词面来看，是一位温婉可人的女子，让人忍不住想去怜惜。上片写完雨后景色，下片便转而写情。

“莫道不凄凉，早近持觞。”思念的人不知身在何处，只能自己独自饮酒，这真是无限凄凉的事情啊。容若自己也感慨道“暗思何事断人肠”。在人世间，还有什么能比相思更苦人心的呢？

想念着远方的佳人，既然无法得见，那便在梦中相会吧。岂料梦醒之后，凄凉更是加深几分，“曾是向他春梦里，瞥遇回廊”。像梦中那样，能够与她在回廊处相遇，该有多好。容若的这首词，就在这个卑微的愿望中结束。

相爱相处到最后，留下的仅仅是这些柔弱的回忆，尚能安慰一下内心的伤痛。

浪淘沙

【原文】

夜雨做成秋，恰上心头，教他珍重护风流①。端的为谁添病也②，更为谁羞？

密意未曾休③，密愿难酬。珠帘四卷月当楼。暗忆欢期真似梦，梦也须留。

【注释】

①风流：风韵，多指美好的仪态。

②端的：究竟、到底。

③密意：隐秘的情意。

【赏析】

上阕先写环境氛围，烘托无奈之心境，秋雨袭来，愁上心头，离别之时，互道珍重。究竟是为谁相思成疾，又是为谁害羞？下阕写她对离人的深怀眷念，相思之情未曾断绝，只是想见的心愿难以实现。明月升起，将楼阁四面的珠帘卷起。不由得追忆往事，回味欢聚的快乐，如梦如真，叫人怅惘。

容若落拓无羁的性格，天生超逸脱俗的禀赋，还有出众的才华，都让他显得与众不同，他出身豪门，钟鸣鼎食，入值宫禁，金阶玉堂，可是他却有着常人难以体察的矛盾心情和无形沉重的压力。这首《浪淘沙》依然是写愁，写那无边无际，一生无法消除的愁绪。

对亡妻的怀念，对友人的牵绊，还有对自身现状的不满以及无能为力的无奈，都让容若感到悲哀。人世间最可悲的事情莫过于明知道无意义，却不得不去做，明知道不愿意，又不得不强颜欢笑去做的事情。

对职业的厌倦，对富贵的藐视，还有对他的仕途的不屑，令容若身上别具

一番气质，他对轻而易举得到的一切荣华富贵都毫不珍惜，甚至抱着厌恶的心态，他想要抛弃身边的一切，包括他那个富贵的家庭，可是他无法做到，早在他出生的时候，上天就将这些沉重地压在了他的身上，让他无法推卸。

秋风秋雨愁煞人。深秋时分，最是人心苦闷之时，看到万物凋零，一切都要归于沉寂，心内自然是不好受的。容若自幼体弱多病，他一直身患寒疾，总是会因为天气变幻无常，而卧病在床。

这样的季节，孱弱的身体，无尽的人生，一切都让容若感到万念俱灰。“夜雨做成秋，恰上心头”，一想到秋天，首先想到的便是连绵的细雨，还有早早就降临的夜晚，愁绪重回心头，但是容若究竟是为谁人而愁呢？

“教他珍重护风流。”看似对友人道珍重，希望朋友能够在今后的岁月中过得更好，但细读之下，似乎又不是。“端的为谁添病也，更为谁羞？”思念友人，也不至于会思念成疾，如果是思念恋人，那么这位恋人又会是哪位女子呢？

纵观容若生平，似乎捕捉不到和这名女子相关的信息。

既然没有踪迹可寻，那么姑且当作是容若拟人的一种写法吧。在这首词中，容若隐秘的情感得以宣泄，他悄声诉说道："密意未曾休，密愿难酬。"从未停止过想念，只是这想念无法得以相见，故而遗憾。

明月当空，对夜色叹息，这就是一场虚无的梦幻。"珠帘四卷月当楼"，楼阁上的珠帘卷起，明月照进来，光线暗淡，更加让这思念变得不真实起来，或许"暗忆欢期真似梦，梦也须留"，这一切都只是容若在病中，胡思乱想出来的吧，所谓对伊人的思念，也不过是他胡乱所想的。

容若的身体每况愈下，在康熙二十四年（1685年）暮春，容若带着满心的遗憾，抱病与几位好友聚会了一番，饮酒大醉一场后，就此一病不起，七日后于五月三十日溘然而逝。容若终于离开了这个他不喜欢的地方，他用了一种决绝的方式，就此离开。

只是留下了那些爱他的人，和他爱的人，继续在尘世间轮回挣扎，每逢夜雨时，都会想念他。而他是否也会在天的那一端，思念这地上曾经与他共同生活过的人呢？

浪淘沙

【原文】

眉谱待全删，别画秋山。朝云渐入有无间①。莫笑生涯浑似梦，好梦原难。

红味啄花残②，独自凭阑。月斜风起袷衣单③。消受春风都一例，若个偏寒④？

【注释】

①朝云：意谓那画出的独特样式的眉毛，好像是笼罩着朝云的远山，脉脉含情。朝云，早晨之云。又，指巫山神女。详见宋玉《（高唐赋）序》。故这里喻男女情事。又，此句亦可解作那远山笼罩的早晨的流云。

②红味：红的鸟嘴，通常指鹦鹉。

③袷衣：即夹衣。

④若个：哪个、何处。清赵翼《中秋夕感作》：“一家依旧团月，怜汝孤魂若个边？”

【赏析】

春风阵阵，吹在不同的人身上却是不同的感觉。心事绵绵的人，感觉到的春风必定是凄清难耐的，衣衫薄，心冰冷。尘封的回忆，又被多情的风不经意地翻开，历历的往事恍然如昨日，而曾在身畔的佳人早已香消玉殒。

春风不解愁人意，魂梦难续独自伤。如果不能回到过去，深陷梦中也是幸福的啊。

多美好的梦境，也有醒来的时候。唯独这漫长的孤独，无穷也无尽。多想忘记一切，亦或是回到最初。然而，就算什么都忘了，你的脸依然清晰如初。

眉谱源自唐朝唐明皇时期，他令画工画十眉图：一鸳鸯眉，二小山眉，三五岳眉，四三峰眉，五垂珠眉，六却月眉，七分稍眉，八涵烟眉，九拂云眉，又名横烟眉，十倒晕眉。作为古代女子描眉的图谱。

而纳兰词中的女子，却不按照眉谱中的样子画眉，而是另创新样。为何如此呢？定是为了将自己打扮得更美，好让心上人喜欢，所谓女为悦己者容，便是此意。纳兰在《浣溪沙·泪浥红笺第几行》也写到眉谱："屏障厌看金碧画，罗衣不奈水沉香。遍翻眉谱只寻常。"女子嫌眉谱中的式样缺乏新意，不能把自己的美丽完整地展现出来，翻遍了眉谱，也找不到称心的。这既描写了动作，也描写了恋爱的复杂心情。

"朝云"句为转折，表明如上所见只是南柯一梦。夫妻恩爱，正当好处，而梦已醒，妻子化作朝云而去，永远消失。可见这也是一首悼亡诗。"有无间"是诗人常用的一个说法，如杜牧《洛阳长句二首》："草色人心相与闲，是非名利有无间。"意为看淡世事，不为世俗所累，闲云野鹤般自在。纳兰在此也是表达虚空之境，妻子描眉的倩影只是梦一场，梦醒了，人也就消失了。

虽说浮生若梦，但做一个好梦也是不容易的，因为梦境的内容并不能为主观所决定。佳人早已香消玉殒，梦里也难以寻得慰藉。该句出自唐李商隐《无题二首》之二："神女生涯原是梦，小姑居处本无郎。"表达梦醒之后的怅然与孤寂。

下片梦醒，回到现实。暮春时节，词人独自靠着栏杆，久久地思念。红色的鸟嘴把花儿啄得残了，花儿凋零一地，更添荒凉。

不知不觉夜已深了，月亮也落了下去，晚风阵阵，吹着诗人单薄的衣裳，渐渐生出凉意。春风本无偏私，吹到每个人身上的感觉应该都是一样的，但什么人会更觉得寒冷呢？答案很明显，就是纳兰这样的"伤心人"。曾经有妻子做伴时，有她无微不至的关怀，这样的夜里，怎会感觉寒冷呢？如今妻子已经不在身边了，想起她的温柔，她的身影，晚风吹在身上这般刺骨，心里更是冰凉一片。

这首词也能算作悼亡一类。上片写梦的美好，下片写梦醒后的惆怅。这般的对照是格外让人感伤的。纳兰在词中关于冷暖的感知，让我想到他的词集《饮水词》，取自“如鱼饮水，冷暖自知。”纳兰一生留下两本词集，早年的《侧帽词》，和绝笔《饮水词》。从词名便可以看出纳兰心境的变化，“侧帽”语出《北史·独孤信传》：“信在秦州，尝因猎日暮，驰马入城，其帽微侧，及旦而吏人有戴帽者，咸慕信而侧帽焉。其为邻境及士庶所重如此。”纳兰认为自己也是如此俊逸洒脱，便取“侧帽”作词集名，颇有几分年少轻狂、风流自赏的味道。

而《饮水词》就不同了，“家家争唱饮水词，纳兰心事谁人知”，这是《饮水词》风靡时流行的一句话。纳兰的心事，即便写出来为万千人所看到，而真正懂得的人，也仅他自己而已。

浪淘沙

【原文】

清镜[①]上朝云，宿篆[②]犹薰。一春双袂尽啼痕[③]，那更夜来山枕[④]侧，又梦归人。

花底病中身，懒约溅裙[⑤]。待寻闲事[⑥]度佳辰[⑦]，绣榻重开添几线，旧谱

翻新。

【注释】

①清镜：明镜。

②宿篆：指隔夜点燃的盘香。

③啼痕：泪痕。

④山枕：枕头。古代枕头多用木、瓷等制作而成，中凹两端突起，其形如山，故名。

⑤溅裙：典出《北齐书·窦泰传》。窦泰母有娠期而不产，大惧。有巫曰："渡河湔裙，产子，必易。"泰母从之俄而生泰。后以"湔裙""溅裙"谓妇女有孕至水边洗裙，分娩必易，一说可度厄辟灾。这里是溅裙人的意思，指情人或某女子。

⑥闲事：无关紧要的事。

⑦佳辰：良辰，吉日。

【赏析】

思念折磨人，却也给思念中的女子添了一份别样的忧郁之美。盈盈的泪眼，微垂的眉黛，轻轻的叹息，苍白的面容，令人无限怜爱。

思念使人变得忧郁，无论是多么乐观豁达的女子，一旦陷入爱里，一样会黯然神伤。爱让人变得温柔，从心底，到一切。这是幸福，也是折磨。

快乐终究是短暂的，短暂得如同一场烟火，一个梦。绚烂，美妙，却转瞬即逝。余下的，便只有无穷无尽的空落与孤寂。

这首词写闺怨。闺怨诗是古典诗歌里一个独特的门类，它多以弃妇、思妇为写作对象，以伤春怀人为主题。但是，多数闺怨诗并不是单纯写女子，而是借女子之怨表达诗人之怨。有了这层深意在其中，闺怨诗便多了一份幽怨缠绵之美，悠长含蓄之味。借此物而言他是中国文人惯用的手法，使得诗意更为百转千回，让读者更加捉摸不透诗人那颗细腻婉转的心。

纳兰在这首词中写了一个在闺中怀人的女子。朝霞映在了妆镜上，昨夜点燃的盘香还未熄灭。余香袅袅，明媚的光线涌进房中，多么美好的春晨。而女子却因思念泪流不止，襟袖上尽是泪痕，生生辜负了眼前这大好的春色。昨夜

又梦见丈夫归家，醒来却是孤单一人。失落难言，更添新愁。“一春双袂尽啼痕”化用五代顾夐《虞美人》词：“画罗红袂有啼痕。”同样是描写闺中女子的伤春和离愁。

妆镜本该照玉人，然一春之中尽是伤感，憔悴的神色怎么比得过绚丽的霞

光呢。空气里依然弥漫着昨夜的檀香味道，梦中的温情，此刻却难再继续。香灰零落，似片片破碎的梦境。如此愁绪丛生的一个清晨，这漫长的一天又该如何度过呢。纳兰该是何等心细如发，写女子的神态心情竟能如此传神。选择一个慵懒的早晨，写刺目春光，写夜之香灰，再写女子满襟袖相思泪。由浅入深，细腻婉转。淡淡愁绪，深深相思，迷蒙幽怨。

无奈日子还是要继续。花儿开得娇艳欲滴，美丽动人，花下相思成疾的我却无心观赏。这般美好的春色，本该是和他在花下共赏的。无奈人不归，花儿开得忘情。花期终究是短暂的啊，正如我的青春时光，稍纵即逝。王昌龄那首著名的《春怨》便是表达此意：“忽见陌头杨柳色，悔教夫婿觅封侯。”春情易逝，青春短暂。眼前花儿美艳，这怨恨便再添一层。

不忍再看花，连在湘绢上作画的心情都没有了。情绪低落，百无聊赖。离情恰似藕丝，绵长黏人，缠在心头，剪不断理还乱。只能黯然神伤，以致腰肢瘦削，裙带嫌长，为伊消得人憔悴。这样的时日过了多久呢？数不清，大概只有绣榻知道吧。春色这般恼人，倒不如把门关上，在寂寞中度日如年。

“寂掩重门”出自唐戴叔伦《春怨》诗：“金鸭香消欲断魂，梨花春雨掩重门。”同是写闺中女子的怨之深，哀婉凄楚。以此句结尾，用动作表现女子的千般愁绪，万般无奈。这首闺怨诗写得直白哀伤，惹人伤感。

纳兰的愁，丝丝缕缕，不可断绝。如同闺怨那么绵长婉转，只好借思妇言自己。我们并不懂得，但能隐隐感觉，也不失为一种朦胧之美。

离人不归，春光独好。忧思绵绵，花自飘零。

浪淘沙

秋思

【原文】

霜讯下银塘[①]，并作新凉。奈他青女忒轻狂[②]。端正一枝荷叶盖，护了鸳鸯。

燕子要还乡，惜别雕梁[③]。更无人处倚斜阳。还是薄情还是恨[④]，仔细思量。

【注释】

①霜讯：即霜信，霜期来临的消息。银塘：清澈明净的池塘。

②青女：传说中掌管霜雪的女神，此处指冷风。轻狂：放浪轻浮。

③雕梁：刻绘文采的屋梁。

④薄情：不念情义，多用于男女之间的情爱。

【赏析】

这首词写伤离之恨：深秋时节已到，霜华渐落，新凉乍起，冷风大作。荷叶下一对鸳鸯正在躲避寒风。燕子辞别画梁，飞往南方。独立夕阳下，看到此景此情，心中究竟是怨还是恨，令人谜惘，还要仔细思量。

浪淘沙

望海

【原文】

蜃阙[1]半模糊，踏浪惊呼。任将蠡测[2]笑江湖[3]。沐日光华还浴月，我欲乘桴[4]。

钓得六鳌[5]无？竿拂珊瑚[6]。桑田清浅问麻姑[7]。水气浮天天接水，那是

蓬壹[8]？

【注释】

①蜃阙：蜃楼。古人谓蜃气变幻成的楼阁。

②蠡测：蠡酌，以瓠瓢测量海水。比喻见识短浅，以浅见量度人，“以蠡测海”的略语。

③笑江湖：《庄子·秋水》中，“秋水时至，百川灌河。河伯欣然自喜，以天下之美为尽在已”，后见到大海，则望洋兴叹云：“吾长见笑于大方之家。”

④乘桴：乘坐竹木小筏。《论语》云：“道不行，乘桴浮于海。”

⑤六鳌：神话中负载五座仙山的六只大龟。相传渤海之东，有一深壑，中

有岱舆、员峤、方壶、瀛洲、蓬莱五山，乃仙圣所居之地。然五山皆浮于海，常随潮波上下往还。(《列子·汤问》："帝恐流于西极，失群仙圣之居，乃命禺强使巨鳌十五，举首而戴之。迭为三番，六万岁一交焉。五山始峙而不动。而龙伯之国有大人，举足不盈数步而暨五山之所，一钓而连六鳌，合负而趣归其国，灼其骨以数焉。于是岱舆、员峤二山流于北极，沉于大海，仙圣之播迁者巨亿计。"

⑥珊瑚：许多珊瑚虫的骨骼聚集物，树状，供玩赏。

⑦麻姑：中国神话人物。东汉时应召降临蔡经家，能掷米成珠，相传在绛珠河畔以灵芝酿酒以备蟠桃会上为西王母祝寿，故旧时为妇女祝寿多绘麻姑像以赠，称麻姑献寿。

⑧蓬壶：蓬莱。古代传说中的海中仙山。晋王嘉《拾遗记·高辛》："三壶则海中三山也。一曰方壶，则方丈也；二曰蓬壶，则蓬莱也；三曰瀛壶，则瀛洲也。形如壶器。"

【赏析】

这首词用神话传说、历史故事来写望海的感受：站立在海边，远望那茫茫大海，那迷迷蒙蒙梦幻一般的境界，令人不由得惊呼。想起了古人所说的道理，任那浅薄无知者去嘲笑吧。大海沐浴了太阳四射的光芒，又好像给月亮洗了澡，我要乘着木筏到海上去看个分明。乘桴于海上垂钓，可曾钓得大鳌吗？其实那钓竿也只是轻拂珊瑚罢了。沧海桑田的巨变，只有麻姑知晓，要想知道这巨变，只有去问她了。看那水天一色，苍茫难辨，哪里才是传说中的蓬莱仙岛呢？

浪淘沙

【原文】

双燕又飞还，好景阑珊[1]。东风那惜小眉弯[2]。芳草绿波吹不尽[3]，只隔遥山。

花雨忆前番[4]，粉泪偷弹[5]。倚楼谁与话春闲？数到今朝三月二[6]，梦见犹难。

【注释】

①阑珊：残，将尽。

②那惜：不顾惜，不管。小眉弯：皱眉。

③芳草：香草。

④花雨：落花如雨，形容彩花纷飞。

⑤粉泪：旧称女子之泪。

⑥三月二：古代“上巳”节，汉以前以农历三月上旬巳日为“上巳”，是游春之日，这天人们到水边洗濯、饮酒、欢聚等，以为驱邪避祸，消除不祥。故王季桥《上巳》诗：“曲水湔裙三月二。”

【赏析】

这首词写闺怨离愁：春将尽，春景将残，双燕飞还，东风不顾那闺中女子

的伤春意绪，直将芳草吹绿，让繁花零落，她又深情地怀念着远方的离人。想起当初落花缤纷时的情景，不禁潸然泪下。谁来排解她春日的寂寞无聊呢？明日即当欢会，却无法如期相约相见。

雨中花

送徐艺初归昆山[1]

【原文】

天外孤帆云外树，看又是、春随人去。水驿灯昏[2]，关城月落[3]，不算凄凉处。

计程应惜天涯暮[4]，打叠起、伤心无数[5]。中坐波涛[6]，眼前冷暖，多少人难语。

【注释】

①徐艺初：纳兰性德座师徐乾学之子，名树谷，字艺初，江苏昆山人，康熙进士。昆山：县名，今属江苏，因境内有昆山而得名。

②水驿：水路驿站。

③关城：关塞上的城堡。

④计程：计算路程。

⑤打叠：整理，准备，收拾。

⑥中坐波涛：此处指触犯朝纲。中坐，即中座，指星犯帝座。

【赏析】

纳兰的词中偶然可见美丽却生疏的词牌名，有他和朋友们自创的，譬如

《青衫湿遍》《踏莎美人》；还有很少有人谱度的词牌，譬如这《雨中花》。《雨中花》在《全唐诗·附词》仅有一首，双调，不过九十四字。

纳兰的《雨中花》写得短小清雅，起首一句“天外孤帆云外树”就足以使人倾倒。一点孤帆游于天外，便已经是说不尽的苍茫孤寂了，树影婆娑，影于云外，更显得这云天寂静高远。宋代贺铸《望西飞》有“计留春，春随人去远”之句，纳兰化用之：

离别的时刻，看天外孤帆远影，云外天低树稀，顿觉春天也将伴随着你的离开而远去。从此征途漫漫，无限凄凉。计算行程，收拾心情。虽无意触犯朝纲，但看尽人间冷暖后，也不由得感叹：多少人有苦难诉啊！

上片写景，下片写情，情景交融，浑然天成。这首天籁般的小词是赠与徐艺初的。

徐艺初是纳兰性德的老师徐乾学的儿子。提起徐乾学大家可能感到陌生，但是他的舅父可是无人不知无人不晓：明末清初著名学者顾炎武。据说徐乾学曾得到顾炎武的悉心指点，加之天资聪颖，八岁就能写出漂亮的文章。康熙九年（1670年），徐乾学金榜题名，得中榜眼，从此晋身仕途。没想到康熙十二年（1673年），爆发了“副榜未取汉军卷”案，两个主犯，一个是徐乾学，另

一个就是当年和他同榜的状元蔡启傅。那次考试徐乾学任顺天乡试考官，取纳兰性德为举人，因此徐乾学是他的“座师”。徐乾学因为“坐取副榜不及汉军镌级”而被事中杨雍建弹劾，遭到降级调用的处罚，回了老家江苏昆山。当时徐艺初还没有成家，一直陪伴在父亲身边。

纳兰性德对老师之不幸深表同情，故本篇大约作于送老师之时。他所赠虽为艺初，但艺初实为徐乾学之子，可见借题发挥之旨，词中既表达了对座师的同情和安慰，也流露出对自己前程的牢骚和不平。

纳兰性德去世那年，恰逢徐艺初中进士，不知纳兰可曾喝到了朋友那杯及

第酒？纳兰的词非但柔美，更有真性情。这首昔年旧词，寓情于景，寄下的多

少关切，多少同情。这样的词，每每读起，总是让人感慨不已。

【词人逸事】

康熙十一年，徐乾学任顺天乡试考官，取满洲权臣明珠之子纳兰性德为举人，因此徐乾学是容若的“恩师”。这年徐乾学与蔡启僔这两位纳兰的座师，也因科举选人不当，皆以“副傍未取汉军卷”的罪名被削职，降级调用。蔡启僔回归了故里浙江德清县，徐乾学则回了老家江苏昆山。纳兰对二位座师之不幸深表同情，故本篇大约作于送座师的同时。纳兰所赠虽为艺初。艺初实为徐乾学之子，可见借题发挥之旨，词中既表达了对座师的同情和安慰，也流露出对前程的牢骚和不平。

雨中花

【原文】

楼上疏烟[1]楼下路，正招余、绿杨深处。奈卷地西风，惊回残梦[2]，几点打窗雨。

夜深雁掠东檐去。赤憎是、断魂砧杵[3]。算酉酒忘忧，梦阑酒醒，愁思知何许？

【注释】

①疏烟：谓香火冷落。

②残梦：谓零乱不全之梦。

③砧杵：捣衣石和棒槌，亦指捣衣。

【赏析】

突然之间，我已不知自己是谁。那莫可名状的茫然，那没有名字的忧愁。如举杯言散，尽离欢。从此，你在天涯，我在海角。

夜已深，如孤雁的哀鸣。蓦然回首，看见你的笑，千回百转的温柔。我就悲伤，伤到骨里。永远都不会忘记，你站在杨柳深处，向我挥手，微笑的样子。

想起你，我就灿若桃花般。满眼的荒芜过后，我知道，你要远走。

是否，你还是你，我还是我？是否，愁思无痕？是否，寂寞无怨？今夜，我希望能这样无伤大雅地痛彻心扉。

此篇写秋夜愁思，全词用意象烘托，至于愁思为何，却不易言喻。

上阕由梦境起，前二句写梦中情景。楼上是冷落的烟火，楼下是寂寞的小路。迷蒙的杨柳深处，正有绰绰的身影召唤着他。“正招余、绿杨深处”，绿杨是离别的意象，容若曾经写过一阕凄凉的塞上离愁别恨之作《浣溪沙》，开篇一句就是“又到绿杨曾折处”。“正招余”，招他的是谁？是亡妻？是恋人？还是故人？

“奈卷地西风，惊回残梦，几点打窗雨。”后三句写西风夜雨惊断了梦魂。

“奈”字承前句的“正”字，写出正好有梦却猝然被扰的无奈之情。“西风”“残梦”“打窗雨”，皆是凄冷的意象。

下阕写夜深不寐。“夜深雁掠东檐去”，递出了鸿雁的意象。午夜梦回，与词人一样被惊醒的是鸿雁，鸿雁受惊雨中凄飞的苦境暗合了词人苦闷愁怨的心境：他们同是黑夜中寂寞凄苦的“伤心人”。接下一句又出现了“砧杵”的意象。古人有秋夜捣衣、远寄边人的习俗，因而寒砧上的捣衣之声便成了离愁别恨的象征。词人说砧杵“断魂”，又说“赤憎”，究竟是何事让他愁绝如此呢？“算酩酒忘忧，梦阑酒醒，愁思知何许。”写借酒消忧，但梦尽酒醒，愁思仍不得解。

整首词前面只是一些意象的连缀，只在结尾处提到愁绪，然而对于因何而忧愁却并无点出，或是故园之思，或是怀人之苦，或是悼亡之痛，或是人生家族之忧。抑或词人之愁，从来就不是一端，而是纠结着思乡怀归、相思怨别、恐惧凄惶、寂寞寥落诸种情绪，难以断然分开。而这样的情绪一旦反映到词中，就形成其词缠绵往复、恍惚迷离的特色，让人只觉浑茫茫一片感伤落寞，有一股无法压抑的巨大的悲哀、恐惧、沉痛涌流其中，并与对个体、家族、人生的思索连在一起。或许也正是这种复合性，才使得容若的词常常笼罩着一种不易言喻的氛围，具有言有尽而意无穷的美学效果。

于中好

【原文】

谁道阴山行路难[1]？风毛雨血万人欢[2]。松梢露点沾鹰细，芦叶溪深没马鞍[3]。

依树歇，映林看。黄羊高宴簇金盘[4]。萧萧一夕霜风紧[5]，却拥貂裘怨早寒[6]。

【注释】

①阴山：中国内蒙古自治区中部山脉，东西走向，包括狼山、乌拉山、色尔腾山、大青山等。

②风毛雨血：指狩猎时禽兽毛血纷飞的情状。

③马鞍：一种用包着皮革的木框做成的座位，内塞软物，形状做成适合骑者臀部，前后均凸起。

④黄羊：因东汉阴识用黄羊祭祀灶神致富，后世即用以为典，表示祭灶的供品。高宴：盛大的宴会。

⑤霜风：刺骨寒风。

⑥貂裘：用貂的毛皮制作的衣服。

【赏析】

“天苍苍，野茫茫，风吹草低见牛羊”，辽阔的大漠总能让人在这里忘却世俗的种种烦恼和执念。这首词便是康熙二十二年（公元1683年），纳兰扈从至山西五台山时所作。在这里，他感觉到了天地的壮美与浩瀚，发出了内心的赞叹。

“谁道君王行路难，六龙西幸万人欢”，语出太白《上皇西巡南京歌》，一生不羁的谪仙在御前也不得不作逢迎之词，纳兰又怎能免俗？“风毛饮血”便是他侍康熙帝狩猎时的情景。

清朝马背上得天下，历朝君主都非常重视骑射本领。尽管入关后没有了随心驰骋的草原，皇帝每年秋天都会率臣子围猎，也是取不忘祖训之意。走出四四方方的京城，山峦连绵起伏，听松涛阵阵，鹰击长空也觉得渺小，可谓是“松梢露点沾鹰绁，芦叶溪深没马鞍”。

“依树歇，映林看”，依树而歇，把酒言欢，“黄羊高宴”自不能少。这里的黄羊出于东汉阴识，指祭祀时的一种习俗。夜色阑珊时，早寒已悄然来到。走出帐外，阴山的风寒是貂裘挡不住的，那一片豁达开朗的气派更让人神往。“萧萧一夕霜风紧，却拥貂裘怨早寒”，“怨早寒”与其说是埋怨，不如说这是纳兰始料未及的惊异。不是温柔水乡，不是繁华京城，如此透彻的寒冷，如此酣畅的寒冷，或许只驻足于难得一见的辽远的阴山脚下。

漫漫长夜，坐听穿林打叶声，起身踱步走走停停，只有此时纳兰才能得到少有的安宁吧。

于中好

【原文】

小构园林寂不哗，疏篱曲径仿山家[1]。昼长吟罢《风流子》[2]，忽听楸枰[3]响碧纱。

添竹石[4]，伴烟霞。拟凭樽酒[5]慰年华。休嗟髀里今生肉，努力春来自

种花。

【注释】

①山家：山野人家。

②《风流子》：原唐教坊曲名，后用为词牌。分单调、双调两体。单调三十四字，仄韵。

③楸枰：棋盘，古时多用楸木制作，故名。

④竹石：竹与石。

⑤樽酒：犹杯酒。

【赏析】

纳兰一生向往宁静闲适的生活，然而，他心中的那条疏篱曲径，在朱门富贵的府邸可有安身之处呢?

“小构园林寂不哗，疏篱曲径仿山家”，榆柳成荫的园林不喧哗吵闹，疏篱山径的场景不过是模仿寻常人家的景致罢了。在这权相明珠府邸，借取平常老百姓家的庭院做景，不过是借景取意，不得作真。

“昼长吟罢《风流子》，忽听楸枰响碧纱”，白天吟诵《风流子》，便是纳兰到了荒山村野也离不开的一份闲情逸致。“楸枰响碧”是指清脆的金石之音，楸木纹理细腻微妙，用于制作围棋棋盘常见的侧楸枰。纳兰的生活中怎能没有棋?就在这一角楸枰中，纳兰悟得功名不过虚妄，悟得幽居山间的乡野之乐。

历代文人对竹的感情非同一般，宁可食无肉，不可居无竹，所以，纳兰吟道:“添竹石，伴烟霞。拟凭樽酒慰年华。”竹林之间，晚霞天边，举杯畅饮以慰藉青春年华。此时的纳兰已不再是青涩少年了，如今，他经历了人生种种劫难，还有什么放不开的呢？

“休嗟髀里今生肉”，“髀里今生肉”是指长久不骑马，大腿上的肉又长了起来。词人用在这里是形容自己长久过着安逸舒适的生活，无所作为。“努力春来自种花”，争取明年春天带上锄头，自己来种些花草，装饰庭院。花田下，一人执锄，恬淡娴静，美不胜收。

纳兰的心早已在世俗的奔波中劳累疲倦，对于过往的尘世，他没有力气再回头观望。现在的他，需要的只是一方余田，一个庭院，倚着闲窗静静地回味着这半生交加的苦忆。

于中好

【原文】

背立盈盈故作羞，手挼梅蕊[①]打肩头。欲将离恨寻郎说，待得郎来恨却休。

云淡淡，水悠悠，一声横笛[②]锁空楼。何时共泛春溪月，断岸垂杨[③]一叶舟。

【注释】

①手挼：用手揉弄。梅蕊：梅花蓓蕾。

②横笛：笛子。即今七孔横吹之笛，与古笛之直吹者相对而言。

③垂杨：垂柳，古诗文中杨柳常通用。

【赏析】

纳兰这首小词，借女子的形象和心态抒写“离恨”，通篇都用白描，不加雕饰，显得朴素而清丽。

上片是在追忆往日的幽会，纳兰用轻盈笔触描画了女子娇嗔佯羞的形象，情意婉转但遣词造句间并不让人觉得刻意雕琢。“背立盈盈故作羞”的“盈盈”二字的确是灵动精巧，将词中女主角的风姿、仪态之美妙动人浓缩在其中。

“手挼梅蕊打肩头”是极能体现纳兰词风的一句化用。女子纤纤素手揉碎了梅蕊，抛向情郎肩头，嗔怪之情与娇羞之态相融，此情此景必是旖旎万分。“欲将离恨寻郎说，待得郎来恨却休”，见不到你时，心中积攒了无数的抱怨，等着下次见面的时候告诉你，可是，一旦见到你，心里所有的愁怨便都消失不见了。

下片转笔写眼见耳闻之景，“云淡淡，水悠悠。一声横笛锁空楼”，淡淡之云与悠悠之水，伴和着耳畔空寂的笛声，烘托出离恨的凄苦。一个“锁”字表现出笛声不绝，仿佛凝滞的状态。

自古以来，笛声总是清冷空幽的。而此时，离别在即，相见无期，让人怎能不满心愁绪？结句以虚笔勾画了一幅月夜春泛的美妙图画，并以此虚设之景，进一步抒发了离恨的心曲。“何时共泛春溪月，断岸垂杨一叶舟”，想象中的良辰美景，更衬得当下的离别之苦不堪忍受。

古时不比如今，车行不便，一别之后有可能就是余生难再相见。时间，距离，生死，纵使情比金坚也只能在现实面前俯首称臣。一个纳兰，又能奈它何。

于中好

【原文】

独背残阳上小楼，谁家玉笛韵偏幽[①]。一行白雁遥天暮[②]，几点黄花满地秋。

惊节序，叹沉浮，秾华如梦水东流[③]。人间所事堪惆怅，莫向横塘问旧游[④]。

【注释】

①玉笛：玉制的笛子，笛子的美称，指笛声。

②白雁：候鸟。体色纯白，似雁而小。

③秾华：指女子青春美貌。

④横塘：古堤名，一为三国吴大帝时于建业（今南京）南淮水（今秦淮河）南岸修筑，亦为百姓聚居之地；另一处在江苏省吴西南。诗词中常以此堤与情事相联。旧游：从前游玩过的地方。

【赏析】

人如何能彻底挣脱过往？

我想，成长的过程，便是学着对曾经的一切释怀，无论是幸福抑或悲伤。

没有人能彻底遗忘过去，即便是那些内心强大的人，也会面临怅然若失的时刻，不经意与过往的碎片重逢。

不断忘记，才能不断往前。回忆终究只是过眼云烟，唯有眼下才是值得珍惜的。

可是，时间在那么快地流逝着，每一刻都在下一刻成为过去。怎样才叫珍惜呢？在飞逝的时光中，我们错过的，远比拥有的要多得多。我们把这称之为人生。

北宋词人贺铸《青玉案》："凌波不过横塘路，但目送，芳尘去。锦瑟华年谁与度？月桥花院，琐窗朱户，只有春知处。碧云冉冉蘅皋暮，彩笔新题断肠句。试问闲愁都几许？一川烟草，满城风絮，梅子黄时雨。"有人说，这是终生郁郁不得志的贺梅子登高伤怀之作，也有人说，这是他追忆一位女子的怀人之作。难解的词，常常为绝妙。因为后人无法知悉词人创作时的心情，便只能考究句子中的典故意象，以此为线索，追溯始末。一首词往往有多重意蕴，任何一种解读都有根据，这也是最为后人痴迷的地方。众说纷纭之间，一首词被罩上朦胧的面纱，却更有一番风味。

“独背残阳上小楼，谁家玉笛韵偏幽。”秋日的黄昏，纳兰独自登楼，遥望风景。夕阳将他的影子一点点拉长，词人的心，也如同眼前惶惶的落日般，缓缓沉没。忽然传来幽幽的笛声，凄婉哀伤，如泣如诉。纳兰在这里用了一个“偏”字，笛声婉转，刚好触发了他心底想忘而不能忘的哀愁。他埋怨这多情的笛声，本已是孤单单一人，笛声还来轻叩他心门。然而，笛声依然幽幽地诉说着，词人的心里早已是荒凉的一片。

“一行白雁遥天暮，几点黄花满地秋。”此句写眼前之景。遥望天际，一行白雁往天尽头飞去；地上，几点零落的黄花，写尽了秋天的萧瑟。这句比“满地黄花堆积”更能刻画出秋天的凄凉，如同写作中的白描和修辞，一个简洁，

一个繁复，但表达效果却是各有千秋。李清照是为怀念丈夫所作："满地黄花堆积，憔悴损，如今有谁堪摘。"花无人同摘，才堆了满地。纳兰则是登高所见，入眼皆是寥落之景，衬托出词人凄凉的心境。

"惊节序，叹沉浮，秾华如梦水东流。"纳兰幽幽地叹息，春花秋月，时光飞逝，人生路多坎坷，就这样庸庸碌碌地度过一年又一年。曾经的美好如同水般匆匆流走，短暂易逝，只能追忆。"秾华"有两层意思，一是指女子青春美貌，二是指繁盛艳丽的花朵。那么，这首词是怀念旧情人，在这里便能找到根据了。

"人间所事堪惆怅，莫向横塘问旧游。"往事如烟，挥之不去。每每思及，惆怅万分。"横塘"源自六朝事迹：吴大帝时，自江口沿淮筑堤，谓之横塘。后来，诗人们便以横塘代指男女情事，或代指江南。贺铸《青玉案》："凌波不过横塘路，但目送，芳尘去。”路遇佳人，却不知所往。纳兰仿佛是在自言自语，还是不要再想那些如烟的往事了，不然又会忍不住地心酸，泪湿衣襟了。然而，总是难以抑制地去想，因为始终无法忘怀。人生漫长，回忆太重，怎么走得动呢，还是忘了吧。可是，纳兰做得到吗？做到了，又怎会写这些读之使人断肠的词句呢？罢了，不过是一场自我安慰而已。

于中好

【原文】

雁帖寒云次第[①]飞，向南犹自[②]怨归迟。谁能瘦马关山道，又到西风扑鬓时。

人杳杳[③]，思依依[④]，更无芳树[⑤]有乌啼。凭将扫黛[⑥]窗前月，持向今宵照别离。

【注释】

①次第：依次，依一定顺序，一个挨一个地。

②犹自：尚，尚自。

③杳杳：犹隐约、依稀。

④依依：恋恋不舍。

⑤芳树：泛指佳木。

⑥扫黛：画眉，女子用黛描画眉毛，故称。

【赏析】

这首词抒写相思，含思隽永、语近情遥：上阕写秋意渐浓，北雁南飞，犹怨归迟，而人却难归。人已难归，偏又逢西风扑鬓，瘦马关山。下阕写愁思，离人杳杳，相思依依，又闻树间乌鸦鸣啼。原来那曾在窗前画眉时见到的明月，如今又照在别离之人身上了。

于中好

【原文】

别绪如丝睡不成，哪堪孤枕梦边城[1]。因听紫塞三更雨[2]，却忆红楼半夜灯[3]。

书郑重，恨分明，天将愁味酿多情。起来呵手封题处[4]，偏到鸳鸯两字冰。

【注释】

①边城：临近边界的城市。

②紫塞：北方边塞。

③红楼：红色的楼。泛指华美的楼房。指富贵人家女子的住房。

④呵手：向手呵气使暖和。封题：物品封装妥当后，在封口处题签，特指在书札的封口上签押，引申为书札的代称。

【赏析】

人间销魂是离别。冬天的边城，形单影孤的你，没有月夜一帘幽梦，没有春风十里柔情。只有，被离别的刀锋划伤的伤痕。

窗外，塞上的冷雨萧萧。远在家中的她，可是孤灯痴痴地想你？

书已成，却是那么的沉重。你已厌倦漂泊，甚至思念，都已不是一杯对饮的酒。今夜好冷，你的双唇已经冻僵，再也不能以吻封缄。天水一方，相见遥遥，一寸柔肠情几许？

此篇所写，仍是思念。词人出使塞上而依然魂牵梦绕着闺人，他对妻子的钟爱可谓铭心刻骨了。

首句“别绪如丝睡不成”，化自梅尧臣“别绪如丝乱”，别后情怀最难堪，寤寐思服，辗转反侧，但这还不算最难过。最难过的是“那堪孤枕梦边城”，孤零零地躺着，在“梦边城”。此处“梦边城”，殊为难解，按照常规的句法，这应该是说“梦见边城”，但联系后文，这里却应该是“梦于边城”。容若此刻正在边塞公干，孤枕难眠。

“因听紫塞三更雨，却忆红楼半夜灯。”“紫塞”，即边塞，语出鲍照《芜城赋》：“北走紫塞雁门。”紫塞原本应该实有其地，就在雁门关附近，但后来便被诗人们用来泛指边塞了。“红楼”，指华美的楼阁，如苏轼《水龙吟》：“小舟横截春江，卧看翠壁红楼起。”这里代指家中的楼阁。这两句谓沉沉寒夜里，听着边塞的雨声，不知为何，心却回到了家乡，回到了妻子的红楼，看着楼上白色的窗帘微微透出浅黄的灯光。夜深了，她还没睡，她一定也在想念我吧？

下阕“书郑重，恨分明”，化用李商隐“锦长书郑重，眉细恨分明”。李商隐的原诗是一首《无题》：“照梁初有情，出水旧知名。裙衩芙蓉小，钗茸翡翠轻。锦长书郑重，眉细恨分明。莫近弹棋局，中心最不平。”这首诗的背景是李商隐新婚不久之后，在仕宦旅途上遭遇了不公正的待遇。诗的前四句是描写妻子王氏之美，后四句很传神地写出了妻子对自己的深切关心以及为自己所遭受的不公的愤愤不平。容若截取“书郑重”“恨分明”二语，语义有些让人迷惑，大概容若是要把我们引向李商隐的原诗也说不定。至于引到李商隐原诗的哪一

步，甚为难说，也许只是引到“妻子对丈夫的关切和命运与共”这一层；也许容若仅仅是断章取义，是说自己正在给她写信，写得郑重其事，相思之恨也甚是分明；也许这个“书”是指自己收到的书，“恨”是指书信里的恨；也许，还有更深的什么含义……但无论如何，这又属于“如鱼饮水，冷暖自知”的事了。

接下来“天将愁味酿多情”，真是无限多情的一笔，把“愁”和“多情”用“天”关联了起来，是说“愁”和“多情”就是天生的一对。我愁绪萦怀，因为我对你多情；我对你多情，所以愁丝如织。一个“酿”字，更显匠心。

“起来呵手封题处，偏到鸳鸯两字冰”，以一个小细节、小动作作为收尾，愈显巧妙。封题，是古代书札封口处的签押。容若辗转反侧，终于还是按捺不

住思念，起来写信，写好后，因为天冷，所以呵着手给信笺签押，偏偏签押到鸳鸯两字的时候毛笔的笔尖被冻住了。“偏到鸳鸯两字冰”从字面看，可以存在好几种解释，至于“鸳鸯”，明显比较奇怪：在书信封口上签押，为何要签“鸳鸯”两个字呢？——也许有什么特殊讲究，也许这只是寄信人和收信人的名字吧？那个“冰”字，可以理解为手，可以理解为毛笔，字面上都讲得通，但真正“冰”的那个应该是心才对。

于中好

【原文】

冷露无声夜欲阑①，栖鸦不定朔风寒。生憎画鼓楼头急②，不放征人梦里还。秋淡淡③，月弯弯，无人起向月中看。明朝匹马相思处④，知隔千山与万山。

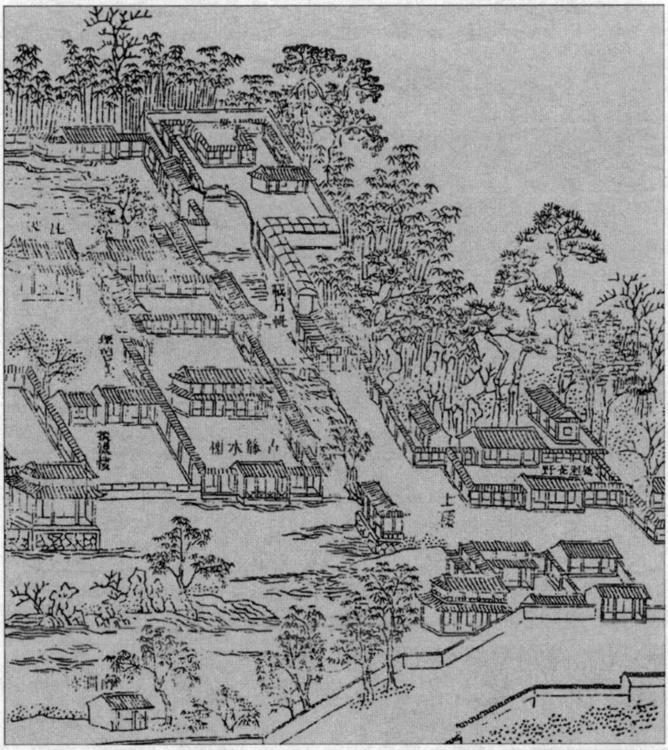

【注释】

①冷露：清凉的露水。

②画鼓：有彩绘的鼓。

③淡淡：水波荡漾的样子。

④匹马：一匹马，后常指单身一人。

【赏析】

一望无际的大草原，那是胡马的故乡。空空无痕的碧云天，那是大雁的旧居。

那么，征人的故乡在哪里？当年送别他的人，如今可好？

当年事依稀犹记，当年人却再也无缘重逢……

也许，记起了杨柳岸边，和风的细语。以为会天长地久，可杨柳是别离的情绪。

也许，记起了花前月下，夜色的柔和。以为时光就此定格，但月总有阴晴圆缺。

那些日子都已过去。如今，别君只有相思梦，遮没千山与万山。如今，只有淡淡的秋、弯弯的月。只有以千山万山为脚。思念的时候，就往故乡的方向，一步一步地挪移。

这篇亦是写征人对闺中妻子的相思之情，清丽空灵，明白如话。

起首两句，“冷露无声夜欲阑，栖鸦不定朔风寒”，化用唐王建《十五夜望月寄杜郎中》“中庭地白树栖鸦，冷露无声湿桂花”写塞上早寒。寒夜将尽，于夜深时分悄然暗凝的露水，此刻寂然无声；北风凛冽，把已经栖息的乌鸦吹得惊飞不定。这两句，一静一动，与词人颇难平静的心境暗合。

“生憎画鼓楼头急，不放征人梦里还”，这两句顿然打破首二句动静之间的平衡，呈现出一种焦躁不安，令人着恼的气氛。“生憎画鼓楼头急”系用辛弃疾《鹧鸪天》“只愁画角楼头起，急管哀弦次第催”，谓可憎的画鼓偏又楼头急响，声声恼人，令征人无法入梦还乡。“不放征人梦里还”，“征人”显然是词人自指。“不放”，即不让，宋词里有“守定花枝，不放花零落”的诗句。此处用“不放”形容急骤的画鼓声，似是说这鼓声急如行军，能将人的梦魂擒住，不让其归家与妻子团聚。如此寒夜，画鼓扰人，有梦难回，于是懊恼惆怅，个中况味，实在是可想而知。

过片拈出秋，点出月，进一步绘景并烘托氛围。“秋淡淡，月弯弯”，“淡淡”，原作澹澹，谓颜色淡，不浓。比如李煜有“澹澹衫儿薄薄罗”，唐元稹有“款款春风澹澹云”。“澹澹”二字，一个用以形容衣衫，一个用以描绘春风，都是清雅妍美，美不胜收。容若是“秋淡淡”，但秋乃一抽象词汇，不像衫、云那样具体，怎能以“淡淡”形容呢？实际上，秋“淡淡”，是指秋天那种淡淡的气息、氛围，与后面的“月弯弯”形成相互关照的关系，共同衬托词人内心深重的思念。后面一句“无人起向月中看”，也不是说真的无有一人看月，而是说除了自己一人以外，再也没有谁起身在月光下凝望，从而突出了他的孤独寂寞、凄清伤感。

结尾两句“明朝匹马相思处，如隔千山与万山”，化用岑参《原头送范侍御》诗“别君只有相思梦，莫遮千山与万山”，出之于虚笔，料想明朝更会越行越远，归程阻隔，相思更烈，归思难收了。

于中好

咏史

【原文】

马上吟成促渡江，分明闲气属闺房[①]。生憎久闭金铺暗[②]，花冷回心玉一床[③]。

添哽咽，足凄凉。谁教生得满身香[④]。只今西海年年月[⑤]，犹为萧家照断肠[⑥]。

【注释】

①闲气：为无关紧要的事情而生的气，《春秋孔演图》谓：“正气为帝，闲气为臣。”闺房：妇女的梳妆室、卧室或私人起居室，此处代指萧观音。

②生憎：最恨、偏恨。金铺暗：萧观音作有十首《回心院词》，其一有“扫深殿，闲久铜铺暗”之句。金铺，门户之美称。

③回心：指回心院。唐宫院名，高宗王皇后及萧嫩妃被囚之所，词牌名辽

萧后作。玉一床：比喻满床清冷的月色。玉，指月色。萧观音《回心院词·其七》有“笑妾新铺玉一床”句。

④“谁教”句：萧观音《回心院词·其九》：“若道妾身多秽贱，自沾御香香彻肤。”

⑤西海：本指传说中西方神海。此处指帝京中太液池。今北京之北海、中海、南海，元明时亦称太液池，因其在皇城之西，故又称西苑、西苑太液池、西海子。

⑥萧家：指萧观音家。

【赏析】

世上情歌千万首，唱尽爱情悲欢离合，只有少数能唱进你心。

史上悲剧数不尽，演尽人生凄凉无常，却少有人会与你共鸣。

别人的故事，终究不是自己的，感同身受是个太过理想化的词，除非你亲身经历。

但总有那么一些时候，别人的快乐悲伤能触动你的心。比如夜深人静时耳边响起的一段清唱，惶然无措时偶遇的一个眼神，失落时看到的一个同样孤独的人。这种微小的奇妙感应，常常让人觉得温暖。

这是一首咏史词，作者通过写辽懿德皇后观音的悲惨命运来表达自己内心

的苦闷牢骚。萧观音，辽道宗耶律洪基懿德皇后，辽代女作家。相貌沉鱼落雁，娇艳动人，个性内向纤柔，很有才华。重熙年间被燕赵国王耶律洪基纳为妃，生太子耶律濬，后被立为皇后，尊号懿德皇后。由于谏猎秋山被皇帝疏远，作《回心院》词十首。1075年（大康元年）十一月，契丹宰相耶律乙辛、汉宰相张孝杰、宫婢单登、教坊朱顶鹤等人向辽道宗进《十香词》诬陷萧后和伶官赵唯一私通。萧观音被道宗赐死，其尸送回萧家。纳兰在词中同情萧皇后的悲剧命运，以此感伤自身。

“马上吟成促渡江，分明闲气属闺房。”辽代皇帝爱好打猎，常常误了国事，萧皇后便作诗以讽谏皇帝，《伏虎林应制》：“威风万单压南邦，东云能翻鸭绿江。”催促皇帝挥戈渡江。然而萧皇后的直言快语却埋下了祸根，皇帝怀恨在心，从此萧皇后失宠。而纳兰却为萧皇后打抱不平。闲气，《春秋孔演图》谓：“正气为帝，闲气为臣。”旧谓英雄伟人，上应星象，禀天地特殊之气，应世而出，故称。纳兰以闲气称萧皇后，可见他有多么怜惜这位勇敢却命途不济的女子。

“生憎久闭金铺暗，花冷回心玉一床。”这句写萧皇后失宠之后被打入冷宫的凄凉之境。心中怨念深重，将冷宫的门长久地紧闭，房内幽暗凄凉。玉一床，喻满床清冷的月色。萧皇后失宠后，曾作十首《回心院词》来乞求皇帝回心转意。“展瑶席，花笑三韩碧；笑妾新铺玉一床，从来妇欢不终夕。展瑶席，待君息。”然而皇帝却不屑一顾，不念夫妻往日情分，万般宠幸新欢，萧皇后的怨恨便更加深重。

“添哽咽，足凄凉。谁教生得满身香。”冷宫中的生活寂寞苦闷，想起曾经的欢情不复，薄情人另寻新欢，心中更是幽怨难当。泪水不尽，凄凉更甚。“热薰炉，能将孤闷苏；若道妾身多秽贱，自沾御香香彻肤。热薰炉，待君娱。”再次点燃香炉，满身生香，只求皇帝别再对自己的一片痴心不闻不问。

“只今西海年年月，犹为萧家照断肠。”《回心院词》写得缠绵悱恻，哀感动人。然而皇帝却轻信了小人的谗言，误以为萧皇后与乐师有染，一怒之下将她赐死。西海本指传说中之西方神海，从词意看，这里大约是指北京之西海。

萧家既是萧观音家。西海的月光年年如此，怕是只有萧家人见后会格外感觉凄凉吧。佳人已逝，一片赤诚，终被置之不顾。月色凄寒，大概也是在怜惜萧皇后吧。

纳兰为萧皇后叹息，打抱不平，实则是在悲叹自己身为侍卫危机四伏。御前侍卫和皇后一样，虽然被皇帝所重视，但终究只是皇帝的附属物，一旦受小人谗言陷害，便性命难保。深宫人心难测，人人自危。纳兰借萧皇后的凄楚一生，感伤自己这般身不由己，也隐隐流露出对小人和皇帝的牢骚，对于自己特殊身份的无奈。篇末以景结，更显韵高旨远。月光幽幽，让萧家人倍感凄凉，也让纳兰黯然心伤。

【词人逸事】

辽代皇后多姓萧，且多有被黜者，其中辽懿德皇后萧观音，颖慧秀逸，才色绝伦，娇艳动人，她善诗词、书法、音律，弹得一手好琵琶，称为当时第一。曾作诗《伏虎林应制》，其句云："威风万单压南邦，东云能翻鸭绿江。"讽谏皇帝之好猎。然而辽道宗正乐此不疲，根本听不进皇后的劝谏。帝后虽位在至尊，但其实只是皇帝的附属品，她们的命运大都操纵于皇帝之手，萧皇后也不例外，从此她便被道宗疏远，尝尽深宫孤寂。

萧观音作《回心院词》共10首，希望打动丈夫的心，重拾往日的欢乐。萧观音叫宫廷乐师赵惟一谱上音乐，以玉笛、琵琶演奏。萧观音与赵惟一丝竹相合，每每使听的人怍然心动，于是后宫盛传两人情投意合。

辽道宗长期打猎，当时的皇族耶律乙辛因为平乱有功渐渐大权独揽，野心日益增大。于是趁流言四起之时构陷萧皇后，暗中派人作《十香词》进献萧皇后，说是宋国皇后所作，萧皇后若能把它抄下来并为它谱曲，便可称为二绝，也好为后世留一段佳话。《十香词》遣词用语都十分暧昧，但这正合孤寂中萧皇后的心态，于是她便亲手用彩绢抄写一遍，此外，她还在末端又写了一首题为《怀古》的诗：“宫中只数赵家妆，败雨残云误汉王；惟有知情一片月，曾窥飞燕入昭阳。”

耶律乙辛以《十香词》为物证到辽道宗那里诋毁皇后，更就《怀古》诗进行曲解：“诗中‘宫中只数赵家妆’，‘惟有知情一片月’，正包含了‘赵惟一’三字，此正是皇后思念赵惟一的表现。”至此辽道宗大怒，认定萧观音与赵惟一私通，敕令萧观音自尽，赵惟一凌迟处死。纳兰性德为此而填词咏“才色过人多薄命”之旨。

于中好

十月初四夜风雨，其明日是亡妇生辰

【原文】

尘满疏帘[1]素带[2]飘，真成[3]暗度[4]可怜宵。几回偷拭青衫[5]泪，忽傍犀奁[6]见翠翘[7]。

惟有恨，转无聊。五更依旧落花朝。衰杨叶尽丝难尽，冷雨凄风[8]打画桥[9]。

【注释】

①疏帘：指稀疏的竹制窗帘。

②素带：白色的带子，服丧用。

③真成：真个，的确。

④暗度：不知不觉地过去。

⑤青衫：青色的衣衫，黑色的衣服，古代指书生。

⑥犀奁：以犀牛角制作而成的梳妆盒。

⑦翠翘：古代妇人首饰的一种，状似翠鸟尾上的长羽，故名。这里指亡妻遗物。

⑧冷雨凄风：形容恶劣的天气或悲惨凄凉的处境。

⑨画桥：雕饰华丽的桥梁。

【赏析】

回来了，从天涯，我回来了。可你在哪儿，在哪儿呀？你说过要等我回来，相约白首，为何失言，为何失言？我回来了，回来了，你听见了吗，听见了吗？

是我来晚了，我日夜兼程，可还是来晚了，你走了，带着一怀的愁绪，走了，带着眷恋与不舍，走了。你走了，留下一缕青丝，一支碧钗，留下思念与我相伴；你走了，留下一叠素稿，半壁残诗，留下寂寞与我相伴。物是人已非，从此，孤灯伴冷衾，箫音独自鸣。

这是一首悼亡之作。词序云：“其明日是亡妇生辰”，可知十月初五日是为其亡妻卢氏之生日。自然这又引发了词人对亡妻深深的怀念，遂赋此以寄哀思。

起首句，“尘满疏帘素带飘”，夜已深沉，窗帘上落满尘土，风儿静静地吹了进来，室内一片死寂，只见素带飘动。此处，值得注意的是一系列冷落寂静意象：窗帘是“疏帘”，带是“素带”，动作是“飘”，“尘满”，则说明疏帘许久没有打扫，所以这句整体给人营造出来的感觉是：物是人非，人去楼空，往事尘封。

“真成暗度可怜宵”，“可怜宵”，通俗言之，即可爱之夜，为诗人钟情之语。比如宋谭宣子《江城子》“可爱风流年纪可怜宵”，苏轼《西江月》“莫教空度可怜宵。月与佳人共僚。”初四之夜，是个“可怜宵”，本是最当珍重的一个晚上却只有词人一人孤单度过了，所以说“暗度”，自是凄凉孤寂之意。

“几回偷拭青衫泪，忽傍犀奁见翠翘”，词人在这个寂寥的夜晚，好几次想起妻子，总要偷偷地抹上几回眼泪，忽然看见妻子的梳妆盒旁边躺着一支翠翘，更不由得睹物思人。“偷拭青衫泪”，这个“偷”字颇令人费解。既然是一人夜不能寐，独自沉思往事，流泪即流泪，何必“偷偷地抹去眼泪”呢，难道怕谁人看见？问题就在于此处“偷”，不是实指，而是虚笔，作为一个符号意象，它传达的一个意思是：情何以堪。

“惟有恨，转无聊。五更依旧落花朝”，夜不能寐，转眼已是五更天，马上就要天亮了。“落花朝”即落花时节的早晨。十月初五不是落花时节，五月才是。卢氏之死正在五月。词人由妻子的生辰想到忌日，“依旧”二字无限悲伤：无论如何，妻子也不可能死而复生，失去的便永远也回不来了，以后的每一天皆是一落花朝呀。

“衰杨叶尽丝难尽，冷雨凄风打画桥”，最后两句以景语作结，“衰杨”不是杨树，而是柳树，“丝”谐音“思”，此是诗人们颇为常用的一个谐音双关。“衰杨叶尽丝难尽”，用今之白话言即是：卢氏虽然死了，但她永远活在我的心中。

于中好

送梁汾南还，为题小影

【原文】

握手西风泪不干，年来多在别离间。遥知[1]独听灯前雨，转忆同看雪后山。

凭寄语，劝加餐，桂花时节约重还。分明[2]小像沉香[3]缕，一片伤心欲画难。

【注释】

①遥知：谓在远处知晓情况。

②分明：简单明了。

③沉香：熏香料名，又称沉水香、蜜香。

【赏析】

西风中，我俩握手告别，而离别的泪，一直未干。这一年来，我们几乎都在别离中度过。如今，想象身在远方的你，独自坐在窗前听雨，真是说不尽的凄凉。不过，想到我们曾经一起在雪后登山观景，又甚为安慰。希望远方的你一定要保重，不要忘记我们的约定——桂花时节再逢君。你的小像在沉香中清晰可见，可是我对你的思念，却是不可具象的啊。

清康熙二十年（1681），顾贞观的母亲去世，顾贞观不得不离开京师，回到老家无锡。临行前，容若依依惜别好友，竟难过到无语凝噎。时值秋雨时节。容若为顾贞观写了诗词相赠。在分开的这段日子，他相思无减，又写下了《送梁汾》《木兰花慢·立秋夜雨，送梁汾南行》等，诉不尽的离别惆怅与一往情深。

从容若赠与顾贞观的多首词作中可以看出，顾在他的心中是举足轻重的，甚至情比手足。可惜因为职务之别，二人相聚的日子却是屈指可数。纳兰身为皇帝的近侍，随驾出巡是家常便饭，仅康熙十九年至二十年（1680—1681），他就先后跟随皇帝巡幸了巩华城、遵化、雄县等地，所以才有“年来多在别离间”的遗憾慨叹。而1681年，顾贞观的家乡无锡传来噩耗，其老母亲不幸故去，贞观遂打点行李准备回家奔丧。这时的容若好不容易回到京师，能与挚友相伴，饮酒作诗，偷得浮生半日闲。岂料贞观突逢家变，虽心下难舍，却不得

不与他作别。

离别的日子梅雨绵绵，容若的心情就如同这天气般潮湿晦涩。在好友就要登上归途之际，容若在西风中紧紧握着他的手，许久才松开。直到好友消失在天际，他才惊觉，湿润的面庞，任西风怎么吹也吹不干。他自嘲地想，许是雨水吧。可是他心里知道，湿漉漉的心，该不会也是被雨淋湿了吧。

这缠绵的雨，不知何时休。自从与贞观一别，这天气一直不放晴，容若对此颇为烦恼。因为在这样的季节、这样的天气里，他总是忍不住要想念远方的挚友。他想着，在千里之外的无锡，贞观一人坐在窗前听雨，朋友不在身边，母亲也新亡，他该是何等的孤独和痛苦啊！其实，孤独痛苦的，又何止贞观一人呢？不过，当容若转念想起他们在京师的日子，两人一同在雪后观山景，那情景历历在目，恍若就发生在昨天一样，容若顿时觉得思念稍解。原来，回忆也是思念的解药啊！

“凭寄语，劝加餐。”意在表露对挚友的关怀之情，嘱咐他不要太过伤心，要好好吃饭，保重身体。不过，这句直白之语，似乎有点不合时宜，或者破坏了那么一点点雅致的情调。可是，容若不是住在高台的谪仙人，他是一个有血有肉、有情有义的凡人，面对遭逢家变的友人，面对只身在异地的友人，他的事无巨细的关怀，正是最质朴的感情凸显。谁能说，此句读来不是字字关心，字字真情呢？接着，容若又提起二人的相约，离别前贞观答应他，等到桂花飘香的时节就回来京师，与他相聚。容若也知道，好友不会忘记这个约定，但是，他怕好友不能忍受现下的孤苦，所以特意提醒他，让他心中永远有念想。其实，容若也是在安慰自己——忍受住暂时的分离吧，很快就会再见面的。

离愁无限，难寻出口，容若只好坐在沉香楼前顾贞观的小像前，默默地回忆着往昔。香雾缭绕中，贞观的容颜还清晰可见，可是，纵是那世间最高明的丹青手，也画不出你我二人此时的伤情。此句极言思念之深重。“一片伤心欲画难”化自唐朝诗人高蟾《金陵晚望》中的“世间无限丹青手，一片伤心画不成”。意为世间无数大画家，谁也难画出此刻的一片伤心之感。在此，容若所要表达之意，正好与高蟾诗句中的意境契合。真可谓是自古诗人多善感哪！

【词人逸事】

梁佩兰在纳兰性德的祭文中说：“黄金如土，惟义是赴。见才必怜，见贤必慕。生平至性，固结于君亲，举以待人，无事不真。”梁佩兰的话不无溢美之词，然而用于纳兰性德却决不夸张。对友情的珍视在他的诗词中随处可见，生平挚友如严绳孙、顾贞观、朱彝尊、姜宸英辈，当时都不过是汉人布衣，而纳兰性德已早登科第，又是皇族贵胄，然而却虚己纳交，待人至诚至真，推心置腹。当时朝野满汉种族之见甚深，而他的朋友却都是江南人，而且皆坎坷失意之士，纳兰性德倾尽自己的全力帮助他们，对于顾贞观更是如此。

当顾贞观离开京城，回乡奔丧时，纳兰性德自是难舍难分。除本篇外，还有诗《送梁汾》、词《木兰花慢·立秋夜雨，送梁汾南行》等，皆极尽深情地表达了诚挚的友情和一往情深的伤别之意。

河传

【原文】

春浅①，红怨②，掩双环③，微雨花间昼闲。无言暗将红泪弹。阑珊④，香销轻梦还。

斜倚画屏思往事⑤，皆不是，空作相思字。记当时，垂柳丝。花枝⑥，满庭蝴蝶儿。

【注释】

①春浅：谓春意浅淡。

②红怨：为花落伤感。

③掩双环：掩门，关起门。

④阑珊：残，将尽。

⑤画屏：有画饰的屏风。

⑥花枝：开有花的枝条。

【赏析】

许多的往事，才下眉头，却上心头。那一天，绣塌旁，春雨淅沥，你们，听雨，谈天。那一天，雕栏曲处，杨柳依依，你们，赏花，倚栏。

一切的时光，都如开在衣角的春天，温柔又腼腆。而什么时候，如水的月光，被你们遗失了呢。

想起时，却似十年踪迹十年心，空余叹息，以及无望的回首。当时的样子，天真烂漫。连纯白枕头都留着美梦的余香，像春日里的细风，轻轻的，暖透小小的你。而如今，月似当时，人似当时否？

此词写微雨湿花时节，闺中女子的一段难以诉说的柔情。全词以形象出之，

极缠绵婉约之致。

“春浅，红怨，掩双环”，首句即描摹了一幅残败的暮春图景。春色已浅，凋零的春花，也似充满了怨愤的情绪，令人不忍目睹，只得把门关上，独自沉吟。

“掩双环”，主语当然是闺中女子了，于是自然过渡到下两句“微雨花间昼闲，无言暗将红泪弹”微雨蒙蒙，一人独立花间，白日里，空虚无聊，只有弹泪无言。此处，“昼闲”是因，“泪弹”是果，因为索寞无绪，无人可说，所以只有静默无语，流下悲伤的泪水。

"阑珊，香销轻梦还。""阑珊"，本义是将尽、衰落，既可以指物，亦可以指人。此处，"阑珊"二字并没有主语，所以既可以说春色阑珊（春色将尽），亦可以说意兴阑珊（精神低落）。但不管作何解，传达出来的情感基调皆同，即感伤春逝之情。"香销轻梦还"，化用李清照《念奴娇》"被冷香销新梦觉"，以"轻梦"替掉易安"新梦"，虽是一字之移，含义却大不一样。"新梦"，是梦乡新到；"轻梦"，是指做的很浅的梦，梦乡说不定还没有到。梦乡未到，一下子就醒了，梦中的情景消逝，眼前一片凄凉，那人早已不在身边了，这种表达，就句意而言，比易安更为凄苦哀怨。

"斜倚画屏思往事，皆不是，空作相思字。"上阕说闺中女子怅怅地醒来，这里说她醒来后，斜倚着画屏，开始思念往事。但足左也不是，右也不是，一切都令人伤感，都让人倍感凄清，此时此刻只剩相思二字占据了全部情怀。“相思字”，即相思语、相思字句，亦为词人最为钟情之词。譬如苏轼有“向彩笺写遍，相思字了，重重封卷，密寄书邮”，辛弃疾有“相思字，空盈幅；相思意，何时足?”，张炎有“薛涛笺上相思字，重开又还重摺。”词人此处，“空作相思字”，意谓她面对一片春景不由伤感，意中人不在身边，对景伤情，将写满了相思字也无计可施。

“记当时，垂柳丝，花枝，满庭蝴蝶儿。”最后四句回忆起当时与意中人相会的情景：柳丝，花枝，蝴蝶，春光旖旎。而如今往事皆非，空作相思意。全篇荡漾着一种淡淡的哀伤，写尽了“思往事”的刻骨铭心的寂寞情怀。

木兰花令

拟古决绝词

【原文】

人生若只如初见，何事①秋风悲画扇②？等闲③变却故人④心，却道故人心易变。

骊山⑤语罢清宵⑥半，泪雨霖铃终不怨⑦。何如薄幸⑧锦衣郎⑨，比翼连枝当日愿。

【注释】

①何事：为何，何故。

②画扇：有画饰的扇子。此处用班婕妤典故。班婕妤为汉成帝妃，被赵飞燕谗害，退居冷宫，后有诗《怨歌行》，以秋扇为喻抒发被弃怨情，后人遂以秋扇喻女子被弃。

③等闲：无端，平白地。

④故人：指情人。

⑤骊山：在陕西临潼东南，因山形似骊马，呈纯青色而得名，是著名的游览、休养胜地。

⑥清宵：清静的夜晚。《太真外传》载，唐明皇与杨玉环曾于七月七日夜，在骊山华清宫长生殿里盟誓，愿世世为夫妻。白居易《长恨歌》：“在天愿作比翼鸟，在地愿作连理枝。”后安史乱起，明皇入蜀，于马嵬坡赐死杨玉环。杨死前云：“妾诚负国恩，死无恨矣。”

⑦“泪雨”句：唐郑处诲《明皇杂录补遗》：“明皇既幸蜀，西南行初入斜谷，属霖雨涉旬，于栈道雨中闻铃，音与山相应。上既悼念贵妃，采其声为《雨霖铃》曲，以寄恨焉。”

⑧薄幸：薄情，负心，也指负心的人。

⑨锦衣郎：指唐明皇。

【词评】

决绝意谓决裂，指男女情变，断绝关系。唐元稹曾用乐府歌行体，模拟一女子的口吻，作《古决绝词》容若此作题为“拟古决绝词谏友”，也以女子的声口出之。其意是用男女间的爱情为喻，说明交友之道也应该始终如一，生死不渝。

——盛冬铃《纳兰性德词选》

题目写明：模仿古代的《决绝词》，那是女方恨男方薄情，断绝关系的坚决表态。这里用汉成帝女官班婕妤和唐玄宗妃子杨玉环的典故来拟写古词。虽说意在“决绝”，还是一腔怨情，这就更加深婉动人。

——于在春《清词百首》

【赏析】

初见惊艳，再见依然。这也许只是一种美好的愿望。初见，惊艳。蓦然回首，曾经沧海。只怕早已换了人间。所以你说，人生若只如初见？

是的，人生若只如初见，所有往事都化为红尘一笑，只留下初见时的惊艳、倾情。忘却也许有过的背叛、伤怀、无奈和悲痛。这是何等美妙的人生境界。

正如，君子之交淡如水。正如，相濡以沫，不如相忘于江湖。正如，有情不必终老，暗香浮动恰好，无情未必就是决绝，我只要你记着：初见时彼此的微笑……

这首词，看似明白如话，实则用典绵密。

“人生若只如初见，何事秋风悲画扇”，秋风画扇，是诗词当中的一个意象符号——扇子夏用，迨至秋风起了，扇子又该如何呢？汉成帝时，班婕妤受到冷落，凄凉境下以团扇自喻，写下了一首《怨歌行》：“新裂齐纨素，皎洁如霜雪。裁成合欢扇，团团似明月。出入君怀袖，动摇微风发。常恐秋节至，凉飙夺炎热。弃捐箧笥中，恩情中道绝。”扇子材质精良，如霜似雪，形如满月，兼具皎洁与团圆两重意象，“出入君怀袖”自是形影不离，但秋天终至，等秋风一起，扇子再好也要被捐弃一边。——这就是秋风画扇的典之所出。“人生若只如初见，何事秋风悲画扇”，人之与人，若始终只如初见时的美好，就如同团扇始终都如初夏时刚刚拿在手里的那一刻，该是多好？

下面两句“等闲变却故人心，却道故心人易变”，看似通俗易懂，如叨家常，其实也是用典，出处就在谢朓的《同王主簿怨情》：“掖庭聘绝国，长门失欢宴。相逢咏荼蘼，辞宠悲团扇。花丛乱数蝶，风帘人双燕。徒使春带赊，坐惜红颜变。平生一顾重，宿昔千金贱。故人心尚永，故心人不见。”谢这首诗，也是借闺怨来抒怀的，最后两句“故人心尚永，故心人不见”，正是容若“等闲变却故人心，却道故心人易变”一语之所本。意思大约可解为：你这位故人轻易地就变了心，却反而说我变得太快了。

下阕继续用典，“骊山语罢清宵半，泪雨霖铃终不怨”，这是唐明皇和杨贵

妃的故事。“七月七日长生殿，夜半无人私语时”，此长生殿就在骊山华清宫，这便是“骊山语罢清宵半”，后来马嵬坡事过，唐明皇入蜀，正值雨季，唐明皇夜晚于栈道雨中闻铃，百感交集，依此音作《雨霖铃》的曲调以寄托幽思。

“何如薄幸锦衣郎，比翼连枝当日愿”，这里的“薄幸锦衣郎”仍指唐明皇，“比翼连枝当日愿”则是唐明皇和杨贵妃在长生殿约誓时说的“在天愿作比翼鸟，在地愿为连理枝”。此处容若的意思应该是：虽然故人变了心，往日难再，但无论如何，过去也是有过一段交情的。——以过去的山盟海誓对比现在的故人变心，似有痛楚，似有责备。

这首词，若作情事解，则看似写得浅白直露；若依词题解，实则温婉含蓄，怨而不怒，正是“君子绝交，不出恶声”的士人之风。但我们始终无法说清容若的这首词到底是真有本事，还是泛泛而谈。也许这是他一位故友的绝交词，也许只是泛泛而论交友之道，皆很难说。

虞美人

秋夕信步[1]

【原文】

愁痕满地无人省，露湿琅玕影[2]。闲阶小立倍荒凉[3]。还胜旧时月色在潇湘。

薄情转是多情累，曲曲柔肠碎。红笺向壁字模糊[4]，忆共灯前呵手为伊书。

【注释】

①信步：漫步，随意行走。

②琅玕：一种青色似珠玉的美石，是孔雀石的一种，又名绿青。喻竹。

③闲阶：空荡寂寞的台阶。

④红笺；红色笺纸，多用以题写诗词。向壁：面对墙壁。

【赏析】

这首词描写对妻子的思念：秋夜闲庭信步，露湿苍竹，愁痕遍地却无人了解。在空荡的台阶前小立，只剩下这旧时的明月洒满庭院，心境倍感荒凉。无情的人都是因为当初太过多情，早已肝肠寸断了。信笺仍在，那信中模糊的字迹，让人又回忆起当初曾在凉夜的灯下呵手书写的情景来。

虞美人

【原文】

绿阴帘外梧桐影，玉虎[1]牵金井[2]。怕听啼鴂[3]出帘迟，恰到年年今日两相思。

凄凉满地红心草[4]，此恨谁知道？待将幽忆寄新词，分付芭蕉风定月斜时。

【注释】

①玉虎：井上的辘轳。

②金井：栏上有雕饰的水井，一般用以指宫庭园林里的井。

③啼鴂：啼鸣的杜鹃鸟。

④红心草：草名，一说为红心灰藋之俗称。相传唐王炎梦侍吴王，久之，闻宫中出辇，鸣箫击鼓，言葬西施。吴王悲悼不已，立诏词客作挽歌。炎应教作了《西施挽歌》，有“满地红心草，三层碧玉阶”之句。后以“红心草”作为美人遗恨的典故。

【赏析】

这首词为怀念恋人之作：窗外洒下梧桐绿色的树荫，倒映在金井的辘轳之上。又到了年年相思的日子，因为害怕听到杜鹃的哀啼而迟迟不敢走出门来。那满怀相思的红心草已是凄凉满地，心头的遗恨又有谁能够明了？于是只好将这满怀的思绪写作一曲新词，在芭蕉风定、月影西斜时寄去我的相思。

提到虞美人，脑海中总躲不过后主的绝笔，“春花秋月何时了，往事知多少”。才忆起故国月明，便有项王一曲悲歌回响耳畔“虞兮虞兮奈若何”。战场上的争斗虞美人无奈，却愿为连理枝再续前缘。传说战后受到战争蹂躏的土地遍开虞美人，那如鲜血般浓艳的色彩是地下安眠人的呓语。后主也罢，虞姬也罢，那些长眠的精魂也罢，花开艳丽的虞美人背后站立的竟是无情的决绝与分离。

这应是作于春末夏初的一首词吧。

帘外树已成荫，不似那只得遥看的朦胧草色。若是糊上松绿色的软烟罗作为窗纱，更应是春意盎然。说到这号称“百树之王”的梧桐，民间盛传其刿时知令，“梧桐一叶落，天下皆知秋”便是知秋的写照。《魏书·王勰传》中曾有言“凤凰非梧桐不栖”，说的便是这百鸟避之的青桐。不同于人们印象中的法国梧桐——那些写在张爱玲笔下秋风里那簌簌的梧桐，那些遍布衡山路淮海路

的老树——这绿荫帘外的梧桐，正是“一株青玉立，千叶绿云委”的青桐。

玉虎金井，极尽巴洛克式的奢华，可再精美的雕饰也不过是深井和缠于深井之上用以汲水的辘轳。“玉虎牵金井”的描摹下，看到的是“雕栏玉砌应犹在”的背影，只为等待那宿命般的“朱颜改”。抑或，我们也可以换一个角度思量：纳兰日思夜想的那人今已栖于梧桐枝上，她的命运犹如那看似繁华的辘轳，被紧紧牵于皇家金井之上。今生能让纳兰作此隐晦叹息的，除了他的表妹还能有谁呢？“虞美人”之曲不负其名。

“郎骑竹马来，绕床弄青梅”，纳兰当时或许并不知他的人生中相思相望不相亲的人，不只是他的表妹。梧桐雨，长恨歌，纳兰短暂的生命中几度春秋，“春风桃李花开日，秋雨梧桐叶落时”，竟像是偈语一般，划过他的人生。纳兰与表妹此时虽是生离，却难言再见。思之而不得之，纳兰的周遭似有着一层离情别怨。连那窗外杜鹃之声，似也在用自然的语言诉说着，预言着，让人不忍

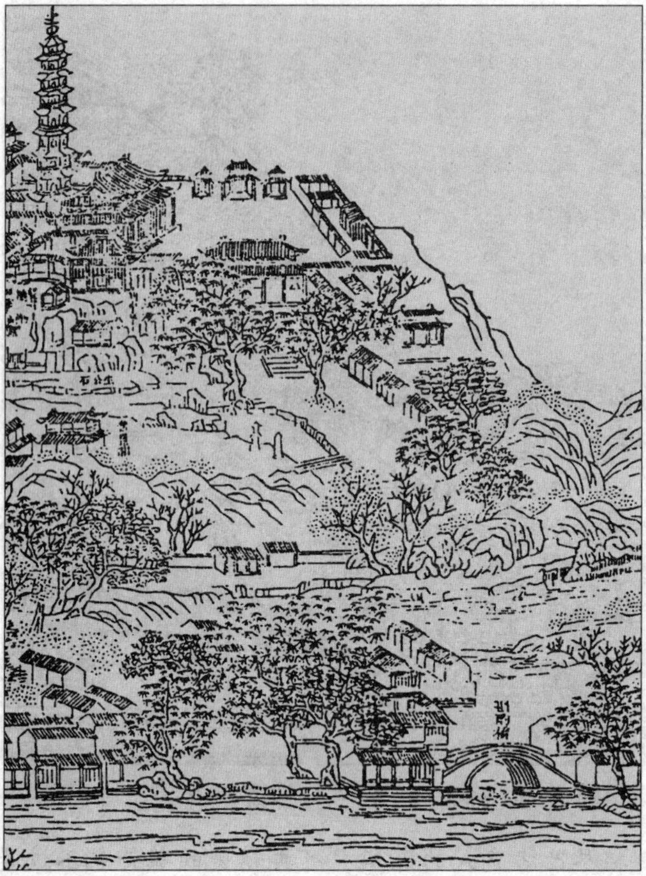

听闻。

杜鹃，亦花亦鸟，传说是望帝杜宇所化。相传岷江恶龙为害人间，当地的少女龙妹为了解救百姓迎战恶龙，却被恶龙囚禁于五虎山铁笼中。又一个英雄美人的开端，结果也是顺理成章。少年杜宇得仙翁相助救出龙妹，打败恶龙，受拥戴为蜀地王。然而传说到了这里却峰回路转。杜宇被篡位贼臣囚禁，龙妹因不愿为贼人妻也被锁入牢笼。传说杜宇惨死山中，化作一只小鸟，飞到龙妹身边，啼叫着："归汶阳！归汶阳！"龙妹知丈夫已去，芳魂化作杜鹃鸟，从此同丈夫比翼于天地间。

鸟鸣无心，听者有意。听不得杜鹃的啼血声声，它最勾人伤怀。"山无棱，天地合，江水为竭，冬雷阵阵，夏雨雪，乃敢与君绝"，纵然没有鸟鸣，年年今日，两人异地相对同相思。此恨谁知？天知，空中划过啼血杜鹃；地知，便开出了似红泪般的红心草。那红心草开于飘过淡淡柳絮的湖畔，开于光影错落的月下荷塘，开于花径绿篱畔。它吐露着新叶，新叶也泛着红晕；它羞涩地绽开小花，小花也羞赧地顶着深红的小帽。低头，不语，晴空过处，只那么寂静地，婷婷而立。

“自在飞花轻似梦”，携红心草梦回春秋，便有一曲《西施挽歌》。相传唐代王炎，夜梦侍吴王，闻言西施已香消玉殒，应诏作此诗。“满地红心草，三层碧玉阶。”从此，红心草如那逝去的美人，在“春风无处所”的季节，娉娉婷婷地摇曳于浮云飘过的微风中，微叹“凄恨不胜怀”。

即使是这样凉薄的一叹也难容于尘世。李清照对芭蕉，叹“阴满中庭，叶叶心心舒卷有舍情”。这无端的情愫抑郁于胸中，剪不断，亦载不动；不能大声哭，也不能放声笑。“何处合成愁？离人心上秋。”梦窗以芭蕉说文解字：“不雨也飕飕。”红樱桃，绿芭蕉，云破月来的良宵，漏断人静的春夜，这纠缠于胸的幽幽往事只得寄存于诗行中。风飘飘，雨潇潇，月子弯弯千年同照九州；离人魂，昨夜梦，年年今日，但见流光无情把人抛。

虞美人

【原文】

春情只到梨花薄[①]，片片催零落[②]。夕阳何事近黄昏，不道人间犹有未招魂。

银笺别梦当时句[3]，密绾同心苣[4]。为伊判作梦中人，长向画图清夜唤真真[5]。

【注释】

①春情：春天的景致或意趣。

②零落：树木枯凋。

⑤银笺：白色的信笺。

④同心苣：像连锁的火炬状图案花纹，或指织有同心苣状图案的同心结，古人常用以象征爱情。

⑤画图：图画。真真：唐杜荀鹤《松窗杂记》："唐进士赵颜于画工处得一软障，图一妇人甚丽，颜谓画工曰：'世无其人也，如可令生，余愿纳为妻。'画工曰：'余神画也，此亦有名，曰真真，呼其名百日，昼夜不歇，即必应之，

应则以百家彩灰酒灌之，必活。’颜如其言，遂呼之百日……果活，步下言笑如常。”后因以“真真”泛指美人。

【赏析】

荒寒的春天梨花繁盛，不料却落尽了。黄昏你为什么要来？我还是个未招魂呢。深记当时的信笺，密密缝制的同心苣。为了能把你唤回，我甘愿长睡不醒，只做梦中人。

春来梨花开，风去梨花落。美好的爱情亦是如此，来时绚烂，去时凄绝。此阕极言相思的沉重。上片以景处之，结处点出相思，清灵美好。下片追忆梦中人，别有一番凄楚意。在承接上片的浓情蜜意之后，结句则化实为虚，写想象之景，意蕴悠长，别具浪漫色彩。

梨花薄，指的是梨花丛密之处。薄，指草木丛生之处。《楚辞·九章·思美人》："揽大薄之芳茝兮，搴长洲之宿莽。"洪祖兴补注："薄，丛薄也。"《淮南子·真训》："鸟飞千仞之上，兽走丛薄之中"。高诱注："聚木曰丛，深草曰薄。"

首句"春情只到梨花薄"，说的是梨花开的繁盛之处显示了春天的浓情。除了梨花，其他的地方春天来了没有？"只到"似乎表明时间尚且还在早春，其他地方虽然有春天的光临，但都不是"浓情"。这一句词作留给读者"千树万树梨花开"的印象。接下来的一句"片片催零落"却让人丧气。梨花落尽之后，这早春的美景还不是一片荒寒？让人顿感萧瑟之苦。

这也让读者心生惊异，容若写春天的景色，起初是舍不得笔墨，只是浅淡地描绘了春天的梨花，接着笔锋一转，直接就写了梨花落尽之后春天的荒寒。

让人触目惊心。一年四季只有春天的景色最为美丽动人，而就在这最值得珍惜的春天，容若却发出了这样的悲音，为了什么？他是在写美人陨落还是在写自己大好年华某种情感突然被扼杀之痛？

下句更让人不忍卒读。

黄昏日落是再普通不过的自然景观，古有“夕阳无限好，只是近黄昏”，抒发的是一种人生苦短的感叹。容若却对黄昏提出了疑问：为什么黄昏会来到？这一问让笔者称奇。

容若为什么会这么发问？原因是“不道人间犹有未招魂”。这个“未招魂”是谁？是容若自己还是别人？行文至此，容若没有在词作中说明他是在写别人。我们暂且以为他是在写自己。直译过来就是：夕阳为什么到了黄昏，难道你不知道这个世间还有应该离世而没有离世的未招魂？

容若直白地表达了他想弃世而去的想法。首句的写景“春情只到梨花薄，片片催零落”就有了感情的基石。词的上阕所表达出来的这种决绝的情绪来源何处？容若遭遇了什么？他为什么会写出这样的词句？这些深深牵动读者心的问题，让读者继续往下寻找答案。

银笺，素白之笺纸。同心苣，织有相连锁的火炬形图案的同心结。古人以之作为爱情的信物。前蜀牛峤《菩萨蛮》：“窗寒天欲曙，犹结同心苣。”

容若念念不忘的是与爱人生死离别时候的“当时句”，以及作为爱情信物的“同心苣”。看来是这场爱情让容若深陷其中而不能自拔，甚至有弃世而去的念头。

他们俩爱到了什么程度？一定是刻骨铭心，一定是除了她，再没有人可以让他再投入感情。这样的真爱情，自古就很难碰到。看到容若爱成这样，为他揪心的同时也感觉深深的宽慰，真爱难得，既然有幸遇到，爱到死去活来又何妨呢？

真真，美人的代称。此处借指所思之情人或妻子。唐杜荀鹤《松窗杂记》：“唐进士赵颜于画工处得一软障，图一妇人甚丽，颜谓画工曰：‘世无其人也，如可令生，余愿纳为妻。’画工曰：‘余神画也，此亦有名，曰真真，呼其名百日，昼夜不歇，即必应之，应则以百家彩灰酒灌之，必活。颜如其言，遂呼之百日……果活，步下言笑如常。’”宋范成大《戏题赵从善两画轴》：“情知别有真真在，试与千呼万唤看。”

对着绘有美人图像的画轴呼唤，美人就会变成真人，活过来。这样的故事无疑是神话，可是爱到痴狂的容若却情愿相信这是一个真实的故事。他说：为了你我甘愿相信这样的神话故事，做一回梦中人，千呼万唤只要能够把你唤回来。

虞美人

【原文】

曲阑深处重相见，匀泪偎人颤。凄凉别后两应同，最是不胜清怨月明中①。

半生已分孤眠过，山枕檀痕涴②。忆来何事最销魂，第一折技花样画罗裙③。

【注释】

①不胜：受不住，承担不了。清怨：凄清幽怨。

②山枕：枕头，古代枕头多用木、瓷等制作，中凹两端突起，其形如山，故名。檀痕：带有香粉的泪痕。涴：浸渍、染上。

③折枝：中国花卉画画法之一，不画全株，只画连枝折下的部分。花样：供仿制的式样。罗裙：丝罗制的裙子，多泛指妇女衣裙。

【赏析】

半生孤枕难眠，余生如何度过？那晚的你，如梨花带雨，如月光般娇美纯洁。以为离开你我可以跟从前一样，没想到却是事事休。你自己画的衣服图案让我至今难忘，思念，它不肯停。

此阕乃怀念佳人而作。如纳兰词一贯的格局，上阕极言相守的美好，叫人读来心旌荡漾。下阕便转为现实，写繁华落尽的凄凉。离别后，二人月夜相思，别有一种断肠。全词将失意一倾到底，用词精致婉约，意境却极为凄怆，辛酸

入骨。容若选择用白描的手法深入内心，感情真挚，用词清爽。

江淹说："黯然销魂者，唯别而已矣。"离别之后再提笔写到离别，当初的痛又要在心中重演一遍，该是如何地折磨人？

容若忍痛提笔再写从前，最让他销魂的约会总是铭记不忘。然而，这是一场怎样的约会？一般的约会都是花前月下，甜美无比，容若的约会不但要躲到"曲阑深处"，而且是"匀泪偎人颤"，这一句大有深意。容若没有写女友的容貌、姓名等，单单写到了她的三个动作，"匀""偎"和"颤"。"匀"是容若在替女友擦泪，还是女友自己在擦泪无关紧要，重要的是一个人该有多少泪才会用到"匀"这个字？汩汩的泪水流个不停，心里极度委屈，伤心的事情太多，想要诉说却连头绪都理不清。"偎"是依靠，一个人能提供给另外一个人信赖、安全感才会用到这个词。不过，情人之间的依偎超越于一般的"偎"，最让人向往。封建社会里，男女的依偎有一种要终身相守的意味在里面。联想到结局，我们不由得唏嘘，容若这种爱情最终是没有好结局的。“颤”有一种想要爆发却又强忍，不愿在情人跟前轻易表露自己委屈的心理状态。

约会就这样被写完，笔力千钧却又似乎轻描淡写，从容若的这种书写态度里，我们也可以一窥他回忆从前时候的复杂心态。

离别之后，伤口会渐渐愈合。容若却不这样，仿佛一道深痕，刻下的是经年的痛。

“凄凉别后两应同”中的“应”写的最值得玩味。“应”和潜在的“不应”形成了矛盾，容若劝自己应该像普通人一样，将恋爱的伤痕忘记，然而内心那个脆弱、敏感的容若却对过往恋恋不舍，难以忘怀。内心与外在的纠结，就像别离前与别离后一样完全不同。至于别后有什么样的不同，容若没有写到，可是凭借想象，也可以勾勒出容若每天面对着“物是人非”所产生的“事事休”

的悲叹该有多么频繁。

最触动他内心的、最让他感觉不一样的自然是约会那晚的月光和现在的月光。正如苏轼所言“但愿人长久，千里共婵娟”。明月的长久与人相聚的短暂，这文戏剧性的对比，常常让人感带气短情长，言说不尽。

“半生”最难解。容若三十一岁就去世了，写这首词的时间最多也就二十多岁，怎么可以说自己都过完了半生？在这里，容若用了夸张的修辞手法，表达了他再也无法忍受孤枕难眠的滋味，他想要结束单身生活的强烈愿望。

山枕，指的是枕头，古代枕头多用木、瓷等制作，中间凹，两端突起，其形如山，故名。檀痕，指的是带有香粉的泪痕。“山枕檀痕涴”这句是从女友那边落笔，写了女友同样孤枕难眠的境况。

两个相思的人，都孤枕难眠，在各自的世界里痛苦不已。

容若的落笔还是回到了约会的那晚。时间上，似乎形成了一个完整的环，讲述的故事又回到了起点。然而，与之前“匀泪偎人颤”完全不同的是，容若这次写了女友的衣裳，“第一折枝花样画罗裙”，女友的聪慧和美丽全在这一句话里。容若讲述女友衣服的心情也完全不一样。

折枝，是中国花卉画的画法之一，不画全株，只画连枝折下的部分。花样，即供仿制的式样。罗裙，丝罗织成的裙子，泛指妇女衣裙。

兰心惠质的女子，不屑用外面的庸脂俗粉，而别出心裁地用山水画的折枝技法，在素白的罗裙上画出意境疏淡的图画。这样的女子自然不俗，这样的爱情，容若自然难弃。

虞美人

为梁汾赋

【原文】

凭君料理花间课①，莫负当初我。眼看鸡犬上天梯②，黄九自招秦七共泥犁③。

瘦狂那似痴肥好④，判任⑤痴肥笑。笑他多病与长贫，不及诸公衮衮向风尘⑥。

【注释】

①料理：本为指点、指教。此处为辑集。课，指词作。花间，词人以后蜀赵崇祚编的《花间集》比喻自己的词作。

②天梯：道教中所说的登天的云梯。鸡犬上天梯，即一人得道，鸡犬升天之意。

③黄九：北宋诗人黄庭坚，因排行第九，故云。秦七：北宋词人秦观，因排行第七，故云。此借指词人与顾贞观。

④瘦狂、痴肥：比喻官场失意者与得意者。作者以瘦狂自喻，而以痴肥比喻那些脑满肠肥的人。

⑤判任：一任、任凭。

⑥诸公：此指仕进得意、占据险要地位者。衮衮：谓络绎不绝。风尘：指仕途、官场。

【赏析】

顾子，你曾言：人人争唱饮水词，纳兰心事有谁知。君言此，表君知。初相识，你玉树临风立于我面前，我知道，我生命中的知己来到了。

只有在你面前，我才完全是我自己，我的人前尊耀，背后落魄，我所有的心不甘情不愿在你面前可以尽情展现。细细想来，那些江南俊杰们，严绳孙、朱彝尊、陈维崧、吴汉槎等不肯为朝廷折腰，却愿意和我这奸相之子、皇帝近侍亲近，皆因有你。一生诗文交与你，知君不负当初我，终结成为《饮水词》。

真的是这样：霸业等闲休，跃马横戈总白头。莫把韶华轻换了，封侯。多少英雄只废丘。来、来、来，顾子，牵你手共走江湖。金裘花马换美酒，与君同销万古愁。

词题“为梁汾赋”，梁汾即顾贞观，为容若的第一知音。这首词当写于容若与顾贞观结交的初期，事由是：容若委托顾贞观把自己的词作结集出版。对于古代文人而言，为人辑集庶几等同于托妻寄子，是把自己的全部心血托付出去。这等事情容若若要托付出去，舍顾贞观之外再无旁的人选。而此篇也正可以看作是二人同怀同道的率真写照。

“凭君料理花间课，莫负当初我”，容若这是叮嘱顾贞观：我的词集选编出版之事全权委托你了，切莫辜负当初我将你引为知己的本意啊。此处容若用“花间课”，并非说他的词风效法《花间集》，只不过是以之代指自己的词作罢了。事实上，容若的词风和词学主张都是远远超出花间的。花间一脉是词的源头，属于“艳科”，花间之美在于“情趣”，而非“情怀”。而容若的词学主张，虽是从花间传统而来的，仍然提倡“情趣”，但同时主张性灵，主张填词要独出机杼、抒写性情。也就是说，这是处在情趣和情怀之间的一个点，是为性情。所以，为容若所推崇的前辈词人，既非温、韦，也非苏、辛，而是秦七、黄九。这便是下一句里的“眼看鸡犬上天梯，黄九自招秦七共泥犁”。

“鸡犬上天梯”，此是淮南王刘安“鸡犬升天”的典故，谓刘安修仙炼药，终有所成，一家人全都升天而去，就连家里的鸡犬也因沾了一点药粉而跟着一起升天了。这句是说眼看小人入仕朝廷，登上高位。“黄九自招秦七共泥犁”。秦七，即秦观；黄九，即黄庭坚。秦七婉约，黄九绮艳，故而并称。泥犁，本指地狱，此处用黄庭坚事典：黄庭坚年轻时喜好填词，格调绮艳温婉，人争而传之。当时，有一关西和尚，名叫法云，斥责黄庭坚，说他作的黄色小调，撩拨世人淫念，罪过太大，将来要堕入地狱的。此处，秦七和黄九显然就是容若和顾贞观的自况，而容若用这个典故，也是说：我们不求富贵显达，只耽于填自己的艳丽小词，你们那些鸡犬尽管升天好了，我们即使下地狱也不后悔！

下阕，“瘦狂那似痴肥好，判任痴肥笑”，瘦狂和痴肥是南朝沈昭略的典故。沈昭略为人旷达不羁，好饮酒使气，有一次遇到王约，张目视之：“你就是

王约吗，为何又痴又肥?”王约当下反唇相讥道：“你就是沈昭略吗，为何又瘦又狂?”沈昭略哈哈大笑道：“瘦比肥好，狂比痴好!”容若用这个典故，是断章取义式的用法，与顾贞观自况瘦狂，把对立面比作痴肥，表面是说你们痴肥尽管笑话我们瘦狂，我们既然不如你们，那就随便你们怎么笑吧！但是实际上却是说：你们这些痴肥满脑肥肠，无所用心，也配笑话我们？此时的容若，哪里是一个多情种子，分明是一位狂放豪侠么！

末句“笑他多病与长贫，不及诸公衮衮向风尘”，“笑”字上承“判任痴肥笑”——痴肥们所笑为何？笑的是我们的多病与长贫。这里，多病与长贫实有所指，多病的是容若，长贫的是顾贞观，两个人放在一起，遂为贫病交加。容若最后语带反讽，谓我和顾贞观一病一贫、一狂一瘦，实在比不上你们各位痴肥风风光光地究究向风尘呀。“举世皆誉而不加劝，举世皆非而不加沮。”我走我路，任人评说。这是一个“德也狂生耳”的旷达形象，也是一个绝世才子的风流自赏。

虞美人

【原文】

风灭炉烟残灺[①]冷，相伴惟孤影。判教狼籍醉清樽[②]，为问世间醒眼是何人？

难逢易散花间酒，饮罢空搔首。闲愁总付醉来眠，只恐醒时依旧到樽前。

【注释】

①残灺，烧残的烛灰。

②判：甘愿，不惜。樽：古代盛酒的器具。此处借指醇酒。

【赏析】

举世皆浊我独清，众人皆醉我独醒。那是屈原沉重的感喟。判教狼籍醉清樽，为问世间醒眼是何人？那是你悲苦的叹息。

世上人皆浑浑噩噩，却活得简单快乐，若独清独醒，便活得悲凉寂寥。你的时代并不需要你。所以没有红袖为你添香，没有英雄为你温泪。

你始终是一个孤独者，在人生戏剧惨白的舞台上演出苍凉的悲剧。你是一尊华丽的雕塑，是情为你安上了那颗会滴泪的心。你永远是心的所有，唇是远离。

本词有“为问世间醒眼是何人”一句，有人据此推测是容若为好友顾贞观作的。与否如此，无法考证。但从本篇秉承骚踪，蕴含骚人之旨来看，此说还有颇有道理的。

首二句即以冷风、残烟、烛灰、孤影交织而成一幅孤寂凄凉的室内独居图景。“风灭炉烟残地冷，相伴惟孤影”，冷风吹灭了香炉中的残烟，燃尽的烛灰早已不再温热；陪伴他的，只有自己孤单的影子。他既是自感忧愁如此，漫漫长夜该如何打发呢？

虞美人

【原文】

峰高独石当头起，影落双溪①水。马嘶人语各西东，行到断崖无路小桥通。

朔鸿②过尽归期杳，人向征鞍老。又将丝泪③湿斜阳，回首十三陵④树暮云黄。

【注释】

①双溪：此处指北京昌平境内的一条小溪。

②朔鸿：从北方向南飞的大雁。

③丝泪：微细如丝的眼泪。

④十三陵：明代十三个皇帝陵墓的总称，位于北京昌平天寿山麓。

【赏析】

这首词写行役中的感受：上阕写景，天寒地冻，高峰独石，边塞一片肃杀之气。征人马上相逢，来不及多说就又要各奔东西。旅途艰辛，行到断崖处，只有小桥为路。下阕写思归苦情，鸿雁飞过却不能代为传书，旅人他乡为客，音信杳然。泪水如丝染透夕阳，回首眺望，只看见十三陵附近亭亭如盖的大树和被夕阳染黄的暮云。

纳兰容若是叶赫那拉氏的后人，他一出生就被安排到了天皇贵胄的家庭，注定一辈子享尽富贵荣华。可是，容若偏偏不爱锦衣玉食的生活，更是从心底里厌倦官场的庸碌与俗气。“身在高门广厦，常有山泽鱼鸟之思”，或许，这就是他常感悲伤的原因之一吧。也正因为如此，容若的词里总是带有一种淡淡的忧伤，一如他的性情，忧郁凄婉。就像这首《虞美人》，满是萧索之景、悲戚之情。

康熙十五年（公元1676年），二十二岁的纳兰容若随圣上巡视昌平，这首词就是在此间完成。此时的容若是康熙皇帝的御前侍卫，并常以武官身份参与风流斯文的诗文之事，以过人的文才武略而备受康熙赏识，所以，皇帝无论南巡北狩，还是四方游历，纳兰都常伴其左右。

双溪是北京昌平境内的一条小溪，天寒地冻的时节，眼前尽是一派肃杀的景象，高峰兀立，巨石挡路。骏马在空旷的原野中嘶鸣，行人相遇来不及说上几句话就又各奔西东。正感叹旅途的艰辛与孤独，偏偏又行到了断崖处，只有小桥为路。天空中有鸿雁飞过，却不能代为传书，这一番遭遇令人心生感慨，思归之情油然而生。行走在异乡，最好的年华早已如逝水一般悄然没了踪迹，所谓“客里年华悄”。想着想着，就不知不觉淌下了眼泪，泪眼模糊中回首眺望，只见十三陵附近亭亭如盖的大树和被夕阳染黄的暮云。

这首词所写的本是一个常见的题材，无非人在行役途中的一番感慨长叹，但纳兰展现出了一片更加情深意远的境界。以羁旅行役为主题的词并不少见，“移舟泊烟渚，日暮客愁新”（孟浩然《宿建德江》）所展现的是一种清愁，

“夕阳西下，断肠人在天涯”（马致远《天净沙·秋思》）更多的是一种惆怅，纳兰的《虞美人》则是一股锥心的悲切之感。这种痛不是歇斯底里的，而是绵长蕴藉的。

一个人心中得有多少悲伤，才能将文字浸染上眼泪的苦涩？人们常说“触景伤情”，当纳兰“份情”的原因再无从考证时，我们也唯有把那一腔化不开的愁绪归咎于萧瑟斑驳的秋景。

虞美人

【原文】

黄昏又听城头角，病起心情恶。药炉初沸短檠[1]青，无那残香[2]半缕恼多情。

多情自古原多病，清镜怜清影[3]。一声弹指泪如丝，央及东风休遣玉人[4]知。

【注释】

①短檠：矮灯架，借指小灯。

②残香：将要烧尽的香。

③清镜：即明镜。清影：清朗的光影，月光，这里是清瘦的身影。

④央及：央告。休遣：暂时释放。玉人：容貌美丽的人，对亲人或所爱者的爱称。

【赏析】

纳兰的词，总是让人感觉缱绻幽情，本篇自然也不例外。这首词写的是男女之情，全词辞藻优雅，言浅意深，可谓是直抒胸臆的佳作。

一开篇，作者就为我们描绘了这样一个场面，“黄昏又听城头角，病起心情恶”，黄昏时分，城头号角响起，词人身患疾病，心情异常低落。接着容若向我们交代了此时他正在做什么，“药炉初沸短檠青，无那残香半缕恼多情”，本来是一位在家养尊处优的公子，即使在家过的不是“饭来张口，衣来伸手”的生活，可如今是在塞外，没有奴仆跟随在身边，患病的容若只能自己动手煎药，心中的凄凉感可想而知。而且案头的短灯明灭不定，燃着的香也是残的，似乎在嘲笑自己的多情。

那么，容若到底是因何而生病呢？他在下阕给出了答案：“多情自古原多病。”患病之人一般都会自怜自伤，容若自然也不例外，更何况是独自病在异乡，没有亲人的悉心照料，没有朋友的嘘寒问暖，所以他只能无奈地揽镜自照，结果看到的却是自己日渐消瘦的容貌。

词的结尾两句似乎很好理解，“一声弹指泪如丝，央及东风休遣玉人知”，病中的容若触景伤情，以至于轻轻弹一下手指，就伤心得泪下如丝，但是他又不想让想念之人知道自己患病的消息后徒增伤心，于是央求东风不要把这个消息告诉她。

虞美人

【原文】

彩云易向秋空散，燕子怜长叹。几番离合总无因，赢得一回一回亲[1]。

归鸿旧约霜前至[②]，可寄香笺字[③]？不如前事不思量，且枕红蕤欹侧看斜阳[④]。

【注释】

①长叹：烦恼，忧愁。

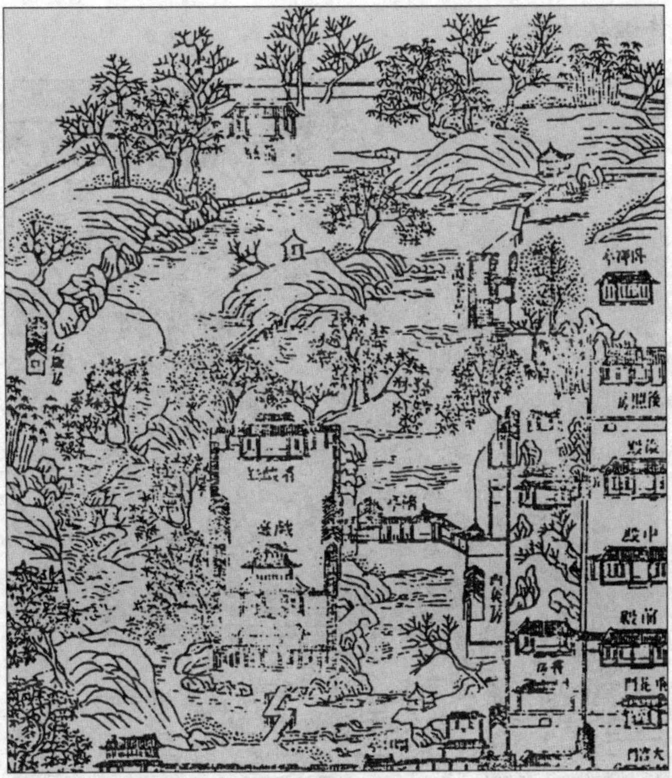

②归鸿：归雁。诗文中多用以寄托归思。

③香笺：散发香气的信笺。

④红蕤：红蕤枕。传说中的仙枕。唐张读《宣室志》卷六记载玉清宫有三宝：碧瑶杯、红蕤枕和紫玉函，红蕤枕似玉微红有纹如粟。亦借指绣枕。

【赏析】

这首词写闺妇相思的痛苦矛盾心情：秋天的彩云总是易散，燕子飞去，引人长叹。离合聚散总无因由，只赢得了满怀愁绪。约定霜期之前即归来，既是如此，也应该寄封书信来慰相思啊！还是不要想以前的那些事了，不如枕着绣枕侧身看夕阳西下。

此阕中，容若借闺中人之口，诉不尽的相思愁情。他笔下的佳人，思绪绵长，痛苦矛盾。但全词又以自宽自慰之语结束，颇有"悉多翻自笑"的妙趣，使词情显得些许婉转清透。

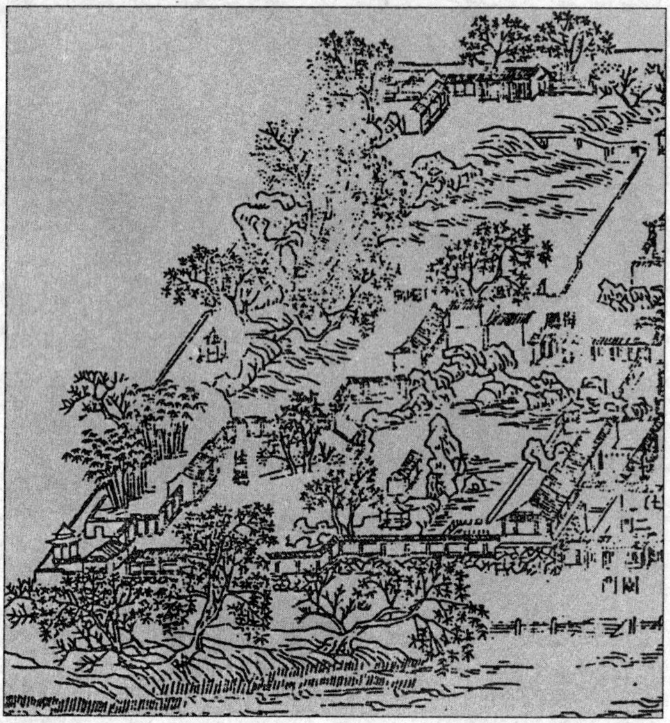

早在《红楼梦》中，曹雪芹就通过晴雯的命运展示了人生美好的无常。"霁月难逢，彩云易散"。容若难道不知道彩云天生就像肥皂，外表光鲜亮丽，却难以长久。人生美好的东西，哪样不是如此？喜欢的人得不到，想要的事业追求不到，竭尽全力要摆脱死亡的阴影，最后的归宿不过如此。容若后来信佛，与此不无关系。

容若为什么在词作的开始就写到了彩云？很多评论家认为，这首词是从闺中人的角度写的，写她相思的愁情难耐，写她痛苦矛盾的心理。闺中人的角度，是容若经常用到的。在这种词作中，他往往假扮成闺中人，通过自己男性的角度来揣摩，叙写对方的情感、心理的变化。而容若作为叙述人。他的感情世界也会暴露无遗。

所以，彩云既是容若对于闺中人身份、人生的定性，也是闺中人的自况。闺中人为什么要用彩云来形容自己，而不是俗常所见的凤凰、牡丹之类？作为女性，谁不愿意自己是女王，是天仙，可以保有永生的美丽和爱情？徐志摩有一首著名的诗作《偶然》，写的就是彩云和流水的爱情。这首诗作里的爱情来得洒脱、高贵，飘逸自然，全然没有拖泥带水之感。而容若词中的彩云却难免有许多感伤和人生不如意在内。笔者以为，闺中人一定不会有人愿意用彩云来形容自己。而能这样说的只有容若，容若在这里面掺杂了他对女性生活和命运的理解。无非是想说明，闺中人虽然深知自己的美丽，可同时也明了这种美丽的短暂。词句有一种洞察人世、不去奢求、淡然接受命运安排的成熟。这也更加凸显了容若作为叙述人、代言人的身份。

“秋空”也来得突兀，一年四季，每个季节的彩云都容易散得无影无踪，何必独独写到“秋空”？秋风来得猛烈、强劲，秋空往往一碧万顷，空空荡荡，

彩云的踪迹会消失得更加彻底。如果这首词真的是在说一个女子的命运，这个女子的命运就真的是值得深深同情和悲哀的。连消散之后的踪影都找不到，人生无常、命运多舛，就更不在话下了。

“燕子怜长叹”，连燕子都会因为闺中人命运值得同情而发出长叹，何况是多情的容若和善感的你我？燕子最常见的意向就是筑巢檐下，而闺中人的命运却不如燕子，她不知道人生的归宿在哪里。闺中人一生的遭际，她的命运究竟如何？下一个春天来了，她还有没有欣赏美景的心情？下句接着讲述。

不但有“离合”，而且是“几番”，最可恨的是这种种的离合都没有原因，仿佛是命定，又仿佛是归宿。这几次起起落落留下来的结果就是“一回僝僽一回亲”。看起来，愁苦和亲似乎是一半一半，其实，一定是愁苦多于亲。

闺中人是在总结自己的恋爱经历吗？几次起起落落折腾下来，闺中人早已心灰意冷，展望未来，她是不是已经失去了信心，还是有一种人老珠黄、暮年将至，爱情似乎与我无缘的愁情在里面？

容若即便不是写知己，一定也是在写曾经熟知的某个恋人，其实总结容若一生的恋爱经历，跟这位闺中人何其相似。句句看似写闺中人，难道这不是容若的自况？

香笺，指散发有香气的信笺。这两句意谓远行的丈夫曾约定霜期之前就归来，可是却没有回来，人不回来也应该寄封信回来安慰相思之情啊！

这句突然让读者醒悟，之前所写的闺中人的离合，其实是和丈夫之间的小吵小闹、小情绪，这种感情的波折，事后回忆起来，反倒有一种甜蜜和唯美在里面。

这首词作前后的情绪很不统一，词作的前半部分，看得出闺中人是怀着极度强烈的情绪来表现自己的，而后半部分，回忆到从前和丈夫在一起的恩恩怨怨，反倒笼罩了一层甜蜜的气氛，情绪也不再狰狞。这种情绪的突转似乎很不合理，也很不连贯，却非常符合闺中人情绪化、容易发脾气、亦嗔亦怒的女性身份和性格特征。容若写来特别真实。

红蕤枕，传说中的仙枕，此处代指绣花枕。

闺中人很善于自我安慰，自我调节，看得出是一个性格泼辣、心无城府、湘云一般敢爱敢恨的人。她劝自己的话也来得很自然，如大白话一样直来直去。

虞美人

【原文】

银床[①]淅沥[②]青梧[③]老，屟[④]粉秋蛩[⑤]扫。采香[⑥]行处蹙连钱[⑦]，拾得翠翘[⑧]何恨不能言。

回廊[⑨]一寸相思地，落月成孤倚。背灯和月就花阴，已是十年踪迹十年心。

【注释】

①银床：指井栏，一说为辘轳架。

②淅沥：象声词，形容轻微的风雨声、落叶声等。

③青梧：梧桐，树皮色青，故称。

④屟：鞋的木底。

⑤秋蛩：蟋蟀。

⑥采香：范成大《吴郡志》云：吴王夫差于香山种香，使美人泛舟于溪以采之。谓采香喻指曾与她有过一段恋情的去处。

⑦连钱：连钱马，又名连钱骢。即毛皮色花纹、形状似相连的铜钱。

⑧翠翘：古代妇人首饰的一种，状似翠鸟尾上的长羽故名。指翡翠翘头。

⑨回廊：用响屧廊的典故。宋范成大《吴郡志》：“响屧廊，在灵岩山寺。相传吴王令西施辈步屧，廊虚而响，故名。”其遗址在今苏州市西灵岩山。

【赏析】

流光飞转，物是人非之后，曾经依偎相随的佳人，早已远去而不可再寻。伤痛如何不多？还有什么可以重新拥有？

也许只有这相同的旧日回廊，相似的月灯花影。在相恋的人之中，最痛苦的是谁呢？是烟消云散的那个？还是碧海青天夜夜心的这个呢？

已是十年踪迹十年心。十年之后，我们是朋友还可以问候，只是那种温柔再也找不到拥抱的理由。

这首缅怀昔日恋人的《虞美人》，又是表面明白如话、水波不兴，实则用典绵密、潜流滚滚的一篇。

“银床淅沥青梧老”，“银床”，一般有两种解释，一为井栏，一为辘轳。此处，银床是指井栏，因为容若这句是依本于前人《河中石刻诗》中的“井梧花落尽，一半在银床”。“屧粉秋蛩扫”，“屧”，鞋之木底，与粉字连缀即代指女子，此处借指所恋女子的踪迹。此二句是说秋风秋雨摧残了井边的梧桐，蟋蟀不再鸣叫，她那美丽的身影踪迹难寻。

“采香行处蹙连钱”，采香行处，传说吴王在山间种植香草，待到采摘季节，便使美人泛舟沿一条小溪前往，这条小溪便被称为采香径。如此浪漫的名称自然成为诗人们常用的意象，比如姜夔有“采香径里春寒”，翁元龙有“香深径抛春扇”。容若此处是用“采香行处”来比喻当初那心爱的女子曾经流连的地方。“连钱”，草名，叶呈圆形，大小如钱，故称。但文徵明曾作《三宿巖》诗，里面有“春苔蚀雨翠连钱”，谓青苔被雨水侵蚀，好像连钱的斑纹。所以，“连钱”又可以代指苔痕。如此，则这句应解为：所爱之人旧日的行经之处已经长满青苔，久无人迹，这就与前一句“银床淅沥青梧老”在意境上契合无间了。

接下来“拾得翠翘何恨不能言”，化用温庭筠《经旧游》成句：“坏墙经雨苍苔遍，拾得当年旧翠翘。”温庭筠的这一句庶几是容若上阕词的缩影：“坏墙经雨苍苔遍”就等于“银床淅沥青梧老，屧粉秋蛩扫”，“拾得当年旧翠翘”就等于“采香行处蹙连钱，拾得翠翘何恨不能言”。因此容若这句“拾得翠翘何恨不能言”，未必是说在爱侣昔日行经之地拾到了她当初遗落的一只翠玉首饰，伤感而不能言，或许只是要把我们引到温庭筠的“拾得当年旧翠翘”而已，表达的仅仅是一种情感，而未必真是写实。

下阕开始，“回廊一寸相思地，落月成孤倚”，“回廊”，用春秋吴王“响屧廊”之典。据宋范成大《吴郡志》，响屧廊，在灵岩山寺，相传吴王令西施等美女穿着木鞋屧步其上，咔哒作响，回音缭绕。“一寸相思地”，是化用李商隐的名句“一寸相思一寸灰”，容若说出“一寸相思”，给人即刻联想就是“一寸

灰”，更显出怀念与伤逝。

末句“背灯和月就花阴，已是十年踪迹十年心”，本自高观国《玉楼春》词中的“十年春事十年心，怕说湔裙当日事”，乃点题之句，是说距离当初欢会已经过了十年，而此十年之中，不管她在何方，我都魂牵梦绕，心怀系之。十年，对于容若而言，就是他全部生命的三分之一，就是他成年生活的几乎全部时光，而缅怀故地，依然不能忘情，其挚情挚性，由此可见一斑。

借酒消愁吧。“判教狼藉醉清樽”，即是说我情愿喝得酩酊大醉，借着醇酒来麻醉自己。“判教”“狼藉”，都是决绝之语，这就说明词人之愁并非一般愁楚，其中定然包孕许多痛切和无奈，否则他也不会大声质问苍天，谁是这世间清醒不醉之人呢？“为问世醒眼是何人？”这句质问，似也点明了词人为何会有满腔郁郁之怀。《楚辞·渔父》说，“屈原既放，游于江潭，行吟泽畔，颜色憔悴，形容枯槁。渔父见而问之曰：‘子非三闾大夫与？何故至于斯！’屈原曰：‘举世皆浊我独清，众人皆醉我独醒，是以见放’”显然，容若这句“为问世间醒眼是何人”正是由此化出。历史上，屈原因为独醒，所以悲愤太深，以致憔悴可怜。如今，容若因为清醒阅世，所以“闲愁”萦怀，以致孤清之感难以排遣。“为问世间醒眼是何人”。“是何人”？还不是容若自己？

“难逢易散花间酒，饮罢空搔首”，花间问饮酒，李白《月下独酌》有“花间一壶酒，独酌无相亲。举杯邀明月，对影成三人。”由于此句中有“难逢易散”，所以这里的“花间酒”应指美景良辰时与知己（即顾贞观）畅饮的酒宴：为何能与知己畅饮的盛宴总是桐逢难，离别易，而人去宴散后，只能对着满桌的空杯搔首长叹。“饮罢空搔首”，辛弃疾《虞美人》有“一尊搔首东窗里，想渊明《停云》诗就，此时风味”，也是抒发知音稀有，一人独居的寂寞与苦闷，词境与容若此句很像。

“闲愁总付醉来眠，只恐醒时依旧到樽前”，既然闲愁萦怀。难以排遣，我还是用美酒和梦乡来逃避它吧。但只怕醒来之后，满腔的愁思就会让我又一次来到酒杯的面前。全词迂回曲折，结尾二句又绕到“酒”字，但此时已非“判教狼藉醉清樽”了，而是对酒产生了怀疑，心中隐忧赫然可见，这大概又是李白的“抽刀断水水更流，举杯销愁愁更愁”了吧。

鹊桥仙

【原文】

倦收缃帙[①]，悄垂罗幕[②]，盼煞一灯红小。便容生受博山香[③]，销折得、狂名多少[④]。

是伊缘薄，是侬情浅，难道多磨更好？不成寒漏也相催[⑤]，索性尽、荒鸡唱了[⑥]。

【注释】

①缃帙：浅黄色书套。亦泛指书籍、书卷。

②罗幕：丝罗帐幕。

③生受：承受、享受。博山：博山炉，因炉盖上的造型似传闻中的海中名山博山而得名，一说像华山，因秦昭王与天神博于此，故名，后为香炉的代称。

④销折：抵消、损耗。狂名：狂士的名声。

⑤不成：表示反诘语气。寒漏：寒天漏壶的滴水声。

⑥索性：直截了当，干脆。荒鸡：指三更前啼叫的鸡，旧以其鸣为恶声，主不祥。

【赏析】

这首词是对往日甜蜜生活的追忆和怅惘：上阕忆旧，帘幕低垂，慵懒地收起书卷，看那灯前等待的人儿已经望穿秋波了。享受着这袅袅香烟之气，博得狂士之名。下阕赋今，和你的缘分太薄，如今缘尽人去，难道好事必将多磨？偏那寒漏之声又来催我入眠，可是愁苦难耐，难以成眠，索性等待鸡鸣天亮好了。

“倦收缃帙，悄垂罗幕”，起首两句写二人在书房里甜蜜相聚的情景。他们相对读书，读着读着，就把那一帙帙翻动过的书，丢弃一边，只顾沉醉在爱情的温馨中，谁都懒得把书收起。书房里的帷幕，悄然而垂，环境几多安谧宁静，似乎偌大的世界，此刻只有他们两人。此处，“倦”“悄”两字，委婉曲折地表达出了书房里的脉脉情思。

“盼煞一灯红小”，第三句写相聚时的心情。他们多希望灯火暗淡下去，好让他们在朦胧之中感受梦一般的幸福。在以上的描写中，“倦收”“悄垂”和“盼煞”，一款一紧，恰好表现出相爱者外表和内心的冲突，他们抛弃书卷，默默无言，但是内心却翻滚着感情的波涛。这样的情态，不涉轻狂，却显得旖旎甜蜜。

“便容生受博山香”。博山，即博山炉，旧时妇女在博山炉里燃起檀香，用以熏衣。“生受博山香”，即是说耳鬓厮磨，彼此得以亲近。而“便容”二字则说明他想不到她会爱他，竟让他获得爱情的温暖。幸福来得如此之快，这使他充满喜悦，自然引出了“销折得、狂名多少”的想法。主人公觉得，为了她，

为了幸福，即使受到指责嘲讽，也颇为值得。然而激动也罢，欢愉也罢，此一切皆成过去。下阕，“是伊缘薄，是侬情浅”两句一落，情绪尽变，也表明了上阕所写，不过记忆中的愉悦。如今，再难相聚。为何零落如此，谁也不知。紧接着，词人还追问一句：难道多磨更好？人常言，“好事多磨”“祸兮福所倚”，现在失去了爱情，难道反是将来获得幸福的先兆？以上三句，词人诘问，如发连珠，感情强烈，道出了失恋者极度苦恼的心情。他似乎在怨她，又似乎在怨己，绝望之余，又觉得仍有一线希望残存。此之微妙的心理，于三个问号中和盘托出。

一首小词，连发三问，此种表达已属罕见。更使人吃惊的是，词人还要再问一次：“不成寒漏也相催？”难道更漏也要催人起来，存心不让人安唾吗？此一问，无理至极，失眠之卜与漏声更有何干？然而，此句一下，又清楚地表明失恋者从苦恼转为愤懑，觉得谁也不同情他，甚至连寒漏也来作践。如此愤懑之情，到了极限，遂迸发出最后一句，“索性尽、荒鸡唱了”。他再也不准备睡了，索性眼睁睁地迎接黎明，此心一横，便不计较扰人清梦的荒鸡之鸣了。

这首词，上阕轻倩的旋律和下阕忧郁的调子形成了鲜明的对比，当读完全词，读者就会于一片嫣红的词采中，觉察到失恋者心情的阴冷。此也是容若爱情词所表现的特有色调。

鹊桥仙

【原文】

梦来双倚，醒时独拥，窗外一眉新月。寻思常自悔分明，无奈却、照人清切①。

一宵灯下，连朝镜里，瘦尽十年花骨②。前期③总约上元④时，怕难认、飘零人物。

【注释】

①清切：清晰准确，真切。

②花骨：花骨朵，这里形容人的容貌优美俏丽。

③前期：从前的约定。

④上元：节日名，俗以农历正月十五日为上元节，也叫元宵节。

【赏析】

这首词述说哀婉的怀思和身世的隐怨：梦里你我相偎相依，醒来时却是寂寞孤单，只有窗外的一弯新月做伴。当初在月色分明时与你共度的情景，细想来常自悔恨未能珍惜。怎奈如今又逢照人清切的明月，却已人事全非，容颜消瘦衰老。从前我们总是在上元时节相约，而今如果再相见，怕是我这飘零之人你已经难以辨认了。

本篇像是悼亡之作，又像是写给分别十年之久的某一恋人的。风格恍惚隐晦，思绪跌宕跳跃，颇有李商隐无题诗的幽眇朦胧。

“梦来双倚，醒时独拥，窗外一眉新月。”起首三句写从梦中醒来，唯见一弯新月，空寂素寞，而梦中双倚的情景不见了。此处，“梦”与“醒”相对，“双倚”与“独拥”相对，梦中与情人并倚阑干，醒来却独自拥衾而卧，虽不言愁，但愁思已跃然纸上。“窗外”句写醒后的情景，见新月如眉而引起回忆。描摹新月，最为熨帖者，莫过于用“钩”字形容，比如李煜有“无言独上西楼，月如钩”，秦观有“又是一钩新月照黄昏”，谢逸有“一钩新月天如水”。

但是此处，词人却偏偏不用“一钩”，而是别用“一眉”，这是因为此刻他眼中的新月，已不是新月，而是恋人的弯弯月眉。

“寻思常自悔分明，无奈却、照人清切。”这三句转而痛悔当时、怨恨此际，心绪颇为矛盾——我亦曾寻思，对于往昔情事，自己原本不应该记得这么清楚，若能模糊一些，淡忘一些，也许就不会像今天一样痛苦不堪了。然而月光照得如此清澈，纵欲淡忘也不能啊。“无奈却、照人清切”，此句与前句“一眉新月”暗合，因为他眼中的新月就是伊人的秀眉。

所以月光如许，往事亦如许，怎么能反而淡忘呢？

下阕，“一宵灯下，连朝镜里，瘦尽十年花骨”三句是遥想情人的景况。“一宵”并非言只有一宵，而是言每一宵，与“连朝”同义，是说情人年年灯下愁思，对镜含悲。“花骨”，花本无骨，此是虚拟，是以花骨比喻女子弱骨珊珊，容颜消瘦衰老。如宋史达祖《鹧鸪天》：“十年花骨东风泪，几点螺香素壁尘。”十年里，她灯下镜中，郁郁寡欢，鸟啼花怨，能不玉肌瘦损，憔悴消骨吗？最后二句归结到自身。十年来漂泊风尘，形容憔悴，过去与情人常约定在元宵夜相会，将来假如能重见，恐怕她已不认识我这个“飘零人物”了。“前期总约上元时”，若变将来时为现在时，就是欧阳修《生查子》“去年元夜时，花市灯如昼，月上柳梢头，人约黄昏后”的意境，这当然是无限温馨甜蜜，然而“怕难认、飘零人物”一句又道出了如今自己大不如意的怅惘和忧伤，其中既有哀婉的怀思，也有身世之感的隐怨。所谓“飘零人物”，显然是有感慨的，至于感慨为何，读者自可以根据容若身世来揣想了。

鹊桥仙

七夕[①]

【原文】

乞巧楼空[②]，影娥池冷[③]，佳节只供愁叹。丁宁休曝旧罗衣[④]，忆素手为余缝绽[⑤]。

莲粉飘红[⑥]，菱丝翳碧[⑦]，仰见明星空烂。亲持钿盒梦中来[⑧]，祝天上人间非幻。

【注释】

①七夕：农历七月初七的晚上，神话传说天上的牛郎、织女每年在这个晚上相会。

②乞巧楼：乞巧的彩楼。乞巧，旧时风俗农历七月七日夜（或七月六日夜）妇女在庭院向织女星乞求智巧称为“乞巧”。《荆楚岁时记》载：“七月七日为牵牛织女聚会之夜。是夕、人家妇女结缕彩，穿七孔针，或金银铃石为针，陈瓜果于庭中以乞巧。有喜子（蜘蛛）网于瓜上，则以为符应。”又，《东京梦华录·七夕》云：“至初六、初七日晚，贵家多结彩于庭，谓之‘乞巧楼’，铺阵磨喝乐、花瓜酒炙、笔砚针线。或儿童裁诗，女郎歹呈巧，焚香列拜，谓之乞巧。妇女望月穿针，或以小蜘蛛安合子内，次日看之，若网圆正，谓之得巧。”

③影娥池：汉代未央宫中池名，本凿以玩月，后以指清澈鉴月的水池。《三辅黄图》谓：汉武帝于望鹄台西建俯月台，台下穿池，月影入池中，使宫人乘舟弄月影，因名影娥池。

④丁宁：同叮咛，反复地嘱咐。罗衣：轻软丝织品制成的衣服。

⑤素手：洁白的手，多形容女子之手。缝绽：缝补破绽，这里是缝制的意思。

⑥莲粉：即莲花。

⑦菱丝：菱蔓。翳：遮掩。

⑧钿合：镶嵌金、银、玉、贝的首饰盒子。相传为唐玄宗与杨贵妃定情之信物，泛指情人间之信物。

【赏析】

这首词表达爱妻亡故之后人去楼空的伤感：又是七夕佳节，然而现在却人

去楼空，物是人非，怎不暗生凄凉之感呢！反复叮咛不要让人晾晒那件旧罗衣，因为那是你亲手为我缝制的，见到它更会引起我深重的愁怀。俯瞰荷塘上莲花飘零，菱丝遮掩了碧波，而人却瘦了一半。拿出你我定情的钿盒表达我对你的痴情，但愿我们天上人间终能相见。

当我怀念你的时候，不说美貌，不说风情，甚至不提才华。你只是我的妻，朴实、平淡、深情的妻，我忆起你最浪漫的时候，不过是“忆素手为余缝绽”，用柔软温暖的手为我缝补破旧的衣衫。这便是纳兰性德的爱。

这份爱滋养了纳兰，却也在爱妻离世后深深灼伤了他的心。

“乞巧楼空，影娥池冷”，“乞巧”是指旧时风俗农历七月七日，女子们登上搭建好的乞巧楼，准备精洁果品，焚香拜月，为自己一双巧手，求一段美满的爱情，嬉嬉闹闹，欢乐非常。望着庭院中的彩楼，纳兰仿佛看到去年今日，卢氏在楼上拜月的身影。可是，时过境迁，佳人不再，就连汉宫秋月下歌舞升平的影娥池，怕也只能在这佳节里空叹悲凉了吧，这便是“佳节只供愁叹”。

七月正是夏末秋初，池中藕花开了又谢，谢了又开，层层叠叠，新花旧朵次第而生。本是正常的新旧交替，年年若此，诗人却品评说“莲粉飘红，菱花翳碧，仰见明星空烂”。只因那是你亲手为我缝制的衣裳，所以上面便载满了关于你的回忆，不愿让你逝去之后的时光的尘埃将其沾染。更畏惧的是，衣衫上细碎的针脚牵起我对你痛入骨髓的思恋。

虽然我们生不能执子之手，但幸好，还有曾经那些生生世世的约定。“亲持钿合梦中来，信天上、人间非幻”，“钿合”一句，典出《长恨歌》，本是唐玄宗与杨贵妃的定情之物，后泛指情人间的信物。既然完不成“执子之手，与子偕老”的爱情宣言，就让我衷心祈祷，祈祷一个情比金坚的爱情诺言的实现——我们，天上人间相见！

问世间情为何物，直教生死相许？爱，就爱了，深深爱，狠狠爱。天上人间相见，不是人人都能承受得住的凄丽哀婉。

南乡子

【原文】

柳絮晚悠飏[①]，斜日波纹映画梁[②]。刺绣女儿楼上立[③]，柔肠[④]，爱看晴丝百尺长[⑤]。

风定却闻香，吹落残红在绣床[6]。休堕玉钗惊比翼[7]，双双，共唼蘋花绿满塘[8]。

【注释】

①悠飏：飘忽不定貌，飘扬、飞扬。

②画梁：有彩绘装饰的屋梁。

③刺绣：用彩线在纺织品上绣出图画。

④柔肠：温柔的心肠，多指女子缠绵的情意。

⑤晴丝：虫类所吐的、在空中飘荡的游丝。

⑥残红：凋残的花，落花。

⑦比翼：传说中一种雌雄一起飞的鸟，飞时翅膀挨着翅膀，比喻恩爱夫妻。

⑧唼：吮吸。

【赏析】

这首词描绘少女怀春的形象：上阕描摹时景，傍晚时候，柳絮飘飞，落日斜映在池塘上，波影映照着画梁。刺绣女儿伫立在绣楼之上，春怀寂寂、情意绵绵地看着空中飘荡的游丝。下阕进一步描绘孤寂之情，风停了，却闻到飘落在绣床上的落花的余香。池塘中的水鸟、鱼儿正成双成对地吮吸着满塘绿色的浮萍，千万别让头上的玉钗掉下惊扰了它们。

与其他大量伤感、惆怅的词相比，纳兰容若这一首《南乡子》倒是显得清新可喜，词中“刺绣女儿”独立绣楼，怀春伤春的形象生动感人，羞涩中不乏泼辣，微恼下又怀柔情，宛若乡里邻家的俏皮女子。

这首词上阕描摹时景，傍晚时候，柳絮飘飞，落日斜映在池塘上，波影映照着画梁。刺绣女儿伫立在绣楼之上，春怀寂寂、情意绵绵地看着空中飘荡的游丝。下阕进一步描绘孤寂之情，风停了，却闻到飘落在绣床上的落花的余香。池塘中的水鸟、鱼儿正成双成对地吮吸着满塘绿色的浮萍，女子小心翼翼地在侧旁观，心中暗暗说道："千万莫让头上的玉钗坠落下来惊扰了它们啊！"

"绣楼女儿"那小心"休堕玉钗"的细节和怕"惊比翼"的心理将她内心深处的怀春之情表现得愈加微妙和真实，与其说她怕惊吓到成双成对的鸟儿和鱼儿，倒不如说她从心底羡慕它们。

有人曾将纳兰容若词中的女子形象归为四类：一为闺中思妇，如《相见欢》（落花如梦凄迷）、《浣溪沙》（十二红帘率地深）、《踏莎行》（春水鸭头）等词作中各自呈现了情态各异的思妇形象；二为亡妻，容若悼念亡妻的词甚多，如《青衫湿·悼亡》《鹊桥仙·七夕》《南乡子·为亡妇题照》《金缕曲·亡妇忌日有感》等词作都凸现了他对妻子的一片深情，更是将卢氏温婉贤淑、优雅聪慧的形象描摹得十分生动；三是寂寞宫女，这些女子居于深宫之内，却得不到帝王的宠幸，只能在时光流逝中看着自己逐渐老去的容颜暗自嗟叹，任岁月吞噬着自己最好的青春韶华却只能独尝苦酒，真实凄凉悲惨，如《昭君怨》；第四类便是怀春少女了。

在《生查子》（东风不解愁）中，纳兰描写了一个在月夜怀春伤春的少女形象，"东风不解愁，偷展湘裙衩。独夜背纱笼，影著纤腰画"。夜风拂动少女的罗裙，她不禁埋怨起不解人意的东风，而后又在灯影中顾影自怜，其实她所怨的未必是东风，或许是"檀郎"；在《菩萨蛮》（隔花才歇廉纤雨）里，春雨初歇，一位妙龄少女无心梳妆打扮，只是默默地走出闺房，凝望楼阁，看着"梁燕自双归，长条脉脉垂"，她"独自立瑶阶"，"透寒金缕鞋"，一"独"一"透"便道出了女子的满腹心事。

《饮水词》中写到怀春少女的作品并不多，但每一首读来都各有滋味。这些词作虽然也萦绕着一股淡淡的感伤和郁郁之情，但整体来说摆脱了容若其他悼亡词的愁肠百结、锥心刺骨之痛，让人能够比较轻松地阅读。

互相思慕是人之常情，男欢女爱也往往是从互有好感开始。"Whoever is agirl does not want to be loved, and whoever is a boy does not want to be royal to his lover。"这是《少年维特之烦恼》中的名句，郭沫若先生的翻译通俗易懂："青年男子谁个不善钟情？妙龄女人谁个不善怀春？"

虽说"哪个男子不钟情，哪个少女不怀春"，但是遵古代礼法，男子在花红柳绿间寻欢作乐能博得"风流"的雅号，怀春的女子却常常横遭指责，比如《西厢记》里的崔莺莺，比如《牡丹亭》中的杜丽娘，哪一个不是受尽了苦痛、历尽了波折才能与所爱的男子走到一起？

男人们尽可以高呼"窈窕淑女，君子好逑"，也可以公然在路旁"下担"

“脱帽”，“但坐观罗敷”，乃至不事耕锄，而女子却必须得将自己对心上人的中意与思念藏于心底，倘若还没有心上人，就只能在闺房中偷偷摸摸地做一番水泡般的幻想。

幻想多了，期待也就多了，但现实却往往并不能完全满足人们的期待，所谓“月移云影动，疑是玉人来”，当那些怀春的少女把周围的景与物全部打上爱情的印记之后，她便开始懂得了什么叫“愁”。

南乡子

秋莫村居

【原文】

红叶满寒溪[①]，一路空山万木齐。试上小楼极目望，高低。一片烟笼十里陂[②]。

吠犬杂鸣鸡，灯火荧荧[③]归路迷。乍逐横山时近远，东西。家在寒林[④]独掩扉。

【注释】

①寒溪：寒冷的溪流。

②陂：山坡。

③荧荧：灯光闪烁的样子。

④寒林：秋冬的林木。

【赏析】

普通的暮秋山水田园风光，在纳兰笔下，总能于有声有色、亦动亦静间散发出空旷寂寥的味道。于是，一幅极具透视效果的风景画便跃然纸上。

题注为"秋莫村居"，所谓秋莫即是秋暮。"莫"与"暮"是古今字，即古字表假借义，今字表本义。"莫"的古字是形象日落草莽之中，本义为昏暮。

红叶是北国深秋的标志。当累累果实收获殆尽、世间万物开始褪去繁华始见萧条的时候，唯一能带来亮色的大概就是这山野间曼妙的红枫。然此时此刻，“红叶满寒溪”，这预示着寒冬将至，一年即将走到尽头。

枫叶落下，深秋的帷幕也算真正地落下了，一时间满山树木尽是枝丫，正是“万木齐”的“空山”。容若自山外进入山间小村之时沿途所见无非是些光秃秃的枝干，相信以他的敏感多情定会在心中默默感慨“善万物之得时，感悟生之行修”吧。

自古多情伤离别，更那堪冷落清秋节。在这样肃穆的季节离去，内心的凄迷可想而知。回首遥望连山，看着它们近了又逐渐远去，只有寒林深处中那可称之为“家”的归宿掩映在迷蒙的远山背后，孤孤单单，遗世独立，“试上小楼极目望，高低，一片烟笼十里陂”。

这首《南乡子》着眼深秋的清冷凄婉之意境，少了一丝淡漠，多了一层怅惘，真真是应时、应景之作，发自容若之肺腑心声。

南乡子

捣衣[①]

【原文】

鸳瓦已新霜[②]，欲寄寒衣转自伤[③]。见说征夫容易瘦，端相[④]，梦里回时仔细量。

支枕怯空房[⑤]，且拭清砧就月光[⑥]。已是深秋兼独夜，凄凉，月到西南更断肠。

【注释】

①捣衣：古人将洗过头次的脏衣服放在石板上捶击，去浑水，再清洗。明杨慎《丹铅总录·捣衣》："古人捣衣，两女子对立执一杵，如舂米然。尝见六朝人画捣衣图，其制如此。"

②鸳瓦：即鸳鸯瓦，指成对的瓦。

③寒衣：冬天御寒的衣服。自伤：自我悲伤感怀。

④端相：细看，端详。

⑤支枕：将枕头竖起、倚靠。

⑥清砧：捣衣石的美称。

【词评】

“九月寒砧催木叶，十年征戍忆辽阳”（沈佺期《古意呈补阙乔知之》诗）。“长安一片月，万户捣衣声。秋风吹不尽，总是玉关情。”（李白《子夜吴歌》）秋风一起，戍边军士们的妻子就要忙着为远方的亲人准备寒衣了。水边砧上，清杵声声，那月下捣衣的动人情景，也饱含着思妇们的深情，牵动了骚人们的诗思。容若这一首《南乡子》也是以此为题材创作的，且意境凄清，心理描写非常细腻，在众多的同题作品中，有其独到之处。

——盛冬铃《纳兰性德词选》

【赏析】

长安一片月，万户捣衣声。秋风吹不尽，总是玉关情。又到秋风乍起，又是寒叶萧瑟。

空房自伤的闺中女子，又开始月下捣衣，为夫君重新浣洗和裁剪过冬的寒衣。一砧一杵，一思一念。梦中爱人消损的容颜，一直栖息在她心头最柔软的地方。

寒衣兼明月，千里寄相思。相思也难寄，夜夜成断肠。

“捣衣”是古诗词中常见的题目，所写都不离征夫怨妇的内容。本词也是如此，词人以一个丈夫戍边在外自己留在家中的年轻妇人口吻，一气呵成，哀而成篇，将其思、其苦、其怨的心理活动细腻地表现出来。

“鸳瓦已新霜”，因为古时捣衣，多于秋夜进行，所以词作首句即点明时令。“鸳瓦”，即鸳鸯瓦，只是称物，无甚特殊含义。“新霜”是初霜，前几日还未下霜，近几日突然落霜了，是为“新”。屋外，鸳鸯瓦上已结了一层薄薄的清霜，那屋内呢？“欲寄寒衣转自伤”，屋内孤灯下，她对着准备为他寄去的寒衣暗自心伤。此处，“欲”“转”二字颇值得留意。“欲”是做好衣服，将寄

未寄；而“转”说明先前心情并非“自伤”，但是一想到寄给丈夫寒衣就感到伤心。那她为何如此呢？元朝姚燧曾作过一首清新别婉的元曲《寄征衣》：“欲寄君衣君不还，不寄君衣君又寒。寄与不寄间，妾身千万难”，惟妙惟肖地道出了思妇内心的苦楚。那么此处，这位女子是否也同《寄征衣》中的女主人公一样，有着“妾身千万难”一般的心思？

且看下句“见说征夫容易瘦，端相”。看来，不是“千万难”的心思，而是牵挂丈夫，唯恐玉郎憔悴：都说戍边在外的人受尽苦寒，相貌容易消瘦，真想再好好地看他一眼啊。然而细细端详还不够，“梦里回时仔细量”，还想在夜梦中与他相遇，执手相望。

“枕怯空房，且拭清砧就月光。”然而她并没有入梦，因为寒衾孤单，空房寂寞。既然夜不能寐，而牵挂之心又盈盈于怀，所以只有趁着月光再为他缝制一件秋衣。而此时“已是深秋兼独夜”，秋寒意重，孤单夜长，所以月下捣衣，一砧一杵，一思一念，无不透着牵挂，无不透着哀怨，无不透着凄凉。至此，一个让人怜惜不已的怨妇形象跃然纸上。然而词作并未结束，词人继续渲染她哀怨的心情。

末句，“月到西南更断肠”。蓦然回首，发现斜月沉沉，挂在西南方向，想着天下多少有情人早已相拥而眠，不由得更加让我欲断肠！此之结句情景并茂，其幽怨之情，自是承接前面的“自伤”“怯空房”“凄凉”层层写来的，所以情致幽婉，情调凄绝。全词犹如一曲秋夜箫声，呜咽婉转，的确是一篇“断肠”之作。

南乡子

御沟晓发

【原文】

灯影伴鸣梭[①]，织女依然怨隔河[②]。曙色远连山色起[③]，青螺[④]，回首微茫忆翠蛾[⑤]。

凄切客中过[⑥]，料抵秋闺一半多[⑦]。一世疏狂应为著[⑧]，横波[⑨]，作个鸳鸯消得么[⑩]？

【注释】

①鸣梭：梭子，织具。

②织女：织女星的俗称，位于银河以东与牵牛星隔银河相对。古代神话中相传织女与牛郎隔天河相对，每年七夕渡河相会。后人以此比喻夫妻或恋人分离，难以相见。

③曙色：破晓时的天色。

④青螺：喻青山。

⑤微茫：迷漫而模糊。翠蛾：妇女细而长的黛眉，古代女子以青黛描画修长的眉毛，故称，借指美女。

⑥凄切：凄凉悲切。

⑦秋闺：秋日的闺房，指易引秋思之所。

⑧疏狂：豪放，不受拘束。

⑨横波：比喻眼神闪烁流动，如水闪波。

⑩消得：值得、配得。

【赏析】

“十里平湖绿满天，玉簪暗暗惜华年。若得雨盖能相护，只羡鸳鸯不羡仙。”1959年，香港导演李翰祥为自己的作品《倩女幽魂》写了这首诗。

二十多年过后，这首诗又出现在导演徐克翻拍的同名电影中，被题写在一幅古色古香的画上，徐克将这首诗做了细微改动：“十里平湖霜满天，寸寸青丝愁华年。对月形单望相护，只羡鸳鸯不羡仙。”变更几字，诗的意境便有了不同，但情感仍然是相同的，一句“只羡鸳鸯不羡仙”道破了多少痴儿怨女的情怀。

容若也是其中一个被猜透了心思的痴情人。

在这首《南乡子》中，纳兰容若自称“一世疏狂”，只想“作个鸳鸯”，这一番温情缠绵与风流性情令人心生向往，但无奈他的一生恰好与这单纯的愿望

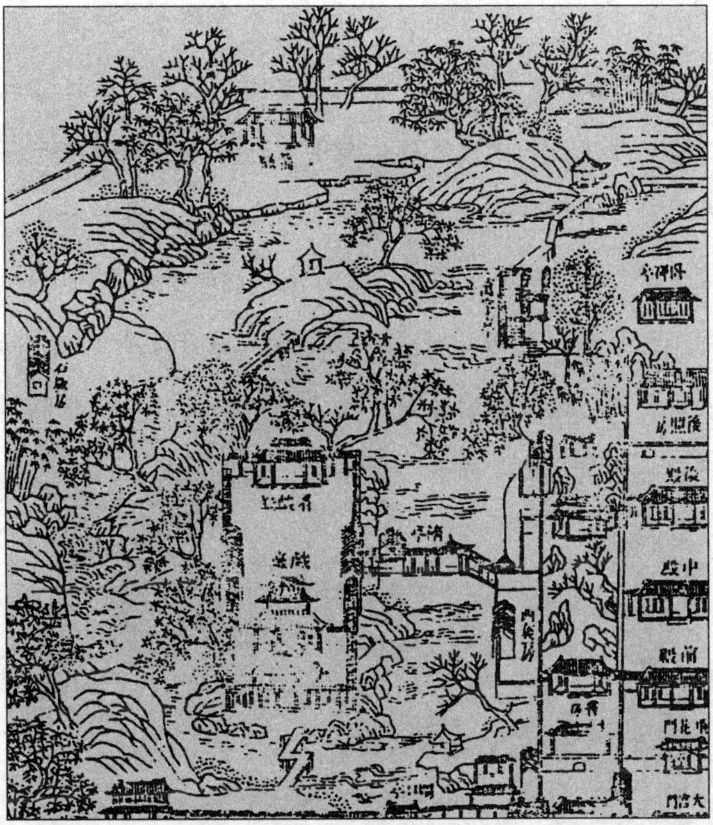

背道而驰。

虽然一心想过平淡质朴的生活，但皇帝的隆恩厚爱像一道金玉枷锁，即使容若从来都不想要，却无从推拒。旁人想要但得不到的荣华富贵反而成了他的噩梦，他对自由人生的向往全被这一道挣不开的缰绳束缚住了，他内心深处的疏狂反而成了心魔，让他在现实中不得安宁，在梦境中难偿夙愿。此一悲。

与妻子做一对生死相守，不离不弃的鸳鸯也是他的梦想，但事与愿违。结婚三年夫妻两人聚聚散散，情深之至不能时时相守就成了遗憾；三年之后，卢氏病逝，纳兰的心也便随着去了。此二悲。

纳兰容若在写这首《南乡子》（灯影伴鸣梭）时，他的妻子卢氏还在世。或许是陪帝王巡狩，或许外出办差，纳兰因故与妻子有短暂的离别。上阕描绘了柳沟清晨晓发时的情景：这天他身在柳沟，天蒙蒙亮正待出发时，天际隐隐还有织女星在闪烁。容若没有直接表达自己对妻子的思念之情，而是通过织女“怨隔河”来抒发情感，微茫的远山宛若闺中之人的蛾眉，这更引发了作者在下阕的感叹：只叹此生多在客中度过，与闺中人大半在别离之中，总是身为行役，但自己却无时无刻不在盼望与闺中之人长相厮守，度过一生，那些寻常人竞相追逐的荣华富贵，还抵不上闺中人闪烁流动、如水清澈的眼神。

万千富贵，也抵不过红颜一笑，人们常爱在才子之前许以“风流”二字，纳兰这一番表白自然是风流中的极致，纵使如柳永一般“忍把浮名，换了浅斟低唱”的才子，也少有这般“疏狂”的表白。遗憾的是，纳兰的“疏狂”之愿最终还是落了空的。

安意如在《当时只道是寻常》中曾引用过纳兰写给好友严绳孙的一封信，信中说：“弟胸中块垒甚多，非酒可浇，庶几得慧心人以晤言消之而已。沦落之

余，久欲葬身柔乡，不知得如鄙人之愿否?”安意如说这句话可以作为《南乡子》一词的“绝好注解”，事实上这也可以作为纳兰一生悲苦的原因之一。纳兰容若内心深处是厌倦官场的，但却摆脱不了，所以，安意如将其比作“一只被囚禁在金笼里的婉转高歌的鸟”，纵使天高云淡，纵使双翼丰满，却也飞不出这命运的罗网。

这首词中还有一处需要注意：纳兰虽用了“秋闺”二字，但后世学者多认为此处的“秋”所指的未必是季节。秋天是个倒霉的季节，自从宋玉在《九辩》中用一句“悲哉秋之为气也，萧瑟兮草木摇落而变衰”奠定了悲秋的基调，后世诗人、词人莫不争相效仿，农民眼中这个收获的季节俨然成了悲凉、感伤、萧索、凋零的同义词。

以“五行论”观四季的话，秋属金，而在七情中，悲也属金，所以这两种意象的融合仿佛浑然天成。去夏迎冬的自然轮回使秋天在文学中成了繁华谢幕和残酷未来将至的信号，这就与古代文人普遍而深刻的失落、失意心态形成契合。即使在四季如春的好地方，只要文人心中有一片落叶，他便会觉得秋风扫遍了整个世界。

所以纳兰在这首词中用到的这个“秋”字，很有可能只是心境的写照，而非真实的时令。

南乡子

【原文】

烟暖雨初收，落尽繁花小院幽。摘得一双红豆子[①]，低头，说着分攜泪暗流②。

人去似春休，卮酒曾将酹石尤③。别自有人桃叶渡④，扁舟⑤，一种烟波各自愁。

【注释】

①红豆子：红豆，相思树的种子，果实成荚，微扁，子大如豌豆，色鲜红，古代文学作品中常用来象征相思，也叫“相思子”。

②分攜：离别。

③卮酒：犹言杯酒。酹：以酒浇地，表示祭奠，古代宴会往往行此仪式。石尤：传说古代有商人尤某娶石氏女，情好甚笃，尤远行不归，石氏思念成疾，临死叹曰：“吾恨不能阻其行以至于此。今凡有商旅远行吾当作大风为天下妇人阻之。”见元伊世珍《琅嬛记》引《江湖纪闻》。后因称逆风、顶头风为“石尤风”，故后人以之喻阻船之风。

④桃叶渡：渡口名。在今江苏南京秦淮河畔。相传因晋王献之在此送其爱妾桃叶而得名。后人以此指情人分别之地。

⑤扁舟：小船。

【赏析】

这首词写离愁别恨：上阕追忆往昔。风雨初晴，小院中落花满地，更显幽静。采下两颗红豆，低头和你说着分别，不觉泪流。下阕写别后幽情。以酒饯行，人各东西，好像连春天也被你带走了。与你分别之后，定然还有人在这里乘小船作别。同样的分别，但各人却有其各自的离愁。

别离，别分离；再见，再相见。

垣别的话语，其实满是悠悠寄托。

你走了，把我的春天也一并带走了，灿烂繁花瞬间凋落，温暖芳香的空气变得凄凉。从此再也没有花儿会如你这般，开在我的心上。

曾以为我不会再流浪，只因有你在身旁。

烟波浩渺，无边无际，你乘的扁舟消失于朦胧中，如同我散不尽的愁思，只有你的身影在心上游荡。来来回回，让人黯然销魂。

这首词是送别情人时所作。后来纳兰在《采桑子·而今才道当时错》中交代了这次离别的背景。纳兰任侍卫多年，虽说是极有权势的官职，但目睹太多官场黑暗，纳兰却常觉精神苦闷，繁杂无聊。经友人顾贞观介绍，纳兰结识了江南才女沈宛。两人起初只是书信往来，后来便渐生情愫。终于在一年秋天，沈宛北上，两人一见如故，一段缠绵悱恻的故事由此开始。

然而世事无常，正在他们享受着相聚的快乐时，纳兰却要随康熙南下巡视江南。皇命难违，两人只得分别，纳兰许诺，回来之后，两人便完婚。在这段漫长的、交织着思念与快乐的旅程中，纳兰写下了一组著名组诗《梦江南》，写尽了江南的风光如画。

归来后纳兰便娶沈宛为妾，两人恩爱如蜜。然而好景不长，由于纳兰地位的特殊，既是皇帝贴身侍卫，又是满清贵族，竟然娶了一位汉族民间女子。纳兰处处受压，终于不得已与沈宛分离，送她回江南。这便是这首《南乡子·烟暖雨初收》的写作背景。

暮春时节，空气温润，小雨初歇。繁华落尽，小院幽深。分离在即，沈宛摘下一双红豆，赠予纳兰作别。红豆自古以来就是爱情的象征。沈宛怕纳兰看到她感伤而愈加伤心，便低着头暗暗流泪。却都被纳兰看进了眼底。沈宛在离别之际依然这般体贴，更勾起纳兰的万般不舍。雨后花落满地，手中的红豆鲜艳圆润，垂眼流泪的伊人，这眼前的一切都让人感伤无限。

佳人就像春天一样离去了，虽曾奠酒祭祀石尤风也无济于事。石尤风，即逆风或顶头风。纳兰用在这里，是在想对沈宛说，多么希望我是你的牵绊啊，这样你就不会离我而去了。

桃叶渡是秦淮河畔的一个渡口，因晋王献之在此做歌赠其妾桃叶而得名。纳兰以王献之为喻，从前晋王送别桃叶的地方，现在又有人在送别侍妾了。一叶扁舟带走了离人，烟波荡漾，离去的人和送别的人都各自承受着无限的忧愁。

离别是这般依依不舍，纳兰和沈宛都不知道，这一别，又要等到何时才能相见。后来，沈宛在江南产下一子，纳兰却已与世长辞……

一个美丽的故事却有着这般凄惨的结局，只能悲叹世事的无常，与命运的

苍凉。纳兰一生所遇，倾心之人有三个，青梅竹马的表妹进了深宫，相爱三年的妻子卢氏因难产而死，沈宛又因出身之嫌而不能伴在他身旁。每段故事都是这般凄凉。纳兰为她们所作的诗词多不胜数，或是怀念往日幸福时光，或是慨叹自己不知珍惜，或是寄托深深的思念，或是抒发离别时的无限感伤。纳兰是性情中人，无奈命运对他却无一丝偏爱。他的早逝，对于他来说，又何尝不是一种解脱呢？

南乡子

【原文】

何处淬吴钩[①]？一片城荒枕碧流[②]。曾是当年龙战地[③]，飕飕。塞草霜风满地秋。

霸业等闲休[④]。跃马横戈总白头[⑤]。莫把韶华轻换了，封侯[⑥]。多少英雄只废丘[⑦]。

【注释】

①淬：淬火。吴钩：钩兵器形似剑而曲，春秋吴人善铸钩，故称，后也泛指利剑。

②碧流：绿水。

③龙战地：指古战场。龙战，本谓阴阳二气交战。《易·坤》：“龙战于野，其血玄黄。”后遂以喻群雄争夺天下。

④霸业：指称霸诸侯或维持霸权的大业。

⑤跃马横戈：谓手持武器，纵马驰骋。指在沙场作战。

⑥韶华：美好的年华。封侯：封拜侯爵，泛指显赫功名。

⑦废丘：荒废的土丘。清汤潜《广陵杨花篇》诗："风流千古隋天子，回首雷塘只废丘。"

【赏析】

这也可以算是一首悲凉满溢的边塞诗。

纳兰的一生中曾多次扈从康熙外出边塞，对边塞苦情有一定的了解。他既感慨于边塞风光的雄壮与辽阔，又对边塞的荒芜而伤感。这首词便是后者的抒发。

吴钩，听名字便知道它出自春秋时期的吴国。猜想吴王阖闾应是一位不折不扣的兵器收藏家吧，兵器的背后隐藏着他一统天下的霸业之想。说这是欲望也罢，梦想也罢，那个时代的人，爱好兵器不是偶然的。《吴越春秋》中有记载，阖闾的收藏中有一样已为世人所熟知，那是浸染了鲜血的莫邪剑。阖闾还是不满足，诏告天下，用百金悬赏善制钩的能工巧匠。

自古上行下效，蔚然成风。春秋时五霸的齐桓公喜欢穿紫色的衣服，紫衣便通行全国，以至于五匹白绢不敌一匹紫布。同样的，吴王一声令下，制钩便在全国兴起。重赏之下必有勇夫。有一个作钩者求百金之赏，阖闾不以为然，他问："你的钩与众人的有何不同而求赏呢？"

作钩人语出惊人："吾之作钩也，贪而杀二子，衅成二钩。"以子之血抹于钩上而铸成宝钩。满眼金钩，大同小异，吴王如何能识得浸润过鲜血的那两支？钩师默默转向众钩前，唤二子之名："吴鸿，扈稽，我在于此，王不知汝之神也。”话间刚落，两支钩便飞到钩师胸前。见过这两只钩的神奇，吴王便将之奉为贴身宝物。当然，钩师也得到了二子之血换来的百金之赏。

吴钩作钩之称，而其原形是钩是刀还是剑，至今都是一个未解之谜。然而无论以什么形制出现，它都离不了兵器的核心。多少只吴钩便有多少征夫以性命作抵押，赌一场成王败寇的战役。如果说一公升的眼泪承载着一个花样少女对抗病魔的十年，那么征夫的十年又包含着多少离人泪、亲人泪，多少诀别泪？

龙战。只要是战争，无论是正义的进攻还是罪恶的侵略，留给人间总是生灵涂炭。特别是人类将自然赋予的智慧用于战争时，生命的消逝已使得我们麻木，最后面对的竟是一些冷冰冰的数字来描述内心的哀伤。因此，很难想象那些主行云布雨的群龙兴风作浪时该是如何暗无天日的鏖战。

那些曾经两军对峙万马奔腾的战场，曾经怨声载道民不聊生的城池，曾经被虎视眈眈的领土，如今已平静得只剩一片青冢，一丛衰草，一水绕绿。埋藏于青史的刀光剑影已渐渐黯淡，响彻云霄的鼓角铮鸣早已随风远去。碧云天如江南，黄叶地似京都，那凛冽的霜风横扫千里后才天下瑟缩着明白，已是边塞凉秋。

被荒芜的烽火台幽幽地讲述着那意气风发的少年往事，被湮没的黄尘古道似也久久沉浸于那些战火连天的岁月。跃马横戈，英雄的身姿停驻于一瞬，却用了终其一生将这个形象放大，完善，并牢牢地刻画在了春风不度的边城。

都道韶华易逝，这一生换了什么？

“韶华休笑本无根”，连随风过尽的柳絮也期望着好风上青云，何况学而优则仕的古人？陆游以近半百之年，应邀约“匹马戍梁州”，越万里关山亦不过难免觅封侯之俗。然而仅仅八个月，一纸诏书，英雄卸甲，梦断关山时已身老沧州，抱憾终身。“冯唐易老，李广难封”，千百年来，做此不平之鸣的何止王勃一人？龙城飞将一戍守边境，教胡马望阴山而却步，却因难对刀笔之吏自刎

于沙场，多少让人看轻封侯。

以中国文人的性格，对封侯一事似也不是那般执着，说得最明白的莫过戚继光了。想当初戚家军在霄汉天兵一般大败倭寇，也淡泊明志，“封侯非我意，但愿海波平”。然而被封侯的戚继光身影远去后，倭寇的侵略更是变本加厉。他未曾忘危负年华，倒是年华负他，一生心血终付诸东流水。

风萧萧兮易水寒，壮士一去兮不复返。多少忠魂埋骨他乡，却换得兴亡难定，盛衰无凭。英雄过气，青青河畔草掩映的或许只一座真伪难辨的衣冠冢。一世豪杰，一处废丘，一阵秋风过尽，谁人记得发冲冠？昔人已去，唯见水寒。

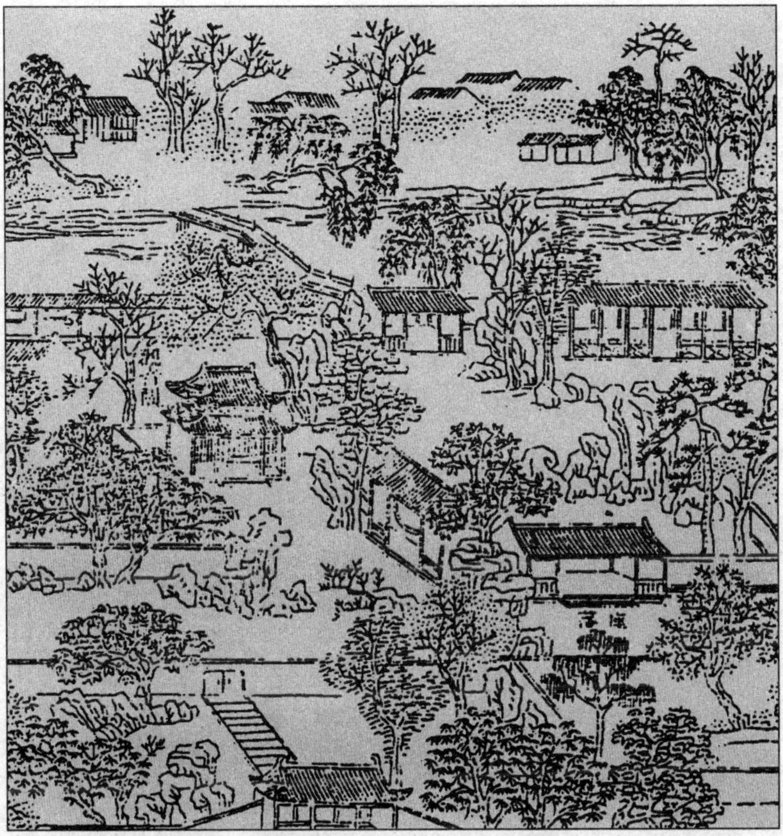

南乡子

为亡妇题照

【原文】

泪咽更无声，只向从前悔薄情。凭仗丹青重省视[①]，盈盈[②]，一片伤心画不成[③]。

别语忒分明[④]。午夜鹣鹣梦早醒[⑤]。卿自早醒侬自梦，更更[⑥]，泣尽风檐夜雨铃。

【注释】

①丹青：丹和青是古代绘画常用的两种颜色，借指绘画，此处指亡妇的画像。省视：犹认识、忆起。

②盈盈：形容举止、仪态美好。

③一片句：套用，唐代高蟾《金陵晚望》：“世间无数丹青手，一片伤心画不成。”或金代元好问有《家山归梦图》诗：“卷中正有家山在，一片伤心画不成。”

④忒：方言，太、特。

⑤鹣鹣：鸟名，即鹣鸟，比翼鸟，似凫，青赤色，相得乃飞。比喻夫妇情谊。⑥更更：一更又一更，指整夜。

【赏析】

这首词写在亡妇画像之上：眼泪无声，只因为原来自己的薄情而后悔。如今只剩你的画像让我拿来回忆了，你那盈盈之态，得来比眼前的画像清晰，于是一片伤心，难以描画。分别时的言语太清晰分明了，天还没亮，与你双栖双飞的美梦就醒来了。你早已醒来离开，而我却犹沉浸梦中，整夜在窗下聆听伤心的夜雨霖铃之声。生离死别，最让人肝肠寸断。

时间是一把筛子，把零碎和不重要的过滤，留下最让人难以割舍的东西。然而，在这漫长的过程中，很多珍贵的东西，不知不觉变了模样甚至消失。到最后，看着空空如也的双手，惟有空悲切。

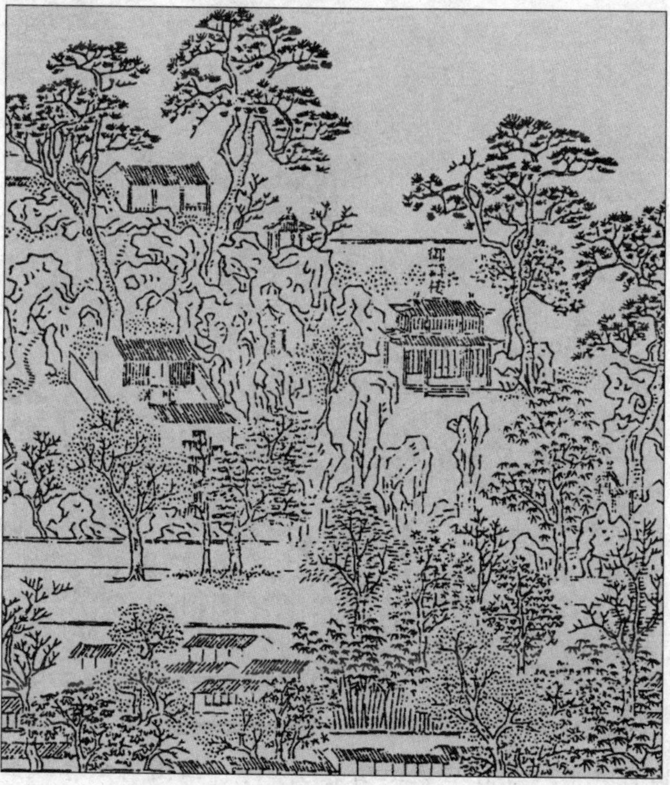

远不过时间，长不过思念。思念掺杂着悔恨，泪水流不尽。

如果时间可以倒流，那该多好。可惜时间永远不会给人这样的机会。失去的一旦失去，便永远不会回来。

这首词是一首悲痛万分的悼亡词。标题为“为亡妇题照”，指的就是在亡妇灵前的画像上题字。纳兰与妻子卢蕊结婚三年后，妻子因难产而死。纳兰面对妻子遗像，悲痛欲绝，无语凝噎，悔恨自己当初对妻子薄情，没能珍惜美好时日。

纳兰在《浣溪沙·谁念西风独自凉》中这样写道：“被酒莫惊春睡重，赌书消得泼茶香。当时只道是寻常。”同样表达了没有珍惜两人相伴的时光，深深的悔恨和无力感。如果当时能料到今日，怎么会冷落妻子呢。只能怪自己身在福中不知福，让这好时光白白流逝。如今失去，才知珍贵。

“省识”出自杜甫《咏怀古迹五首》其三：“画图省识春风面，环佩空归夜月魂。”元帝从图画里略识昭君，实际上就是根本不识昭君，所以就造成了昭君

葬身塞外的悲剧。杜甫写昭君之怨，也是自身怀才不遇之怨。纳兰叹息现在只能在画图上重新看到妻子的容颜，然而画图只画出了她美好的仪态，却不能画出她眉目含愁的神韵。“一片伤心画不成”，既指妻子的悲伤无法描摹，也指自己心中的悲痛之深。

妻子临别时的话犹在耳边，音容笑貌仍在，人却香消玉殒。“鹣鹣”即比翼鸟，后引为夫妻之意。鹣鹣梦醒比喻夫妻不能白头偕老，浮生若梦，一生为一梦，那么死就是梦醒。如今妻子尘梦已醒，而自己还沉沦在尘梦之中，受尽相思和痛苦的折磨。妻子不在了，诗人在路途中失散了唯一伴侣，便只剩下了一只翅膀，无论如何也不可能飞到温暖的国度了。

长夜漫漫，凄冷难捱。纳兰就和当年唐明皇在剑阁夜雨闻铃而悼念杨贵妃一样，把眼泪都流尽了。然而哪怕悲痛再多，已不在人世的妻子，也不会知道了。

这首词写得凄楚动人，缠绵悱恻，读来催人泪下，肝肠寸断。纳兰最亲密的人，最体贴他懂得他的人，不在了。就像丢失了一半翅膀，再也无法飞翔。拥有时浑然不觉，失去时方知其珍贵。纳兰悔恨不已，却又无能为力。妻子毕竟是不在了，多少眼泪和悔恨，都不可让时光倒流。纳兰把沉痛的感情倾注于这首《南乡子》中，一字一句都是由血泪凝成的。

既然浮生若梦，那么就更该好好珍惜寻常的时光，把温暖珍藏，并悉心守护，不要等到失去时再惋惜后悔。珍贵的往往是为我们所忽视的，这是人生的无奈，但我们并非不能改变。

一生一梦间，永恒的只有无限的回忆和哀思。知音难觅，相逢短暂。唯有珍惜每分每秒，才不至于悔恨失去。

红窗月

【原文】

梦阑酒醒[①]，早因循过了清明[②]。是一般心事，两样愁情。犹记回廊影里誓生生。金钗钿盒当时赠[③]，历历春星。道休孤密约，鉴取深盟。语罢一丝清露湿银屏。

【注释】

①梦阑句：王安石《千秋岁引》词："梦阑时，酒醒后，思量著。"

②因循：延宕，拖延。宋王雱《倦行芳慢》词："算韶华，又因循过了，清明时候。"

③金钗句：唐陈鸿《长恨歌传》："进见之日，奏《霓裳羽衣曲》。以导之。定情之夕，授金钗钿盒以固之。"

【赏析】

长情之人，必是不快乐的。因为他的心底装了太多的伤痛，难以抚平，更难以忘怀。正如背着一个个沉重的包袱，步伐被负累拖着，一步一顿，走得辛酸，走得缓慢。而善忘之人，心里空空，快乐悲伤，均匆匆即逝，这又何尝不是一种幸福呢？

容若无疑是负担着包袱行进的人，偏偏他的包袱，比他人的沉得多，多得多。生离死别不是每个人都能坦然释怀的。遥想当初的快乐时光，历历犹在眼前，然而人却早已阴阳两隔。佳人已逝，所有的伤痛和孤单，都成了重重的石头，压着依然在尘世浮沉的人的心。偏偏这些石头，眼泪冲刷不动，时光消融不了，只能惶惶然在无边的寂寞中度日。回忆常常猝不及防地造访，那颗负荷累累的心，一旦被回忆击中，便痛彻心扉。

无尽的梦，交织着回忆，缠绕在荒凉的日子里。当初两人信誓旦旦许诺的情景记得那样清晰，长长的回廊，似漫漫的旅途。曾以为能携手走过漫长的一生，却在半路让你失散在了茫茫人海中。

回廊深深，一切恍然如梦。

梦醒时分，终于明白，两人相伴的温暖时光，再也不可能成为现实了。就

算依然相爱，却各自面临着重重阻碍，今非昔比，咫尺天涯。还记得那个春星疏朗的夜晚，晚风温柔，如梦似幻。送她金钗钿盒作定情信物，当着星光起誓，不会辜负我们的密约，要牢记我们深深的盟誓。夜深人静，清露已降，润湿了镶银屏风，而心里却温暖如昼。

把回忆娓娓道来，只因旧情太过难忘，纵使自己千般不舍，万般留恋，伊人也早已随风而逝。留下来的那个人，只有凭这些尚还清晰的记忆，孤独挨过余生。

纳兰在这首词里，将妻子去世后自己的心情写得凄楚缠绵，哀感动人，可见纳兰用情之深。而偏偏是他的这番深情与执念，让他沉迷其中，感时伤怀，拥有不了尘世中的平凡幸福。负重累累，心已成灰。

纳兰化用了多首前人之笔，"梦阑酒醒"出自王安石《千秋岁引》词："梦

阑时，酒醒后，思量著。”人生大梦一场，到头方知是梦。纳兰的表意却与王安石“众人皆醉我独醒”不同，纳兰意在表达梦醒时的惆怅与寥落。“早因循过了清明”出自宋王雱《倦行芳慢》词：“算韶华，又因循过了，清明时候。”春光将尽，韶华易逝。佳期如梦，终难长久。“犹记回廊影里誓生生”出自柳永《二郎神》词：“钿盒金钗私语处，算谁在、回廊影下。”柳永也是用典，互赠信物是七夕之夜恋人间的重要活动，源自唐明皇与杨妃初次相见，“定情之夕，授金钗钿合以固之。”（《长恨歌传》）。“金钗钿盒当时赠”，纳兰当初与妻子在回廊中互赠信物，确定彼此心意，此情此景，依然历历在目。纳兰在此，大概也是以唐明皇自比，唐明皇对杨贵妃的死耿耿难忘，因这般情投意合的感情太过难得。纳兰悼念妻子，与唐明皇悼念杨贵妃，心情一样沉痛。

回忆越是清晰，便越是残忍。曾经许下的天长地久的诺言，春日夜晚天空舒朗的星，曲曲折折的回廊，伊人的娇羞可爱模样……回想起，依然那般动人。誓言已逝，回忆却能代替人而存在，以字句的形式，天长地久。这便是词人最深情的寄托。

红窗月

（按此律作红窗影，一名红窗迴）

【原文】

燕归花谢，早因循、又过清明①。是一般风景，两样心情。犹记碧桃影里，誓三生②。

乌丝阑纸娇红篆③，历历春星④。道休孤密约④，鉴取深盟⑥。语罢一丝香露、湿银屏⑦。

【注释】

①因循：本为道家语，意谓顺应自然。清明：二十四节气之一，在此节日里人们扫墓和向死者供献特别祭品。

②碧桃：一种供观赏的桃树，花重瓣，有白、粉红、深红等颜色。三生：佛家所说的三世转生，即前生、今生和来生。

③乌丝阑纸：指上下以乌丝织成栏，其间用朱墨界行的绢素，后亦指有墨线格子的笺纸。娇红：鲜艳的红色。

④历历：一个个清晰分明。春星：星斗。

⑤孤：辜负，对不住。密约：秘密约会，秘密约定。

⑥鉴取：察知了解。深盟：指男女双方向天发誓，永结同心的盟约。

⑦香露：花草上的露水。银屏：银饰装饰的屏风。

【赏析】

这首词写与恋人的离情：燕子归来，群花凋谢，又过了清明时节。风景与往年相同，然而心境却大不相同。还记得往年我们在桃花树下情定三生的情景。上阕写此时情景，点出本题，即风景如旧而人却分飞，不无伤离之哀叹。在丝绢上写就鲜红的篆文，好像那天上清晰的明星一般。当时说道不要辜负你我的密约，这绢丝上的深盟即可为凭。说罢一滴泪珠滴在银屏之上，那情景至今犹历历在目。

这首词，有人说是容若为其亡妻所作，有人说是为他那嫁入宫中的表妹所作，为谁而作，我们姑且不去研究，但是，我们可以确定的是，这首词应该算是一首悼亡词，悼念亡妻或者自己与表妹那段有缘无分的感情。

词的上阕主要是写景与追忆往昔。“燕归花谢，早因循又过清明”，燕子归来，群花凋谢，又过了清明时节，首句交代了时令，即暮春时节。容若用“燕归”来暗指世间一切依旧，可是自己所爱之人却不能再回来，所以才会“是一般风景，两样心情”。

风景与往年没有什么区别，然而心境却大不相同，只因为伊人不在，所以容若很自然地回忆起往事：当是春光正好之时，两人在桃花树下情定三生。这就是"犹记碧桃影里、誓三生"。容若在这里用到了"三生石"的典故。相传唐朝名士李源与洛阳惠林寺的圆泽和尚是非常要好的朋友，有一次，两人同游峨眉山，途中圆泽辞世，在临终前他与李源约定十三年后的中秋之夜相见于杭州的天竺寺外。十三年后，李源信守诺言，专程赶往杭州践约，去赴圆泽的约会，在寺外见一牧童骑牛而至，口中吟唱："三生石上旧精魂，赏月临风不要论，惭愧情人远相访，此身虽异性常存。"唱罢，牧童拂袖隐入烟霞而去。容若在此处用李源与圆泽的友情来比喻自己与恋人的爱情，极言两人爱情之深厚。

词到下阕，容若睹物思人，发出了旧情难再的无奈慨叹。"乌丝阑纸娇红篆，历历春星"，在丝绢上写就的鲜红篆文，如今想来，就好像那天上清晰的明星一样。那么，丝绢上到底写的是什么呢？容若在"道休孤密约，鉴取深盟"这句中给出了答案，原来记载的是当初二人的海誓山盟，这些文字作为凭证，见证了不要相互辜负的密约。但是，容若没有想到，誓言也会有无法实现的一天，如今回忆起往事，情景仍然历历在目，眼泪止不住流了出来，打湿了银屏。词到"语罢一丝香露湿银屏"时戛然而止，留给人们无限的想象空间。

三生，流露出容若对美好爱情的向往，然而往往事与愿违，从小青梅竹马的表妹面对皇权的压力，不得不进入深宫，昔日恩爱的妻子，在天意的安排下，过早地逝去。这位文武全才的多情公子，难道真的命中注定得不到一份完美的爱情吗？

踏莎行

【原文】

春水[①]鸭头，春衫鹦嘴，烟丝无力风斜倚。百花[②]时节好逢迎，可怜人掩屏山睡。

密语[③]移灯，闲情[④]枕臂，从教[⑤]酝酿孤眠味。春鸿[⑥]不解[⑦]讳相思，映窗书破[⑧]人人字。

【注释】

①春水：春天的河水。

②百花：各种花。

③密语：秘密的、悄悄的话语。

④闲情：闲散的心情。

⑤从教：任凭、听凭。

⑥春鸿：春天的鸿雁。

⑦不解：不懂，不理解。

⑧书破：书写错乱，指雁行不成“人”字形。

【赏析】

春水朵朵涟漪，悄悄爬上了鸭子的头。鹦鹉薄薄的嘴唇，轻声一唤，山上的春花都红了。烟丝靠着风的肩膀，把百花时节，荡得左边一朵，右边一簇。可是你却睡得可爱，眼睑的屏风虚掩着，给多情的往事留着一道缝儿。

那时候，我们说了，四只耳朵都装不满的话，以手臂为枕，为梦。可是就在大雁飞过时，你醒了。讨厌，队也不能成个“人”字。

这又是容若很可爱别致的一阕词。写春景如画，摹春怨如见，清丽凄婉。

“春水鸭头，春衫鹦嘴。”这两句用比喻。写春天的河水，涟涟碧绿，翠如鸭头一般颜色。“烟丝无力风斜倚”，春天的风，也是轻缓，而略带温暖的，连淡白的烟丝都吹不散，摇摇曳曳，仿佛是在依靠着风似的。

前三句，分别以轻妍倩美的笔触描摹了春水、春花和春风，而这三般景致，正是春天丰韵之所在。所以接下来，用“百花时节”轻点带过，为三春之景作结，为女子春思牵出线头。春天到了，水绿衫红，柳絮斜倚，百花盛开，如此的百花时节，正是情人幽会的好时节，可她却偏偏掩起了屏风，独自沉睡。这上阕既描绘了春景宜人，又于结处点出“可怜人”无聊无绪的情态。春景与她形成了极大的反差，这就透露了“可怜人”的独自忧伤。

下阕二句承上阕结句，追忆往日良宵共度的情景。“密语移灯，闲情枕臂。”那时，天色渐渐暗了，你将灯移过来，火焰跳跃，只映得亮我脸上的朵朵红晕。我们说着那些秘密的话语，头枕着手臂，互相端详着，永远也不疲惫。然而，当年的亲密无间，如胶似漆，却酿成了今日孤眠的痛苦。“从教酝酿孤眠味”，这句诗，分明有着范仲淹“残灯明灭枕头攲，谙尽孤眠滋味”的凄然感人力量。

“春鸿不解讳相思，映窗书破人人字。”结尾二句，自“孤眠味”外，取来

雁字，真是愁上加愁。自然界的大雁，飞行时总成人字，所以睹雁字而思及远人就成了古诗词里的传统。比如晏几道的“天边金掌露成霜，云随雁字长”。李清照的“雁字回时，月满西楼”。周密的“雁字无多，写得相思几许”。而此处，词人说“春鸿不解讳相思，映窗书破人人字”。谓大雁不知避讳此时的相思，偏偏从窗外飞过，却不成“人”字的阵行，真是一支生花妙笔，旁逸斜出，从烦怨的心理上再加深加细地铺写相思的苦情，构思之巧妙，令人观止。

踏莎行

寄见阳

【原文】

倚柳题笺，当花侧帽[①]，赏心应比驱驰好[②]。错教双鬓受东风，看吹绿影成丝早[③]。

金殿寒鸦[④]，玉阶春草[⑤]，就中冷暖和谁道？小楼明月镇长闲[⑥]，人生何事缁尘老[⑦]。

【注释】

①侧帽：斜戴着帽子，语见《周书·独孤信传》谓信“在秦州，尝因猎，日暮，驰马入城，其帽微侧，诘旦，而吏人有戴帽者，咸慕信而侧帽焉。”后以谓洒脱不羁的装束。

②赏心：心意欢乐。驱驰：策马快奔。

③绿影：绿发，指乌亮的头发。

④金殿：金饰的殿堂，指帝王的宫殿。

⑤玉阶：玉石砌成或装饰的台阶亦为台阶的美称，指朝廷。

⑥镇长：经常，常。

⑦缁尘：黑色灰尘，常喻世俗污垢。

【赏析】

赏花题柳，风流自赏，闲散度日的生活总比从驾驱驰，日夜奔波劳碌要好。后悔选择了这样的生活，让自己早生华发。在宫廷里生活、作事，其中甘苦自识，冷暖自知，又能对谁叙说？看那小楼上赏月的经常是孤独悠闲，何必要沾染这世俗的尘埃呢！

这是一篇寄给友人张见阳的寄赠之作。词中表达了作者对侍卫护从生涯的厌倦，对安闲自适生活的渴望。

“倚柳题笺，当花侧帽。”起首两句写词人风流自赏。“倚柳题笺”，表面上谓斜倚着垂柳题作诗填词，实际上出自南宋刘过《沁园春》中的“傍柳题诗，穿花劝酒”，这是古代文人清水映兰式的风雅。“当花侧帽”，表面是说在花丛中斜戴着帽子行走，实际上也是有行文出处的。

“侧帽”一词，语出北史独孤信传：“因猎日暮，驰马入城，其帽微侧。诘

旦而吏人有戴帽者，咸慕信而侧帽焉。”译成现代文就是：北周独孤信，形貌清丽，为当时美男子，所以常有人以他为模仿的对象。某天，他出城打猎，不知不觉中天色已晚，而他要赶在宵禁之前抵家，所以加鞭策马。由于马骑太快，头上的帽子被吹歪了，也来不及扶正。不明就里之人目睹此状，大感惊艳，觉得他潇洒异常。于是第二天起，满街都是模仿独孤信侧帽而行的男人。容若此处，在“侧帽”一词前添上“当花”二字，其风流倜傥之处，比之北周独孤信，自是有过之而无不及。

“赏心应比驱驰好。”此句一出，当知词人前二句渲染自己风流自赏的意图何在了。他是“醉翁之意不在酒”：他说自己“倚柳题笺”也好，“当花侧帽”也罢，其实都是为了与鞍马驱驰的索然寡味相对比，是为了强调“驱驰”生涯

使他辜负了赏心悦目的美好时光。所以接下两句，词人会说自己无奈地坠入滚滚红尘之中，身不由己，满头黑发早早地被生活所累，染上了白霜。“错教双鬓受东风，看吹绿影成丝早。”“错教”，即不该教，亦即说明选择天涯漂泊的生涯，选择金阶侍立的职务，都是个错误。然而他有选择的权利吗，他能摆脱“天已早、安排就”的一切吗？

“金殿寒鸦，玉阶春草，就中冷暖和谁道。”所以，在下阕里，他把自己比拟为殿上的寒鸦和殿阶的春草，只能整天枯寂地在一旁兀立，没有人知道他的冷暖，而他也辜负了闺中的少妇，让她只能夜夜空对露头明月。终言之，他觉得侍卫官的生活，百无一是。在给友人张见阳，也就是本篇《踏莎行》所赠之人的信中，他曾不加遮挡地写出了自己对仕宦生涯的无奈和幽愤：“弟比来从事鞍马间，益觉疲顿，发已种种，而执行芰如昔，从前壮志，都已隳尽。”

“人生何事缁尘老”，词作最后一句诘问，力透纸背：这世间，到底有多少风尘琐事让我在无奈中悄悄老去啊?!“人生何事缁尘老”，一声感叹，重如千钧，苍茫冷落充满了对人生的困惑和现实生活中种种不如意的苦恼……

踏莎行

【原文】

月华如水，波纹似练，几簇淡烟衰柳。塞鸿一夜尽南飞[1]，谁与问倚楼人瘦？

韵拈风絮[2]，录成金石[3]，不是舞裙歌袖。从前负尽扫眉才[4]，又担阁镜囊重绣[5]。

【注释】

①塞鸿：塞外的鸿雁。有唐王仙客苍头塞鸿传情的故事，因常以“塞鸿”指代信使。

②韵拈风絮：指谢道韫咏雪之典。谢道韫为谢安侄女，王凝之之妻。曾在家遇雪，谢安问如何形容雪花，其侄谢朗答“撒盐空中差可拟”，道韫认为“未若柳絮因风起”，受到谢安称赏。后世因而称女子的诗才为“咏絮才”。

③金石：指《金石录》。宋赵明诚撰。赵明诚之妻李清照，号易安居士，宋代著名词人，对金石书画也有相当高的造诣，《金石录》一书，实际是夫妇

二人的合著。

④扫眉才：指有文学才能的女子。唐王建《寄蜀中薛涛校书》："扫眉才子知多少，管领春风总不如。"

⑤担阁：耽搁，耽误。镜囊：盛镜子和其他梳妆用品的袋子。

【赏析】

这首词是怀念妻子之作：秋夜，月光如水般清澈，水波如同白练一般，月色下烟柳摇曳。大雁一夜之间都飞走了，谁来问问，靠在楼窗的人为何而变得清瘦？你的才情唯有谢道韫、李清照可比，你我意气相投，你又绝非那爱慕浮华之人。只怪我辜负了你的才情和往日那美好的时光，如今只能徒增感慨。

梅梢雪

元夜[1]月蚀

【原文】

星球映彻[2]，一痕微褪梅梢雪。紫姑[3]待话经年别，窃药[4]心灰[5]，慵把菱花[6]揭。

踏歌[7]才起清钲歇，扇纨仍似秋期[8]洁。天公毕竟风流绝，教看蛾眉[9]，特放些时[10]缺。

【注释】

①元夜：元宵。

②映彻：晶莹剔透貌。

③紫姑：神话中厕神名。又称子姑、坑三姑。相传为人家妾，为大妇所嫉，每以秽事相役，正月十五日激愤而死。故世人作其形夜于厕间或猪栏边祭之。见南朝宋刘敬叔《异苑》卷五、南朝梁宗懔《荆楚岁时记》。一说她姓何名楣字丽卿，为唐寿阳刺史李景之妾，为大妇曹氏所嫉，正月十五日夜被杀于厕中，上帝怜悯命为厕神。旧俗每于元宵在厕中祀之，并迎以扶箕。事见《显异录》以及宋苏轼《子姑神记》。

④窃药：传说后羿得不死之药于西王母，其妻姮娥盗食之，成仙奔月。见《淮南子·览冥训》，后以“窃药”喻求仙。

⑤心灰：谓心如死灰，极言消沉。

⑥菱花：指菱花镜。古代铜镜名，镜多为六角形或背面刻有菱花。

⑦踏歌：传统的群众歌舞形式，互相牵手或搭肩，以脚踏地为节拍。

⑧秋期：指七夕。牛郎织女约会之期。

⑨蛾眉：美人的秀眉。比喻新月前后的月相犹如一道弯眉，故名。这里喻月蚀时仍明亮的部分。

⑩些时：片刻，一会儿。

【赏析】

这首词咏节序风物：天空星光璀璨，梅梢之雪不明，月已初蚀，紫姑欲与人诉说经年的别离之情，而嫦娥却自愧窃药奔月，心灰意懒，以致不愿揭开镜面。月蚀渐出，地上锣声才歇，人们便开始踏歌庆祝，那月光还像中秋时节一样清澈明亮。老天也是风流之人，为了让人们看到新月如眉的景色，故意将月缺的时间延长了。

唐多令

雨夜

【原文】

丝雨纤红茵[①]，苔阶压绣纹[②]。是年年、肠断黄昏。到眼芳菲都惹恨[③]，那更说，塞垣春[④]。

萧飒不堪闻[⑤]。残妆拥夜分[⑥]。为梨花、深掩重门[⑦]。梦向金微山下去[⑧]，才识路，又移军[⑨]。

【注释】

①丝雨：像丝一样的细雨。红茵：红色的垫褥。唐元稹《梦游春七十韵》："铺设绣红茵，施张钿妆具。"这里指红花遍地，犹如红色地毯。

②苔阶：生有苔藓的石阶。

③芳菲：芳香的花草。

④塞垣：本指汉代为抵御鲜卑所设的边塞，后亦指长城，边关城墙。

⑤萧飒：形容风雨吹打草木发出的声音。

⑥残妆：亦作"残装"，指女子残褪的化妆。夜分：夜半。

⑦重门：宫门，屋内的门。

⑧金微山：即今天的阿尔泰山。后汉永元三年耿夔遇北单于于金微山，大破之，单于走死，山在漠北，去朔方五千余里，唐置金微都督府。

⑨移军：转移军队。

【赏析】

细雨霏霏，使庭院里变得花红阶绿。年年都在断肠的黄昏中度过。满眼的芳菲都无端惹起春愁，更不要说是边关的春色了！那风雨萧飒的声音是不能听的，听了会让人伤心。夜半时分拥坐无眠，妆已残，人孤单，为了不让梨花飞尽于是紧紧关上闺门。梦里来到你征战的沙场，谁知才刚刚找到去路，却转移了军队，不知所踪。

这是一首拟闺怨词。词人全从对方写来，假想雨夜黄昏时候的闺人思我之

情景。词从雨中红花写起。“丝雨织红茵”，霏霏的雨是细细的，所以言“丝雨”。丝雨飘飘，朦朦胧胧，落在花瓣上，像是女子用丝线编织着什么似的。这个“织”字，联想巧妙，用笔工致，直是将春雨的迷离之美写活了。“红茵”，本义是红色垫褥，此处形容红花开遍，犹如铺了红色的地毯。这是写花红。“苔阶压绣纹”，“苔阶”，是生有苔藓的石阶。“压绣纹”，是说阶上青苔苍苍，似是织物上的花纹。这是写阶绿。首二句以丝雨、红花、苔藓、石阶为抒情主人公勾勒了一个冷艳凄迷的意境，为下文的女主人公的伤心断肠，寂寞相思伏了暗线。

“是年年、肠断黄昏”，此抒情之句将首二句营造的意境在时间上进行无限延伸。“是年年”，是说红花满地、苔痕上阶的景象、黄昏悲伤的愁情，不是今

年才有，而是年年如此，情意一出胸膛，便倍加深厚；语气一吐唇间，便愈益沉痛。

“到眼芳菲都惹恨，那更说，塞垣春。”花草满园，蝶飞燕舞，如斯好景，衬人哀伤心肠，本来就“惹恨”，更何况思念的人又远行塞垣，经久未归，年年春天，年年不能相携呢！一边是伤春惹起的幽恨，一边是远人不归牵出的幽怨，一经“那更说”三字的连接、强化，遂生成如潮水般的相思苦情。

下阕夜雨萧萧，再添心中之愁。“萧飒不堪闻，残妆拥夜分。”窗外是萧飒的风雨，不忍听闻；窗内是伤心的闺人，泪罢妆残。百无聊赖，万般无奈中，她只能寂寞地拥夜而坐。而这个时候，她又看见夜雨催落梨花，那片片飘零片片飞的白色梨花，让她不忍目睹，于是便掩上了层层的门，但是她心湖里那一圈圈又是冷，又是怨的痴情，早被引出。

“为梨花、深掩重门”，化用戴叔伦《春怨》诗“金鸭香消欲断魂，梨花春

雨掩重门”，用黄昏时雨打梨花的景象，衬托了一位深怀相思之情的女子的孤寂的心态，同时又再次渲染出一种凄凉的意境、哀怨的心情。

“梦向金微山下去，才识路，又移军。”这三句写她的梦境。“金微”，即今之新疆阿尔泰山。唐贞观间以铁勒卜骨部部地置金微都督府，乃以此山得名。此处词人说“金微”，非谓他真到了金微山，而是化用唐人张仲素诗典而已。张仲素《秋闺思二首》其一云：“碧窗斜月蔼深晖，愁听寒螀泪湿衣。梦里分明见关塞，不知何路向金微。秋天一夜静无云，断续鸿声到晓闻，欲寄征衣问消息，居延城外又移军。”此处，词人“梦向金微山下去”和“才识路，又移军”两句就是分别从张诗颔联“梦里分明见关塞，不知何路向金微”和尾联“欲寄征衣问消息，居延城外又移军”化出，意思是说在梦里她到了关塞，那关塞正是她魂牵梦萦的地方，因为她的良人就出征到那里。她不由大喜：快，去金微山下找他！可是，刚刚摸清路，他又到了别处，真叫人愁绪万端，寝食难安。如此结句，含思隽永，朦胧要眇，在全文词意上也更推进一层，谓即使相思也是所思无处，这便更增添了伤痛之苦情。

唐多令

塞外重九

【原文】

古木向人秋。惊蓬掠鬓稠[①]。是重阳、何处堪愁？记得当年惆怅事，正风雨、下南楼[②]。

断梦几能留。香魂一哭休[③]。怪凉蟾[④]、空满衾裯[⑤]。霜落乌啼浑不睡，偏想出、旧风流。

【注释】

①惊蓬：疾飞的断蓬，喻行踪漂泊不定。也用来形容散乱蓬松的头发。

②南楼：在南面的楼，南朝宋谢灵运有《南楼中望所迟客》诗。

③香魂：美人之魂。

④凉蟾：皎月，指秋月。唐李商隐《燕台诗·秋》：“月浪衡天天宇湿，凉

蟾落尽疏星入。”

⑤衾裯：指被褥床帐等卧具，语出《诗经·召南·小星》：“肃肃宵征，抱衾与裯，实命不犹。”

【赏析】

“古木向人秋。惊蓬掠鬓裯。”写秋季景象，纳兰看到了一叶落知天下秋，他将荒凉写入词中，秋季不需要去描述，只要侧耳倾听那静寂无声的野外，就能够听到秋季寂寞的声音从耳边飘过。这声响不是来自树间，不是来自风声，而是来自纳兰的内心深处，那一抹寂寞发出的声响。

“是重阳、何处堪愁？”一处反问，由重阳感到神伤，由秋声而感知寒意。这里的何处堪愁，用到了极致。愁在何处，何处又有愁？秋季时节，孤寒处境，

心意难平，而后由这眼前的事物，想到了往日的情景，“记得当年惆怅事，正风雨、下南楼”兼写物境与心境。二者相得益彰，令词义在此融洽。

空荡的阁楼上，风雨之中，纳兰思念的那个人走下楼梯，步履轻盈。至于这个人是谁，无从说起，也无须说起。上片在一位女子的脚步声中轻柔结束，这段描写感情细腻，色泽绮丽，有花间词人的遗风，更有一股纳兰自己的风格之气。

这里写到女子轻移步伐走下南楼，女子的娇羞与妩媚尽在词中展露。佳句皆因佳人得，这短短的几个字，就勾画出了一幅美丽的画面，更因为如此，纳兰的相思才更让人心疼，这样的相思，到底是为哪个女子产生？

“断梦几能留，香魂一哭休。”从睡梦中惊醒，脸颊被泪水湿透，冰凉的感觉直入心扉，范仲淹曾在《苏幕遮》中说：“酒入愁肠，化作相思泪。”可是在这里，纳兰不需要酒，那点点相思泪便涌出眼帘。

“怪凉蟾、空满衾裯。”在这里，“凉蟾”是指明月，他是化自李商隐的《燕台诗‘秋》：“月浪衡天天宇湿，凉蟾落尽疏星入。”愁肠化作相思泪，比起上片来，愁绪在这里又添一折，又进一层，愁更难堪，情更凄切。

“霜落乌啼浑不睡，偏想出、旧风流。”既然无法安然入睡，那些前尘旧事自然是无法控制地涌上心头，过去种种，今日看来，全是眼泪。纳兰的心，被眼泪浸泡得已然脆弱不堪，一击就碎。这个男人，最大的不幸便是太过多情，无法忘情了。